A estranha nação de Rafael Mendes

Moacyr Scliar

A estranha nação de Rafael Mendes

[Romance]

L&PM EDITORES

1ª edição: outubro de 1983
4ª edição: agosto de 2003

capa: Marco cena
revisão: Delza Menin, Luciana Haesbaert Balbueno e Renato Deitos

ISBN 85.254.0936-7

S419e Scliar, Moacyr, 1937-
A estranha nação de Rafael Mendes / Moacyr Scliar. -- 4. ed. -- Porto Alegre: L&PM, 1983.

272 p.; 21 cm.

1. Ficção brasileira-Romances. I.Título.

CDD 869.93
CDU 869.0(81)-3

Catalogação elaborada por Izabel A. Merlo, CRB 10/329.

Porto Alegre: Rua Comendador Coruja, 314, loja 9 - 90220-180
Floresta - RS / Fone: 0xx (51) 3225.5777
pedidos e informações: info@lpm.com.br
www.lpm.com.br

Impresso no Brasil

Sumário

Velho ao amanhecer

Que horas são? Que horas são?

São seis horas.

São seis horas da manhã e tudo vai bem. O tempo, por assim dizer, escorre lento; a História, por assim dizer, segue seu curso – e estou louco para urinar. Louco, não. Nada mais me deixaria louco a esta altura da vida, nem mesmo uma louca vontade de urinar. Sinto, isto sim, desconforto por causa da bexiga cheia; mas pelo menos tenho bexiga, pelo menos seguro a urina. E isto, aos setenta e dois anos é algo, hein? Sou senhor de minha bexiga. Desafio-a e, à exceção de um ou outro vazamento, venço sempre. Não me domina, esta clepsidra que inexoravelmente se enche, este orgânico dispositivo de tempo. O tempo sim, que me domina; mas não seus prepostos. A bexiga enche-se? Esvazio-a. Não tão rápido quanto gostaria, mas esvazio-a. Agora eu deveria ir ao banheiro... Mas não tenho vontade de levantar. Passo a maior parte do meu dia aqui, deitado. É verdade que este é um dia muito especial; se eu fosse mais jovem saltaria da cama, excitado, cantando. Mas sou muito velho, mesmo para os dias especiais, aliás raros. E esta cama é tão boa. Tão pródiga em surpresas. Sob as cobertas encontro de tudo: restos das bolachas que comi ontem, e das que comi anteontem e na semana passada, bolachas sendo uma constante em minhas refeições, sempre feitas na cama. E aqui há livros, e recortes de jornal, e cartas que escrevi e não mandei; alguma roupa suja, garrafas vazias, uma faca, barbante... Um *kit* de sobrevivência. Se a cidade fosse invadida pelas águas, como aconteceu em 1941, e se a enchente transformasse esta cama em barco, eu não seria um náufrago desesperado; teria como me manter, material e espiritualmente. Sobreviveria até que as águas me depositassem num Monte Ararat qualquer.

Não é um barco. É uma cama. É a cama que minha mulher e eu escolhemos numa lojinha do Bom Fim, isto há quase cinqüenta anos. *Dá-me o calor, minha linda, dá-me o calor / que é o bálsamo da minha dor.* Linda, talvez não, mas amável, sim; delicada. Quando adoeceu, tive de imediato a certeza de que não duraria muito, era frágil demais. Morreu na Santa Casa, apesar dos esforços da doutora Débora. Um caso muito grave – e muito raro, segundo aquela boa médica. Foi definhando, definhando, e morreu. Deixou-me um filho pequeno, que criei com sacrifício, e que afinal veio a morrer moço ainda, uma pena. Vítima da corrida de ratos, quis subir rápido demais. Se fosse mais acomodado, se passasse o dia – ou a manhã, pelo menos – na cama, talvez tivesse sobrevivido. Mesmo que com migalhas.

Compreendia-me, minha mulher, e viver com ela foi tão bom. Deitado nesta cama, rodeado de livros e papéis, eu trabalhava sem cessar em meus estudos históricos. Eu ganhava pouco, muito pouco, mas nunca me reprovou por causa disto; ao contrário, enquanto pôde, providenciou o sustento da casa, confeccionando flores artificiais e tricotando pulôveres para uma loja. E de repente, estava ali, nos meus braços, morta. Morreu e os dias passaram.

E agora, que horas são? Hein? Que horas são?

Seis e dez. Desde as quatro estou acordado, ruminando pensamentos. Coisas acontecem, enquanto estou aqui deitado: guerras e golpes de Estado, casos de súbito enriquecimento e paixões devastadoras. Mas eu, eu sou velho e estou deitado. Se levantasse, seria não para tomar o poder, mas sim para urinar. Reconheço minhas limitações. Sim, sou um homem culto; estudei muito, mas isto de nada me adiantou. Até o dia de hoje, porque hoje pretendo mudar as coisas; soou para mim o momento histórico. Aproveitarei a oportunidade, aliás, única. Não serei trouxa como aquele descendente do Jonas, aquele que, por identificação com o profeta, costumava mergulhar nas águas do lago Tiberíades, ficando – muito treino! – submerso por longo tempo à espera do gigantesco peixe que deveria engoli-lo. Este homem, um dia, submerso, ergueu os olhos e o que viu, através das águas claras? As solas de dois pés, que andavam sobre o lago. Terá ele imaginado que era Jesus, caminhando em direção a um destino transcendente? Não. Concentrou-se no exame da pele da sola daqueles pés. Pele lisa, rosada; daí deduziu que se tratava de um contemplativo, de uma pessoa tão acima da realidade que podia caminhar sobre as águas. Contemplativo, Jesus? Errou. Não foi o primeiro nem o último erro numa longa linhagem que chegou a nossos dias.

Para quem estou falando? Para Deus? Não sei. Não sei com quem falo, mas falo com autoridade: sou um homem culto, historiador. Não diplomado, naturalmente; autodidata. Mas conheço mais da História que muito professor universitário. Ninguém sabe mais sobre os cristãos-novos do que eu. Ninguém estudou tão bem sua genealogia. Remontei a raiz bíblica desses estranhos personagens, híbridos de cristãos e judeus.

É verdade que isto não me adiantou muito... Não fiquei nem rico, nem famoso. Tentei fazer render meus conhecimentos; sem êxito. Pelo menos até agora. Pelo menos até hoje, até esta hora.

Que horas são? Que dia é hoje? Como está o tempo? A quanto está o dólar? Morreu, o Franco? Quem morreu? Que dor é essa que sinto no peito, ou no ventre, ou na mão, ou na cabeça?

Por que pergunta? Por que fazer tantas perguntas, quando o tempo é escasso, cada vez mais escasso? E, a propósito, quanto tempo me resta? Pouco? Quanto é pouco? Meses, anos? Minutos? Quantos minutos?

Amanhece, como de costume; e, como de costume, perguntas. O que pode fazer um velho solitário, senão perguntar-se? Perguntas, perguntas. Sempre.

Hoje, porém, será diferente. Hoje terei uma resposta para atormentadas indagações. No mar agitado da angustiada dúvida reinará enfim a paz e a tranqüilidade. Uma partícula de ordem será introduzida no caos; porque há um plano, um programa, um objetivo; uma meta: dez mil dólares.

Dinheiro é a resposta. A resposta é dinheiro. Resposta curta, definida, definitiva; dólares.

Um homem pagará. É inocente, mas pagará. Inocente? Não deve ser tão inocente. Não, não é inocente: se vai pagar é porque não é inocente. E pagará. Não sabe disto, naturalmente; no momento não sabe de nada, só de sonhos. No momento dorme, como muitos outros porto-alegrenses. Logo, porém, acordará, e então a contagem regressiva terá começado. Não se porá hoje o sol sem que a meta tenha sido alcançada: dez mil dólares. Engraçado: nunca vi um dólar, nem sei que jeito tem. Mas não preciso saber. Só preciso pedir. Pedir, não: exigir. É bom que eu esteja convencido disto: posso exigir. Eles me devem muito dinheiro, dez mil dólares pelo menos. Mais, decerto; no mínimo, porém, dez mil. Dólares. Exigirei. Rafael Mendes pagará.

Que horas são? Que dia é hoje?

Seis horas e cinqüenta minutos – do dia 17 de novembro de 1975, segunda-feira. A encomenda deve estar sendo entregue. A encomenda para Rafael Mendes.

E Rafael Mendes? O que vê Rafael Mendes ao acordar?

Rafael Mendes

Os olhos do profeta? Hein? Os olhos do profeta?

Não. Nem os olhos do profeta, nem as figueiras da inquisição, nem a caravela, nem a cabeça decepada de Tiradentes, nada disso Rafael Mendes vê, ao abrir os olhos. E no entanto foi uma noite de aventuras, de amores e de traições; foi uma noite de fogo e de sangue, de vinho e de urucum; foi uma noite de harpas e tambores. Foi uma noite que durou séculos. E da qual poderia não mais acordar; no último de uma espantosa sucessão de sonhos e pesadelos era atacado por um cavaleiro em armadura medieval que lhe apertava o pescoço com manoplas de ferro; a ponto de que não podia mais respirar; a ponto de – embora sabendo que tudo não passava de pesadelo – sentir-se morrer. Salvou-o a pálida madrugada; ao primeiro clarão deste dia despertou, sobressaltado, arquejante, banhado em suor. Mas vivo. E a primeira coisa que faz, ao renascer, é olhar as horas. Dez para as sete. Com a mão ainda trêmula, trava o pequeno relógio eletrônico antes que soe o alarma. E, com um suspiro, volta a se recostar. Aos poucos vai se acalmando, coisa séria, esses pesadelos, essas medonhas visões. De onde vem isso? Rafael não sabe, não tem a menor idéia. De maneira geral, sempre dormiu bem e até tinha dificuldade de acordar – no dia mesmo do vestibular a mãe teve de lhe jogar água para que despertasse. E agora – agora tudo mudou. Dorme pouco, dorme mal. Mas por quê? Um homem que conhece e que também tem pesadelos fala em *angústia. Angús-*

tia. Sim, mas quem não tem *angústia*? Quem, volta e meia, não se preocupa com um papagaio no banco, ou de maneira mais ampla, com o sentido da existência, com a morte? Angústia todo mundo tem. Rafael não se considera mais angustiado que a média dos homens de sua idade, trinta e nove anos.

Helena, a seu lado, dorme. Helena, que sempre sofreu de insônia, que sempre se queixou de angústia – Helena dorme. Dorme e até ressona. É verdade que não se trata de sono normal, é o sono induzido pelo sonífero que o médico lhe receitou – mas dorme, de qualquer maneira, às vezes não levanta antes das dez. Não que Rafael tenha inveja. Helena precisa dormir, merece o sono; não é pouco o que tem se incomodado, a coitada. Por causa da filha: o que vai ser dela, Rafael? De nossa Suzana? Rafael tenta acalmá-la, que não se preocupe tanto, que não leve as coisas tão a sério; mas a verdade é que também ele se preocupa com a filha. Provavelmente é ela a causa de seus pesadelos. Não aparece neles, mas provavelmente os causa. Suzana e todo o resto, naturalmente, a ela cabendo contudo a parcela maior. Helena sempre foi uma mulher tranqüila. Mesmo nos momentos de adversidade, e não foram poucos esses momentos, Deus sabe que não foram poucos, mantinha-se estoicamente calma, suportando as agruras com exemplar resignação. Agora essa, essa situação com Suzana... Isso teve o poder de transtorná-la. Desde que a coisa começou, ela já não come direito, nem dorme direito; tem crises de choro; anda de médico em médico, consultou psicólogos e até escreveu uma carta para o jornal; uma carta em que adotou o pseudônimo de *Mãe Aflita*. Carta descrita como *angustiada* pelo redator encarregado da seção. Carta que mereceu destaque, publicada em negrito e praticamente na íntegra, teve apenas suprimido o parágrafo final ("Esperando de Vs. Ss. a tradicional acolhida", etc.). Carta que não obteve, contudo, resposta à altura. Ninguém me ajuda! – ela grita, nos momentos de maior aflição. – Ninguém!

E nem no sono descansa. Que o rosto a intervalos se contraia num ricto doloroso, comprova-o. Sonha com Suzana, decerto. E com que mais haveria de sonhar, a pobre? Com fogueiras da Inquisição, com a cabeça decepada de Tiradentes? Talvez. É possível que casados tenham pesadelos em comum; mas não seria justo. Fogueiras da Inquisição? Por quê? Já não basta o sofrimento que Suzana lhe causa? Pobre Helena.

Com pena, a olha, e com ternura também. A ama. Está certo disto, ou quase certo. A dizer a verdade, não sabe bem o que vem a ser isto que se chama de *amor.* Instado a dar uma definição precisa deste sentimento, vacilaria. Com admiração ouviu certa vez um funcionário do escritório dizer: amo minha mulher quase tanto como a amava no dia em que nos casamos; uns vinte por cento menos, talvez, mas a amo. Funcionário subalterno, mas seguro de seus sentimentos, seguro a respeito de uma série de coisas. Rafael não se sente seguro. Não se sente nada seguro. E a cada novo dia – um dia como esse que clareia, por exemplo – sente-se menos seguro; menos seguro a cada hora, a cada minuto. São seis e cinqüenta e cinco. Com um suspiro, afasta a coberta, levanta-se, vai até o quarto da filha.

Ninguém. Disso ele poderia ter certeza antes de entrar, mas até abrir a porta ainda tinha esperança de encontrá-la, dormindo. Abraçada ao gato de pelúcia, como fazia na infância. O gato de pelúcia pende, enforcado, do lustre. Isto há três meses. A empregada, horrorizada, quis tirá-lo dali. Suzana não deixou. Era um símbolo de opressão, explicou, teve o castigo merecido. A empregada, filha de colonos do interior, não entendeu nada. E se recusa a entrar no quarto. O que a Suzana não importa: ela não quer que arrumem suas coisas. Daí a espantosa desordem: roupas nas cadeiras, na mesa, empilhadas nos cantos; discos e livros espalhados por toda a parte. Das paredes pendem *posters* rasgados, Guevara, Einstein com a língua de fora, um Cristo com a legenda: *Junta-te aos Novos Essênios.* É a seita da qual faz parte: um grupo de jovens, uns vivendo em comunas, outros não; todos acreditando num cristianismo primitivo, misturado ao paganismo. Cristo, eles sustentam, tem uma dupla identidade, masculina e feminina. Como homem atrai as mulheres pela pureza, pela mansidão; sob a forma de uma linda mulher chamada Sophia seduz os prosélitos machos. Pela conjunção carnal com ela chegam à verdade, o orgasmo representando então a paixão, a morte e a ressurreição. Os antigos essênios viviam em comunas, sim, mas mantinham-se castos até certa idade; os atuais fazem do sexo uma forma de iniciação. Novos essênios? Velhas sacanagens, isto sim, resmunga Rafael. Que nojeira, que idiotice. O que mais o incomoda, neste quarto, é o cheiro, mistura de incenso, álcool, mofo, maconha. Chega a tonteá-lo. Sai, precipitadamente, fecha a porta atrás de si, volta ao quarto, entra no banheiro, aperta um botão e – faz-se luz. Boa luz: várias lâmpadas brilham neste amplo banheiro, refletindo-se no cromado dos metais. Pura luz, abundante luz; essas coisas, por corriqueiras que sejam, sensibilizam Rafael Mendes. Trevas espantadas instantaneamente graças à luz! Graças a anônimos operários que, neste exato momento, movimentam-se, silenciosa e diligentemente, numa usina distante!

Apesar de tudo tem vitalidade, este país, tem energia; é um país de contraste, um país irritante, mas sem dúvida um grande país. E, com este pensamento, desfaz-se do pijama, entra no box, abre de um golpe a ducha de água fria. O jato atinge-o com violência, ele tem de conter-se para não abrir a porta e sair, mas é isso o que quer, uma ducha gelada, estimulante. Fecha a torneira, apanha a toalha, fricciona energicamente (um conselho de seu professor de latim, no ginásio: os rapazes devem tomar banho frio e esfregar-se com energia usando toalha áspera. A toalha não é áspera; de qualquer forma o professor de latim já morreu; muitos de seus professores morreram). Sente-se melhor. Não *bem,* não cem por cento bem, mas melhor. Como diria seu funcionário, vinte por cento melhor; mas, quanto ainda lhe falta para se sentir realmente *bem?* Falta muito. Se ao menos Suzana... Melhor é fazer a barba, ouvindo o noticiário. Liga o rádio.

Está você preparado para a grande aventura de sua vida? – pergunta o locutor, numa voz grave, mas neutra, sem excitação, sem promessas. A indagação fica sem resposta: o rádio emudece, a estação saiu do ar. Corte de energia. Evento não de todo inesperado, mas suficientemente inesperado para deixar Rafael Mendes aborrecido: cobram altas taxas, esses da Companhia de Energia Elétrica, cobram as mais altas taxas do mundo e olhem só o serviço que oferecem. Pouca-vergonha. Nos Estados Unidos, na Europa, o responsável já estaria demitido.

Está você preparado para a grande aventura de sua vida? A pergunta fica a lhe ressoar nos ouvidos. De que grande aventura se trataria? De uma viagem ao redor do mundo, numa frágil caravela? De uma exploração espacial? De uma expedição à África? De encontro com mulher misteriosa? De mergulho no passado em busca de espectros infantis ou mesmo de raízes históricas? De sondagem do futuro num audaz exercício de prospectiva? Não, claro que não. Deve ser um loteamento na praia. Ou um novo modelo de automóvel. A emissora volta ao ar, o locutor pede desculpas; foi, efetivamente, um corte de energia elétrica; é o que ele informa, sem nenhum aparente rancor. Mas não diz qual é a grande aventura, passa ao anúncio seguinte, e logo se inicia o noticiário.

Prosseguem os preparativos para a implantação do Pólo Petroquímico. O Rio Grande do Sul não pode mais continuar sendo um Estado essencialmente agrícola, declara alguém, um político; precisamos ingressar na era da industrialização, ainda que a custo de algum dano ao meio ambiente. Foi publicado o Decreto Federal que institui o Plano Nacional do Álcool – e de novo uma declaração de alguém: não podemos ficar à mercê do petróleo, temos de atingir nossa independência energética. O Ministro das Relações Exteriores da Alemanha Ocidental chega ao Brasil para acertar a entrada em vigor do acordo nuclear; o Brasil anuncia que vai reagir a pressões contra este acordo; e mais uma declaração: é, diz alguém, nossa última chance (última chance de quê? Não fica claro). Água na gasolina causa queda de um Cessna em Minas Gerais – dois mortos e dois feridos. Em São Luís, explosão de cilindro de oxigênio mata treze e fere vinte. Implodido em São Paulo o edifício Mendes Caldeira, de trinta andares. Governo concederá abatimento de doze por cento nas prestações do Banco Nacional de Habitação; mesmo assim, opina alguém, um líder sindical, o sonho da casa para milhões de brasileiros está cada vez mais longe. A Petrobrás pedirá cem milhões de dólares a um consórcio bancário liderado pelo Libra Bank, a Ford anuncia seus modelos de luxo para 1975. Faz calor: ontem, a temperatura chegou à casa dos trinta e sete. Comentando a decisão do governo brasileiro de estabelecer relações diplomáticas a nível de embaixada com Moçambique, diz um porta-voz: o Brasil é um país soberano, que segue uma linha independente em sua política externa: além disto temos interesses comuns com os países do Terceiro Mundo que, como nós, lutam contra uma severa crise internacional. Uleanto venceu o grande Prêmio Bento Gonçalves de 1975.

Um anúncio e, logo a última notícia: o generalíssimo Franco continua em estado de coma. Que coisa, murmura Rafael. Não costuma falar sozinho; mas, como todos os porto-alegrenses, como todas as pessoas de modo geral, não pode deixar de se espantar com a resistência do ditador. Como é que não morre esse diabo, é o que se perguntam todos (ou pelo menos é o que ele imagina que todos se perguntam). Não que esteja particularmente interessado no assunto; não está; não gosta de Franco, não sente nenhuma peculiar estima pelo caudilho espanhol, mas – é um ser humano. Bem, mas ser humano ou não, pouco importa. O importante é que nenhuma notícia foi dada sobre o mercado financeiro. Prova de que os boatos não estão chegando aos noticiários. Felizmente, pensa Rafael, aliviado. Termina de fazer a barba, desliga o rádio; vai para o *living,* senta numa poltrona, acende um cigarro. Não deveria, tão cedo: o médico já lhe recomendou que fumasse menos, há qualquer coisa de errado com a onda T de seu eletrocardiograma e a chapa de pulmões também não é das melhores. Altos executivos não podem ficar doentes, diz Boris, entre o gracejo e a velada ameaça; Rafael não gosta do tom, mas está de acordo, altos executivos têm de conservar a saúde e a plena capacidade de suas energias, então ele está fumando menos, o primeiro cigarro só depois do café. Hoje, entretanto, ele abre uma exceção. Por causa do pesadelo, ou de Suzana, ou mesmo da agonia de Franco, não importa, sente-se inquieto, só um cigarro pode lhe ajudar. Além disto, as empregadas ainda não serviram o café. Pouca-vergonha. São duas, e nem sequer dão conta do serviço que Helena fazia sozinha quando moravam no pequeno apartamento da Floresta. Se Helena soubesse disso... Mas não, Rafael não quer que ela se aborreça à toa. De qualquer modo as empregadas já estão se movimentando, Rafael ouve-as conversando na cozinha. Falam – curioso – de Franco. Que coisa, diz uma, como esse homem está durando. Verdade, responde a outra, esse pessoal antigo tem muita resistência, não é como a gente que qualquer ventinho derruba. Bem, pondera a primeira, mas durar demais também não tem graça, a gente precisa deixar lugar para os outros. A segunda – que concorda sempre – mais uma vez está de acordo; e acrescenta mais uma ponderação, a saber, de que aquilo não é vida, aquilo de ficar jogado num leito de hospital, sem atinar com nada, fazendo as necessidades na cama – aquilo não é vida. E o que é vida? – Rafael tem vontade de perguntar. Vocês que são tão espertinhas, informem ao seu patrão o que é vida, andem! Não sabem nada, elas. Não sabem nem preparar o café direito.

Levanta-se, abre a porta que dá para o terraço, sai, gosta deste terraço; é o lugar da casa em que se sente melhor. Porque é muito bonita a vista que se descortina daí. Não tão esplendorosa quanto descrevia o entusiasmado anúncio ("Espetacular apartamento em aristocrática zona da cidade com deslumbrante vista" etc.), mas uma bela vista, de qualquer maneira: os morros, o rio. Uma nesga do rio – e que mais precisaria ele ver dali? Uma praia, o vasto oceano, as costas da África, quem sabe? Bobagem. O apartamento é amplo, confortável (além de estar, como Boris notou à época em que o adquiriu, de acordo com sua posição). Gosta do apartamento, gosta de Porto Alegre, cidade sobre a qual pouco sabe. Que foi fundada por sessenta casais açorianos no século dezoito, isto aprendeu ainda no primário; mas muito mais não aprendeu. Este pouco, contudo, é suficiente, para as correntes exigências de sua existência. Sessenta casais: é o suficiente.

Não é na cidade que Rafael Mendes pensa agora. É na filha. Onde andará? Não tem a menor idéia. Pensando bem, não tem a menor idéia sobre nada, no que se refere a Suzana. O que o deixa, mais que magoado, perplexo. Como é que aconteceu isso? Como é que a menina que ele embalava para dormir se transformou nessa estranha, com a qual não consegue conversar?

– Bom-dia, seu Rafael.

É uma das empregadas, uma mulatinha com cara de safada. Rafael não gosta dela, mas não diz, não quer criar caso para Helena. Já chega os problemas que a coitada tem: só lhe falta agora ter de correr atrás de empregada, uma espécie cada vez mais rara, mesmo nesta cidade de Porto Alegre, para onde convergem todas as gurias que vêm do interior em busca de oportunidade e de sexo sem culpa.

– E a dona Helena?

Mas provoca, essa guriazinha. Sabe que Helena dorme até tarde, mesmo assim pergunta.

– Mais tarde.

– Ah. E a Suzana?

– Dona Suzana – ele corrige, seco.

– Quê? – ela faz uma cara de espanto.

– Dona Suzana, ouviu? Está bem, pode deixar o café aí.

A empregada se afasta, cantalorando.

Por uns instantes Rafael Mendes fica olhando a cafeteira de aço inoxidável a sua frente, de cujo bico pende uma gota escura. Fascinado: cairá? Cai. Cai: mancha escura forma-se na toalha branca. A visão desta mancha lembra-lhe algo ocorrido com Suzana. Tinha dois anos quando Helena e ele conseguiram sair pela primeira vez à noite. Até então fora impossível, a mãe dele se recusava a ficar com a neta, dizia que não era ama-seca; por fim, tinham arranjado alguém de confiança, a velha empregada da mãe de Helena, uma mulher gorda e silenciosa, que respirava com dificuldade; tinha pressão alta. Mas era extremamente dedicada à menina, de modo que uma noite se animaram a sair para jantar fora e ir a um cinema. Voltaram tarde. Abriram a porta do apartamento – e o que viram os horrorizou. Suzana estava sentada no chão, muito quieta. Diante dela, caída de borco, no meio de uma poça de sangue – a empregada, morta. Há horas, segundo o médico que chamaram; tivera um mal-estar súbito, caíra, batera com a cabeça. E Suzana? O que acontecera com ela durante aquele tempo? Nunca poderiam saber. Já estaria inscrito no rol das coisas arcaicas, o incidente. Só que estas coisas voltam. Voltam sempre.

Rafael Mendes levanta os olhos para a porta.

(Mais tarde se perguntará o que o fez levantar-se e abrir a porta. Poderá concluir, em retrospecto, que foi um pressentimento; mas esta explicação não o satisfará, não o tranqüilizará, porque não acredita muito em pressentimentos. Há pessoas, afinal, que, movidas por estranhos pressentimentos, levantam-se, abrem a porta – e nada encontram. Mas, se não foi pressentimento, o que foi? Mais uma incógnita a aumentar sua perplexidade.)

Levanta-se, vai até a porta e, num gesto brusco, abre-a. *Há algo.*

Há uma caixa diante da porta.

Uma caixa de papelão, velha e rasgada, grosseiramente amarrada com um barbante encardido. Quem a terá colocado ali? – pergunta-se Rafael, intrigado. As empregadas não foram; sabem que o patrão não gosta de desarrumação, não deixariam coisas largadas no corredor do edifício. E além disto a caixa está destinada a ele, Rafael; é o seu nome que está escrito na tampa da caixa, em letras grandes, cuidadosamente traçadas. O nome e o endereço.

O primeiro impulso de Rafael Mendes é abrir a caixa. Chega a dar um passo – mas detém-se, subitamente desconfiado: não será uma armadilha, aquilo? Uma... bomba? Uma caixa-bomba?

Ridículo. Bomba? Por quê? Quem haveria de lhe mandar uma

bomba? Quem se daria ao trabalho de tramar um atentado contra um homem que vive só para o trabalho e para a família, que não prejudica ninguém e que ainda por cima tem pesadelos que o fazem acordar arquejante? Que saiba, não tem inimigos. E não se mete em política; aliás, não entende de política, faz questão de não entender. Boris, sim, tem ligações tanto na ARENA como no MDB, financiou campanhas eleitorais, deve ter inimigos políticos – sem falar nos outros inimigos, que não são poucos. Mas isto é problema de Boris, são coisas de que Rafael não quer tomar conhecimento, apesar do alto cargo que ocupa na empresa (por quanto tempo conseguirá se manter a distância de certos assuntos, digamos, escabrosos, é outra questão. Mas não é a questão que está em jogo nesse momento. A essa hora da manhã, nesse local e nessas circunstâncias).

Nada sabe quanto ao submundo do crime. Não tem negócios escusos; a corretagem de valores não exclui uma que outra sacanagem, mas nada que chegue ao ponto do estelionato. Tudo o que faz é tentar sobreviver. Como todos os outros, está na corrida de ratos. Luta por se manter à tona, bate braços, bate pernas, se machuca alguém não é por querer, não é caso para bomba. Pelo menos não para bomba *deste* tamanho.

Não tem ligações perigosas. Uma vez encontrou um homem num bar, e este sujeito, um mulato de idade, com sotaque carioca, dizendo ter sido membro do Departamento de Imprensa e Propaganda de Getúlio Vargas, contou-lhe uma confusa história sobre a morte de índios no Rio Grande do Sul. Se eu for eliminado, dizia o homem, escreva para um jornal qualquer contando tudo. Uma situação muito estranha; mas estavam bêbados, os dois, e de qualquer modo faz muito tempo; não teria trinta anos, à época.

Será alguma confusão de Suzana, uma vingança de alguém, de algum grupo rival contra ela? Possível, mas pouco provável. Os esquerdistas com quem anda, ou andou, e seus adversários, são principalmente festivos, falam em rios de sangue mas são incapazes de matar uma mosca. E de qualquer maneira, a quanto Rafael saiba, a filha está agora numa fase mística, e místicos não mandam bombas.

Mas – contenha bomba ou não – como chegou a caixa ali? Quem a trouxe? Quem conseguiu passar pela portaria, onde, dia e noite – e isto custa caro ao condomínio (não que Rafael se importe, mas é caro) –, há um porteiro de plantão, armado inclusive? Vai até a cozinha *(ampla e moderna cozinha)* e, sob o olhar inquiridor das empregadas, pega o telefone interno. O porteiro atende.

– Pronto, seu Rafael.

– Que caixa é esta na frente do meu apartamento?

O homem hesita:

– Fui eu que deixei aí em cima, seu Rafael. Era muito cedo, não quis lhe acordar. Eu já ia–

– Quem é que trouxe?

– Para dizer a verdade, seu Rafael, não fui eu que recebi a encomenda. Foi outro porteiro, o que largou às seis. Disse que um rapaz esteve aqui e deixou a caixa para o senhor.

– E esse tal rapaz – não disse quem mandou a caixa?

– Não.

Uma pausa. Da cozinha Rafael vê, pela porta entreaberta, a caixa.

– Seu Rafael... – O porteiro, embaraçado. – O senhor me desculpe, mas ao levar a caixa aí para cima ela se abriu. Amarrei como pude, mas tenho de lhe confessar: se abriu.

– E o que tem dentro?

– Umas roupas, livros... Me desculpe.

– Que nada, rapaz. Isto acontece.

Coloca o fone no gancho. Subitamente aliviado, eufórico até; poderia dizer para as empregadas, imaginem, queridas, chegou uma caixa para mim e eu tive medo de abrir porque pensei que fosse uma bomba – bomba, vejam só! Mas não diz nada, volta até a porta, apanha a caixa. Pesada, mas não muito. Nada que signifique uma sobrecarga para o coração, ou para a coluna. Com algum esforço, põe a caixa sobre o balcão do *living*. Apanha da mesa uma faca, corta o barbante. E abre a caixa.

Roupas, como disse o porteiro. Roupas velhas: velhas camisas, velhas calças. Duas velhas fatiotas, de um estilo antiquado – década de trinta, de quarenta. Um chapéu Panamá. Um boné Borsalino. Gravatas-borboleta – três. Sapatos trecê. E, curiosamente, um par de botinas, do tipo que usavam antigamente os militares. Rafael vai tirando essas coisas e empilhando-as cuidadosamente sobre o balcão.

No fundo da caixa, alguns livros velhos, amarelados, textos históricos, quase todos: *A Inquisição em Portugal e no Brasil. O Ci-*

clo da Cana-de-Açúcar; e outros. Um caderno, com anotações. Dentro Rafael encontra uma foto. Um velho instantâneo, tirado por um fotógrafo ambulante; a legenda diz: *Porto Alegre – Rua da Praia – 1938.* Um casal; o homem conduz uma criança no colo...

Durante alguns segundos Rafael fita o instantâneo; e então, lentamente, seus olhos se enchem de lágrimas. O garotinho, roupinha de marinheiro, é ele. E o homem de sorriso esquivo, em fatiota de linho branco, é seu pai: Rafael Mendes, que, em 1938, deixou a família e nunca mais retornou.

A porta se abre.

– Oi.

Rafael volta-se, sobressaltado. É Suzana.

Bonita, sua filha. Isto Rafael tem de admitir, apesar do desgosto que lhe causa o aspecto sujo e desleixado da filha, seus cabelos em desalinho, o vestido andrajoso, sandálias de couro cru – isto sem falar do cigarro caído do canto da boca. É bonita, mesmo sendo de pequena estatura e magrinha, um pouco encurvada. É bonita como Helena; de Helena tem a bela boca, os grandes olhos escuros. Estes olhos que agora o encaram com uma expressão de insolente desafio.

Desafio? Sim. Mas há também cansaço em seu rosto. Cansaço e uma certa perplexidade. A mesma perplexidade que Rafael vê em seu próprio rosto quando, ao levantar pela manhã, mira-se no espelho. E não foi perplexidade o que ele viu no olhar do garoto da foto?

– O que é isso? – pergunta Suzana, apontando o instantâneo.

– Não é da tua conta – responde Rafael, guardando rapidamente a foto no bolso. Irritado; irritado e magoado; é a mesma magoada irritação que a mãe a custo disfarçava quando ele lhe perguntava pelo pai. – Além do mais – prossegue – não achas que é a mim que cabe fazer perguntas? Onde é que andavas?

Ela suspira:

– Pronto. Vai começar tudo de novo. A velha briga. Para que, pai? Eu podia te responder que não é da tua conta onde andei, aí tu vais dizer que és meu pai, que tens direito de saber com quem ando, e eu vou dizer que já tenho dezesseis anos e ando com quem gosto, e tu vais me dizer que enquanto eu morar aqui e comer da tua comida tenho de dar satisfações, e eu vou dizer que podes enfiar a tua comida no rabo, e tu vais ficar furioso e vais me dizer que eu dobre a língua, e eu vou dizer que não dobro a língua coisa alguma, e vou correndo para o meu quarto, bato a porta, me atiro na cama, começo a chorar, enquanto tu ficas aí resmungando, pouca-vergonha, pouca-vergonha. Não, pai. Esse filme a gente já viu, não é? Quem sabe a gente tenta mudar? Por que não experimentas me dizer que foto é essa? Por que não experimentas me dizer tudo? Hein, pai?

Ele não responde. Fica a olhá-la em silêncio.

Está bem, ela diz. Vai para o quarto, bate a porta. Rafael deixa-se cair numa poltrona. Aturdido. São oito horas e quanta coisa lhe aconteceu, desde que escapou às manoplas do guerreiro? Tenta pôr em ordem os pensamentos, entender – inútil, está muito perturbado. Felizmente, entra a empregada; felizmente, ela lhe lembra que o café está esfriando; felizmente, porque ele cai em si, afinal é segunda-feira, ele precisa trabalhar, precisa ganhar dinheiro, há tanto que pagar, a prestação do apartamento, o condomínio, o salário das empregadas, o supermercado, o psiquiatra de Helena. Senta à mesa: é preciso se alimentar, mesmo não tendo fome. Uma fatia de pão que seja, uma xícara de café, pequena, mas com leite e açúcar – não pode ir para o escritório de estômago vazio, sujeito a ter tonturas, palpitações, o médico já o advertiu quanto a isto. Antes de sentar à mesa, contudo, dobra cuidadosamente as roupas, coloca-as junto com os livros na caixa de papelão. Leva-a para o escritório, fecha-a à chave no armário. Quanto à foto e aos cadernos, guarda-os na pasta. Vai examiná-los, com mais calma, no escritório, longe do olhar inquisidor da metida empregada.

Senta à mesa, liga o rádio. Os últimos acordes de uma suave melodia e logo em seguida o locutor torna a perguntar – *Está você preparado para a grande aventura de sua vida?* – na mesma voz grave e sem emoção. Trata-se, como Rafael supunha, de um loteamento à beira-mar em Santa Catarina, próximo a Laguna. Lugar de sonho. A brisa do mar, o encanto da paisagem etc., tudo por uma módica prestação. Rafael serve-se do café, sorve um gole. Frio. Toma-o assim mesmo.

Mais um noticiário. O Generalíssimo Franco continua em coma, os médicos já não têm mais esperança de salvá-lo.

Franco, Espanha: o pai. Em 1938, Rafael Mendes abandonou tudo, a família, os amigos, a clínica, o cargo que tinha no governo – e foi para a Espanha onde a guerra civil estava então no auge. Por quê? Nunca conseguiu descobrir; sobre o assunto a mãe é lacônica. Compreensivelmente lacônica, mas lacônica. Quando Rafael era criança, afirmava que o pai tinha partido para uma viagem e que um dia voltaria (como Dom Sebastião para os portugueses?). Mais tarde, disse que o pai tinha ido para a guerra, e morrido. E mais não queria falar:

– Não sei, Rafael. Não sei por que ele se meteu nisso.

– Mas era comunista?

– Não. Nem se envolvia em política.

– Andava perturbado na época?

– Não. Um pouco esquisito, talvez; mas perturbado, não.

– Mas, então–

– Não sei, Rafael. Não sei. Foi para a guerra, e pronto. Muitos foram. Idealistas.

Outras pessoas, conhecidos e amigos do doutor Rafael Mendes, eram igualmente evasivos. O velho bacteriologista Cuvier de Souza, o *Doutor Micróbio* dos meios médicos, falava-lhe longamente sobre seu antigo colega de Faculdade:

– Era um homem muito bom... Eu gostava muito dele. Sabes que fomos os primeiros a experimentar a penicilina no Rio Grande do Sul? Penicilina fabricada por mim, meu amigo, num laboratório de fundo de quintal!

Contudo, quando Rafael Mendes perguntou sobre a Espanha, tornou-se reticente:

– É, essas coisas acontecem. Sabe lá o que se passava na cabeça dele. Dele e de outros, naturalmente.

Curvado sobre o microscópio, mudava de assunto:

– Bactérias... Continuo fascinado por elas, como desde o dia em que olhei pela primeira vez ao microscópio. Isto é um mundo, meu amigo. Um mundo de criaturinhas que vivem, se agitam – e não falam. Falar nem sempre é necessário.

Desconcertado, Rafael despedira-se dele. E, com o tempo, deixou de perguntar; conformara-se com a impossibilidade de esclarecer o mistério – até o momento em que, abrindo a porta, deu com a caixa.

Terá essa caixa vindo da Espanha? Será que o fim iminente de Franco animou o anônimo guardião dos objetos do pai a enviá-los para o Brasil? Mas, neste caso, quem foi o portador? Quem, em Porto Alegre, cuidou que a caixa chegasse até Rafael Mendes sem disto avisá-lo previamente?

Apanha uma casca de pão, crava nela um fragmento de palito, enfia neste um pedacinho do guardanapo de papel. Casco, mastro, vela, está pronto o pequeno barco. Rafael derrama café no pires e ali põe a navegar a minúscula embarcação. Com um sopro, cria uma brisa favorável; o barquinho desliza, mas logo aderna e naufraga no líquido escuro. Rafael suspira, consulta o relógio. É tarde, tem de ir.

Entra no quarto, termina de se vestir, Helena mexe-se na cama: onde foi que eu errei, murmura, me diz, Rafael, onde foi que eu errei.

Pobre Helena. Criada numa família de moral rígida – o pai era pastor luterano – acostumada ao trabalho duro e à prática da virtude, não consegue entender a metamorfose da filha. De menina meiga e delicada a fera revoltada: como aconteceu isto? Tem por que estar magoada; sempre foi boa mãe, fez tudo que deveria fazer. Amamentou a filha a horas certas, manteve-a limpinha e asseada, ensinou-lhe hábitos de higiene; ajudou-a nos deveres escolares, deu-lhe conselhos sensatos quando se tornou adolescente. E o resultado? Rebeldia. Rebeldia e sujeira. Rebeldia, sujeira, libertinagem. Idéias estranhas. Maus modos. Vícios – vários. Uso constante de palavrões, até mesmo na presença de visitas. Doenças venéreas, quem sabe. Quem sabe o que pode estar acontecendo com essa menina?

O pior de tudo é a vadiagem. Suzana não faz nada, não estuda, não trabalha, não tem sequer um *hobby,* como tocar piano ou costura. E não há nada que a Helena aborreça mais que a ociosidade. Agora não, por causa do sonífero, mas até há pouco tempo levantava cedo, ia ao supermercado, à fruteira, providenciava tudo para a casa, não deixava nada para a empregada (essa coisa de duas domésticas é recente, uma iniciativa de Rafael que ela aceitou a contragosto). Cuida das roupas do marido, não fosse pelo tremor serziria as meias rasgadas – antes de casar fez um curso de corte e costura. Excelente mulher.

E Suzana? Mofa. Debocha. Logo que entrou para essa seita, os *Novos Essênios,* zombava da mãe: cristã! Que cristã és? O que serias capaz de fazer por Jesus? Serias capaz de trepar com um ateu para trazê-lo à fé? Deus te perdoe, murmurava Helena horrorizada, Ele que te salve, porque eu já nada posso fazer por ti, a não ser rezar, rezar muito. Preces hipócritas! – respondia Suzana. – Jesus não quer tuas preces! Fariséia! – Agora já não hostiliza tanto a mãe; ignora-a, o que é muito pior. Pobre Helena.

Rafael senta-se na cama ao lado da mulher, inclina-se, beija-lhe o rosto. De novo: é bonita, sua mulher. Ainda bonita, apesar da expressão de contido sofrimento. Bonita. Há mais bonitas. Mais inteligentes, mais alegres, mais sensuais. Mas Helena é *sua* mulher. Isso pesa. Pesa muito. Começou a pesar desde a primeira vez que se viram, num baile.

Um amigo comum fizera as apresentações:

– Helena, este é o Rafael; Rafael, a Helena é a filha do nosso pastor. Podes dançar com ela mas olha o respeito! Nada de agarramento.

Riu, mas nunca deixou de respeitá-la. Nunca: nem nos dois anos de namoro, nos dois de noivado, nos dezessete que já dura o casamento. Para ele, amor e respeito se confundem. Boris, celibatário, nunca deixa de comentar, com alguma ironia, mas não sem certa admiração:

– Te convidei para trabalhar comigo, Rafael, porque um homem que fica casado tanto tempo forçosamente será fiel a sua empresa.

Ele é fiel. Tem tido seus casinhos, naturalmente; mais por necessidade que por lascívia. Desde que começaram os problemas com Suzana, Helena não consegue mais ter relações – me perdoa, Rafael, mas não está em mim, simplesmente não posso –, e ele então se viu obrigado a ter uns casos fora; nada de sério, porém. Porque há coisas que pesam mais que o sexo. Dezessete anos lado a lado, lutando juntos, sofrendo juntos, isto pesa. Mesmo que não haja amor, amizade existe. Há ternura. É com ternura que fita sua mulher agora. Tão boa, essa mulher. Tão terna, tão delicada. Não, não pode ter falhado como mãe. Se alguém falhou foi ele, Rafael. Em algum momento falhou; em muitos momentos, talvez. Quantos momentos? Dois, três? Cento e vinte momentos? De que forma? Batendo na filha? Que se lembre, nunca bateu. Umas palmadas, decerto, mas isto não faz mal, está até indicado, segundo ouviu dizer, pela moderna pedagogia. Gritou com Suzana? Mas quem não grita com os filhos? Não é possível que tenha gerado traumas na filha por causa de gritos, ou de tom ríspido de voz ou de franzir de sobrancelhas. Deve ter sido alguma coisa mais séria. Um incidente como o daquela noite de inverno.

Uma noite gélida, aquela, o minuano assobiando, furioso. Por volta da meia-noite Suzana, então com três anos, acordou, chorando. Estava com medo, por causa do vento. Traz ela para a nossa cama, disse Helena, Rafael, sonolento, não queria levantar, Helena foi lá, trouxe a filha, deitou-a entre os dois. Suzana ria, feliz. Riam os três, brincavam, entoavam canções infantis. Enquanto isto, sob os cobertores – Sob os cobertores estavam acontecendo *coisas.* O pé de Rafael procurava o pé de Helena, a mão dele estava na coxa dela. *Estou te querendo* – ele sussurrou, a voz embargada pelo súbito e violento desejo. Apagou a luz, passou por cima da filha, deitou sobre a mulher. Agora não, protestava ela debilmente, a guria está acordada, Rafael, que loucura. Ele porém nem ouvia, já estava se introduzindo: coito rápido, nervoso. Ainda ofegante, deslizou para seu lugar.

Tateando, Helena apanhou a pêra da luz. Não fiz isto, sussurrou ele, mas já era tarde: à crua claridade da lâmpada via os olhos de Suzana a fitá-lo. Não havia acusação, naquele olhar, nem mesmo mágoa; perplexidade, talvez, mas não a inocente perplexidade das crianças, algo diferente, inquietante. Perturbado, ele se levantou, foi para a saleta do pequeno apartamento e lá ficou, fumando, tremendo de frio, resolvido a só voltar quando a filha tivesse adormecido. De vez em quando espiava da porta – e lá estava ela, a olhá-lo. Que merda, resmungava, culpado e embaraçado. Culpado e embaraçado, mas irritado; estava com sono, precisava levantar cedo no dia seguinte. Finalmente a menina dormiu, ele pôde se enfiar de novo na cama. Eu disse, murmurou Helena, ainda perturbada, eu disse que a gente não deveria ter feito isso.

Terá sido este incidente a causa de tudo? Terá sido esta a semente que após um longo período de latência germinou transformando-se na planta carnívora do ódio? A metáfora é boa – mas será que corresponde à realidade? Helena crê que sim. Crê firmemente que sim, depois de certas conversas com psicólogos e com seu psiquiatra. Rafael, que não acreditava muito nessas coisas, agora começa a pensar que ela talvez tenha razão. Um trauma de infância, pode ser isso. De outra forma, como entender a transformação que se operou na menina, que faz com que ela pareça possessa? Um trauma. Pode ser.

E se ele assume a culpa pela estranha conduta da filha, deve também assumir a culpa pela conduta, não menos estranha do pai, por seu misterioso desaparecimento? Em outras palavras – onde é que falhou, como filho? O que fez, para que o pai tivesse precipitadamente abandonado a casa? Debochou dele, irritou-o com gritos agudos? Derramou sopa em seus livros? (O pai tinha uma imensa biblioteca. Sempre que podia, refugiava-se lá, mergulhava na leitura. O que lia, tão interessado? Rafael nunca conseguiu descobrir: logo depois que ele desapareceu, a mãe vendeu os livros todos para o dono de um sebo. Um dia, já adolescente, Rafael foi atacado na rua por um senhor idoso que lhe perguntou se o pai ainda se interessava por genealogia. Meu pai morreu, disse Rafael, e afastou-se precipitamente para não chorar na frente de um estranho. Correu para casa, trancou-se no quarto, chorou muito; depois enxugou os olhos, foi consultar o dicionário. Queria saber o que era genealogia.) Hein? O que fez para desgostar o pai? Chorava muito à noite? Suzana passava as noites berrando, não o deixava dormir; à época ele tentava terminar o curso noturno de economia; sempre cansado, adormecia nas aulas. O professor o acordava: o que foi que eu falei agora, senhor Rafael? O que foi que eu disse sobre a mãe do Marx? Rafael não sabia. Ignorava por completo que a progenitora de Marx tinha exigido que o filho parasse de falar em capital e ganhasse o tal capital. Os colegas sorriam. Rafael acabou desistindo do curso. Não abandonou a mulher e a filha; continuou trabalhando duro, como corretor de imóveis, e ganhando pouco. Depois do encontro com Boris sua vida mudou. Mas aí já era tarde para voltar à Faculdade. Sacrificou a carreira, por causa da filha. Sacrificaram muitas coisas, Helena e ele. Mas aparentemente não se redimiram dos erros, dos traumas.

E ao pai? Que trauma causou? O mais lógico é que o pai lhe tenha causado um trauma, por causa de um trauma que o *seu* pai por sua vez lhe causara, e assim sucessivamente, os traumas passando de geração em geração; um penoso quadro, este, mas não é assim a história da humanidade? Julio, seu colega de escritório, sustentava que sim; mas Julio era depressivo, e até se matou, talvez para interromper, no que lhe dizia respeito, a acabrunhante seqüência. Agora, será Rafael tão poderoso a ponto de ter causado traumas na filha e no pai? Será ele uma fonte potencial geradora de ondas traumáticas a se propagarem, reverberando, para o passado e para o futuro, para cima e para baixo, para a direita e para a esquerda? Pouco provável. E depois, nem tudo foram traumas. Com Suzana, nem tudo foram traumas. Eles têm um álbum de fotografias que dá testemunho de belos momentos: Helena amamentando Suzana, ainda na maternidade; ele conduzindo a filha no carrinho; servindo-lhe de cavalinho; construindo-lhe um castelo de areia na praia. E as fotos de aniversário, as crianças todas com chapeuzinhos de palhaço ao redor da mesa e o bolo com duas velinhas, quatro velinhas; sete, dez; e depois fotos de Suzana no colégio, nas reuniões dançantes, numa excursão ao Rio (o Pão de Açúcar, o Corcovado); e também um instantâneo, tirado enquanto ela estava distraída, que a mostra sonhadora, à janela. Muitas fotos, muitos momentos. Bons momentos. Boas fotos: à medida que melhorava de vida Rafael ia aperfeiçoando seu equipamento fotográfico. Ganhava bem, viviam confortavelmente...

De repente Suzana mudou. O sorriso ingênuo deu lugar à expressão debochada, amarga; os comentários infantis, às observações irônicas; a amável convivência, às brigas quase diárias. Uma transformação súbita – tão súbita quanto a transformação que Rafael imagina ter ocorrido com o pai. Por quê? Será que Suzana herdou algo do caráter do avô, a predisposição para a súbita instabilidade? Será que isto é uma coisa genética, inevitável?

Não há mais tempo para elucubrações, são oito e quinze. Beija mais uma vez a mulher, levanta-se, veste o casaco, apanha a pasta, e sai. Toma o elevador, desce à garagem, já movimentada àquela hora: o rugir de potentes motores ecoa no amplo recinto, carros arrancam com um guincho de pneus no cimento. Rafael dirige-se a seu box. Cumprimenta um vizinho: alto funcionário da Prefeitura. Outro: gerente de um grande laboratório farmacêutico. Um terceiro, médico, acena-lhe, vem falar com ele. É um homem ainda jovem, este médico (neurologista, parece), e normalmente bem-humorado; há, porém, um indisfarçável tom de ansiedade em sua voz quando pergunta:

– Que boatos são esses que andam correndo por aí, Rafael? Dizem que a situação da financeira não é boa, é verdade?

Rafael tranqüiliza-o: claro que não, está tudo bem, o mercado é que anda um pouco nervoso:

– Vai ver que é por causa do Franco. Não o franco suíço, o outro. O que está com um pé na cova.

O gracejo sai sem muita convicção, o outro sorri, forçado: vê lá, Rafael, eu tenho um bom dinheiro com vocês; não me deixa mal, se há galho me avisa, quero cair fora a tempo. Pode deixar, garante Rafael, por um vizinho eu faço qualquer coisa.

Despede-se, entra no Opala, liga o motor. O médico também entra em seu carro, abana-lhe – vê lá, hein, Rafael? – e parte. Rafael arranca, sai da garagem, sobe a tranqüila rua em direção à avenida, mergulha na corrente do trânsito. O congestionamento habitual, buzinas atroando os ares. Rafael assobia baixinho. Não adianta se impacientar. Para quê? Para ter um infarto, uma úlcera? Bobagem. De mais a mais, ele não tem hora para chegar. Já passou a fase em que era empregado, em que batia ponto. Agora é um executivo, não tem hora para sair, portanto não precisa ter hora para chegar.

O homem no carro ao lado, um maltratado Corcel, mira-o de cenho carregado. Por quê? Será, como o neurologista, um investidor suspeitoso? Rafael não o conhece, nunca o viu. Houve época em que conhecia quase todos os clientes da financeira, mas a empresa cresceu, ele agora não tem contatos com pessoas, só mexe em documentos, em balancetes. Talvez o homem seja mesmo um investidor. Talvez não: há tanta gente que olha feio sem motivo. Tanta gente disposta a brigar. Se Rafael lhe devolvesse o olhar provavelmente o homem lhe perguntaria: *por que está me olhando? Não gostou da minha cara?* E aí Rafael teria (que jeito?) de responder com um desaforo, e o homem abriria a porta do carro e desceria com uma barra de ferro na mão, e Rafael teria de abrir o porta-luvas e tirar o revólver... só que não tem revólver. Felizmente: assim não se mete em confusões, já lhe bastam os problemas que o atormentam. O trânsito começa a se mover de novo, o Corcel entra numa transversal. Ainda bem.

Liga o rádio. Mais um noticiário (noticiários é que não faltam, a esta hora). Mas são as notícias que já ouviu: Franco continua em coma. Continuará em coma, decerto, até que Rafael chegue ao centro, e no dia seguinte e no outro, e no outro, gerações se sucedendo... Está aí, pensa, uma boa idéia para um livro. Não lê muito, não tem tempo nem cabeça para leituras, mas aí está um romance que gostaria de ler, a história de um homem, que, mesmo em coma, mantém seu poder.

A seu lado, agora, um grande caminhão de transporte de gado. Vinte ou trinta ou quarenta bovinos viajam na carroceria gradeada – para o matadouro, decerto. Parecem perplexos, os pobres bichos (o que está acontecendo? o que aconteceu? o que vai acontecer?). Lembra-se do que Boris lhe falou uma vez, de que seus parentes, na Europa, eram conduzidos ao campo de concentração como gado ao matadouro. Destino do qual Boris, tendo já nascido no Brasil, escapou. Escaparia de qualquer jeito, aliás. Mesmo que estivesse num caminhão como esse, sendo levado para o extermínio. Num primeiro momento – no primeiro quilômetro, nos primeiros dois quilômetros – talvez ficasse mesmo perplexo ou assustado; logo em seguida, porém, daria um jeito de reverter a situação. Subornando os guardas, por exemplo. Oferecendo-lhes sociedade num negócio – de transporte coletivo, digamos. ("Por que levar as pessoas para a morte? São passageiros que vão mas não voltam, e que não pagam passagem. Muito melhor é transportar operários ou lavradores para o campo".) Guardas e prisioneiros fugiriam com o caminhão, já então transformado no primeiro veículo de uma grande frota destinada a cobrir a Europa, e as Américas, e a África. Boris é esperto. Rafael não tem dúvida quanto a isso. Ele resolverá os problemas da financeira. Mas como o fará, Rafael não sabe.

Detém-se num sinal fechado. Uma moça aproxima-se dele, faz sinal para que baixe o vidro (anda sempre com o vidro levantado – precaução contra assaltos). Deve ter a mesma idade de Suzana, veste-se como a filha: longa túnica, sandálias de couro cru, colares e pulseiras. E o mesmo cabelo desgranhado. É dos *Novos Essênios,* sem dúvida. Jesus te ama, querido! grita, estendendo-lhe um folheto. Mesmo sem olhar, Rafael sabe do que se trata: é uma história em quadrinhos contando a história de um ateu ("Eu não acreditava em nada. Só queria dinheiro e poder") que se converte ("Voltei aos braços do meu doce Jesus") e fica feliz ("... e fiquei feliz"). É isso, então, que Suzana faz: aborda motoristas, chama-os de *querido.* Pouca-vergonha. E por que está em casa, dormindo? Se pelo menos levantasse cedo, como essa moça. Mas não, prefere dormir todo o dia e sair à noite. Talvez lhe caiba o trabalho noturno. Pouca-vergonha.

– Não estou interessado – responde, seco.

– Não faz mal, querido – a moça sorri, um pouco forçado, mas sorri. – Jesus te ama assim mesmo. E eu também. Um beijo.

Agarra-lhe a cabeça, beija-lhe o rosto, próximo à boca, quase na boca. E afasta-se, rindo, em direção do carro de trás. Confuso, Rafael ajeita os cabelos, olha para os lados. O motorista do caminhão ri:

– Por que não aproveitou, companheiro? A gatinha te deu sopa e tu dormiu no ponto! Tu é trouxa mesmo, velho.

O sinal abre, Rafael, arranca à toda, irritado, corta a frente de um carro esporte (que é isso, coroa, berra o motorista, um rapaz de óculos escuros), o tráfego agora flui livre, ele ultrapassa um carro depois outro, sempre irritado, pouca-vergonha, pouca-vergonha.

Chega ao centro, deixa o carro no estacionamento. Tem de andar uns quarteirões até a financeira. Melhor. Assim pode se acalmar um pouco.

Pasta na mão, caminha pela Rua da Praia. O dia está bonito (isso, ao menos: o dia está bonito), ele anda devagar. Pode se dar este luxo, não precisa se apressar (quem menos corre, voa – dizia Julio. Pobre Julio) como estes *office-boys* de camisa berrante, estas caixeirinhas de expressão atarantada que caminham de braços cruzados em direção às Lojas Brasileiras, ou Americanas, ou às Casas Pernambucanas; estes senhores modestamente vestidos que vão para os escritórios ou para as repartições. Caminha devagar e procura um rosto conhecido; cumprimentar alguém na Rua da Praia é para ele quase uma necessidade, um conforto, especialmente numa manhã assim, tão carregada de presságios. Mas não reconhece ninguém. Não conhece mais ninguém. A cidade cresceu, já não passa mais bonde na Borges de Medeiros, já não há fotógrafos à entrada da Galeria Chaves. E os jornaleiros já não correm pela rua apregoando as notícias. Há bancas que exibem, além dos jornais *(Franco continua em coma),* revistas coloridas, pornográficas. E o café que costumava freqüentar, localizado num prédio antigo, agora é uma loja de diversões eletrônicas, que, apesar da hora, está cheia. Um grupo de jovens admira a habilidade de um rapazinho de cabeleira afro, que maneja uma arma eletrônica. Os urros repetidos e agoniados do urso por ele atingido indicam que o rapaz é bom atirador. Rafael conhece esse jogo, já o viu num estabelecimento similar, em Camboriú, Santa Catarina: a fera é alvejada, volta-se, é alvejada de novo, volta-se – sem descanso, sem trégua, até que um repentino silêncio assinala o fim do estoque de tiros a que a ficha dá direito, o atirador então abandonando a arma com um suspiro de tédio. Rafael vai adiante, mas logo se detém, diante de uma vitrine que exibe calculadoras. Disto sim, ele gosta; conhece bem calculadoras, está a par de cada novo modelo que aparece. E ali há novos modelos, coisa sofisticada. Outra hora passará ali para conversar com o gerente, saber dos preços. Agora não, está ficando tarde, ele apressa o passo. Chega ao edifício em que funciona a financeira. Um prédio antigo, mas de aparência digna; não é nenhum destes edifícios comuns no centro, cheios de salas e salinhas em que funcionam firmas muitas vezes fantasmas, antros de traficantes, estelionatários e viciados. Boris sabia o que estava fazendo quando escolheu o *Dom Furtado de Mendonça* para nele localizar a financeira. Boris sempre sabe o que faz.

Rafael entra no elevador. Cumprimenta uma funcionária da financeira (chegando atrasada? Não, provavelmente saiu a serviço, está voltando) que lhe sorri, servil: sua amizade com Boris é bem conhecida. E o ascensorista cumprimenta-o com efusão, tece comentários sobre o belo dia; para ele, o tempo agora firmou, os dias serão cada vez mais bonitos, tendendo provavelmente a um nível quase insuportável de beleza – sol radioso em excesso, céu tremendamente azul. Nuvens, não mais; e chuvas, nem pensar. Se Rafael porém aventar a possibilidade de danos causados pela estiagem, imediatamente se corrigirá e dirá que vai chover, não demora muito. Bom homem, este velho. Habitualmente loquaz, mas humilde. É preto; falando de seus ascendentes, tema aliás de sua predileção, assinala a presença, entre eles, de vários escravos. Menciona Palmares para lembrar a avó, comentando, entusiasmada, a lei Áurea. O avô trabalhava na lavoura, de sol a sol; ele opera um elevador, sem jamais deixar de se encantar com as maravilhas da técnica: basta apertar um botão, as coisas funcionam. E tem contato com gente importante, com homens de negócios e mulheres bonitas que deixam na cabina um suave aroma. Assuntos que ouviu discutidos a meia voz transformam-se, às vezes, em manchetes de jornais. Já disse à mulher que poderia ficar rico com as coisas que sabe; no entanto, reconhece-o, não domina a arte de montar, com fragmentos de informação, um quadro coerente; não se iniciou no jogo, de muitas incógnitas, do poder e do dinheiro. A escravidão ainda projeta a sombra sobre ele. Mesmo assim, ele não deixa de dizer, no momento em que Rafael chega a seu andar: corre por aí que vocês vão se mandar, seu Rafael. Não há tempo de esclarecer este comentário, feito em tom casual; não há tempo de descobrir a que se deve a mudança de tratamento, a troco de que o *doutor Rafael* de dias atrás se transformou em *seu Rafael.* As portas do elevador estão abertas, ele tem de sair, há pessoas esperando que ele saia. Sai, seguido da funcionária.

Então já estão falando, pensa, enquanto caminha pelo corredor. Até o ascensorista está falando, e se ele está falando, já não deve ser mais segredo para ninguém, provavelmente está todo o mundo comentando, milagre que ainda não apareceu no jornal (logo abaixo de "Franco continua em coma": "Boatos sobre situação de financeira agitam o mercado de valores"). Talvez apareça amanhã. Talvez o rádio já esteja dando algo a respeito.

– Bom-dia, doutor Rafael.

O porteiro, respeitoso, abre-lhe a grande porta de vidro. Na parede fronteira à entrada, justo sobre a cabeça da simpática e sorridente recepcionista, lê-se, em letras de metal polido, o nome da empresa: *Pecúnia S.A.* Três mil e seiscentos metros quadrados; três andares, decorados pelo famoso Ballestra, de São Paulo. A imagem de solidez e sobriedade que Boris sempre quis dar ao empreendimento transparece nos painéis de madeira nobre, os lustres de cristal, o mármore, os tapetes vermelhos. O emblema da empresa, encomendado a um especialista de heráldica, faz uma alusão ao sobrenome de Boris, Goldbaum: é uma árvore dourada, em campo azul, com a legenda *Arbor Áurea.* Uma coisa que Rafael sempre achou de gosto duvidoso, mas que os clientes aparentemente admiram.

Passando a recepção, entra na sala de espera, para onde dão todas as salas dos diretores e gerentes, à exceção da de Boris, que tem entrada própria. Este recinto (uns dez metros de comprimento por uns oito de largura) é conhecido como o Salão da Moeda. Uma idéia de Boris: junto à parede do fundo pendem do teto, suspensas por fios metálicos, reproduções em grande escala – a menor tem meio metro de diâmetro – de antigas moedas. Ali estão o cruzado, o dobrão, o escudo, o talento, o luís, o pêni. Balançam às correntes de ar produzidas por ocultos ventiladores, giram em torno a si mesmas, criando, graças aos refletores que as iluminam, fantásticos reflexos no ambiente (corre um boato, não desmentido por Boris, que ele tem várias coleções das mesmas moedas, em tamanho menor, mas em ouro e prata). No centro do salão, o atrativo maior, lembrando de novo o sobrenome de Boris: é a árvore do ouro. Pequena, de tronco grosso e rugoso, com escassas folhas, lembra o bonsai, a árvore anã dos japoneses. Dos ramos, pendem favas entreabertas, contendo grãos, como as favas costumam conter – só que estes grãos são de metal e brilham intensamente à luz dos refletores. Ouro? perguntam-se os assombrados visitantes. Uma indagação à qual Boris nunca quis responder; mas deve mesmo ser ouro. Prova disto é que a árvore está numa redoma de vidro inquebrável. Numa placa de acrílico, gravada em letras góticas está – à guisa de explicação – a história da Árvore do Ouro. Ali é dito que a Árvore do Ouro é uma das três árvores mencionadas na Bíblia, as outras duas sendo a Árvore da Vida e a Árvore da Ciência do Bem e do Mal. Diferente destas, a Árvore do Ouro não estava no Paraíso, mas sim em algum ponto do vasto território que se estendia a leste do Éden, à espera de que a encontrassem homens destemidos e empreendedores. A Árvore do Ouro, continua a inscrição, "deve seu nome ao poderoso tropismo que têm suas raízes pelo precioso metal. Elas buscam avidamente os filões subterrâneos, infiltrando-se nas rochas mais duras. Solubilizam o minério, mediante a secreção de certo líquido, absorvem-no; o ouro dissolvido circula na seiva, deposita-se nas sementes das favas, que com o tempo transformam-se em grãos do mais puro ouro, perfeitamente esféricos. Embora a Árvore do Ouro dure milênios, o número delas não chega hoje provavelmente a uma dezena. Isto porque os aventureiros que por acaso a encontram só pensam em se apossar das sementes para vendê-las. O que não sabem é que estas sementes têm, surpreendentemente, capacidade de germinar, gerando – verdade que após longo tempo – novas Árvores do Ouro. A sabedoria, a paciência, o descortínio são assim regiamente recompensados". O sobrenome Goldbaum na verdade foi adotado na Europa pelo bisavô de Boris por causa da Árvore do

Ouro, na crença de que um nome, ou sobrenome, pode condicionar um destino. No caso, a crença revelou-se fundamentada: Boris tem a Árvore do Ouro. Ou, se não a Árvore do Ouro, a riqueza que o ouro pode comprar: imóveis, carros, terras. Até em arte investiu: anexa ao Salão da Moeda encontra-se a pinacoteca, em cujo acervo figuram quadros e esculturas dos mais famosos artistas brasileiros, sem falar num pequeno Frans Post – pouco conhecido, mas uma obra indubitavelmente autêntica do mestre holandês. Uma boa coleção, avaliada em alguns milhões de dólares. Contudo, o que tornou Boris Goldbaum famoso em todo o país, merecendo até uma reportagem do *Fantástico*, foi o Salão da Moeda. No livro de visitantes há assinaturas ilustres, entre elas a do Ministro da Fazenda e a do Ministro do Planejamento. Nos meios financeiros a coisa é considerada extravagância, ou golpe promocional; Boris, no entanto, declara que o Salão da Moeda representa uma espécie de homenagem aos grandes financistas de todos os tempos. Destes, ele admira principalmente os Rotschild, dos quais diz ser parente distante. Para comprovar este vínculo familiar encomendou a genealogistas alemães uma pesquisa, que, ainda não concluída, já está custando uma fortuna; as primeiras informações são, porém, animadoras – os especialistas acham que a bisavó de Boris pode ter sido prima dos primeiros Rotschild. São justamente estes, os fundadores da dinastia, que Boris mais deseja como antepassados. Os Rotschild recentes não lhe interessam; dos barões que vivem em castelos na França, que se dedicam ao cultivo de certas estirpes de uva, e à equitação, e à filantropia, deles não quer saber. Os Rotschild que admira, que quase venera, são os primeiros, os cinco irmãos. Um em cada importante capital européia constituiu a base sobre a qual se ergueu o império financeiro. Dos cinco, o predileto de Boris é Nathan, o de Londres. Diferente de seus elegantes irmãos, Nathan era baixo e gordo, de aparência desagradável. Mãos no bolso, ficava de pé junto a um pilar na Bolsa de Londres – o Pilar de Rotschild. Dali acompanhava o pregão, e foi ali que deu o golpe genial que de uma hora para outra fez crescer a riqueza da família. Graças à rapidez com que os agentes de seus irmãos se moviam pela Europa havia sido informado da derrota de Napoleão em Waterloo, antes mesmo do governo britânico. De posse desta valiosa informação, o que fez? Atirou-se a comprar títulos ingleses? Não. Ao contrário, começou a vendê-los, precipitando a corrida na Bolsa. *Rotschild sabe,* pensavam os especuladores, *se Rotschild está vendendo, Napoleão venceu.* As cotações desceram a valores ínfimos; e então, no último momento, Nathan Rotschild arrematou-os por preço vil. Em minutos, uma imensa fortuna.

Uma jogada genial, suspira Boris. Arte, meu amigo, pura arte. Nestas situações é necessário um verdadeiro talento dramático. O controle das emoções tem de ser total. Face: impassível, pétrea. Voz: firme, segura. Olhar: fixo. Um esboço de sorriso, um tremor na voz, um fugaz brilho no olhar, e tudo estará perdido.

Naquele tempo, continua Boris, a Bolsa era aventura, era vida. Hoje, não. Hoje é o telex, o computador. Claro, a habilidade pessoal ainda ajuda muito; mas a requintada sensibilidade, o rápido raciocínio, a verdadeira e profunda sabedoria, isso tudo já não conta. Nos Rotschild esta vocação manifestou-se já no fundador da dinastia, Amschel, que começou negociando com moedas antigas. Guardava-as carinhosamente em escrínios forrados de veludo, reproduzia-as em belos catálogos impressos em caracteres góticos, que enviava aos colecionadores. Foi esta paixão que o aproximou de Wilhelm, Príncipe de Hanau: o poder e o dinheiro unidos. Com o consentimento do Príncipe, abriu um pequeno banco, o *Wechselstube;* ali, moedas de todos os estados feudais alemães eram trocadas.

Mayer Amschel Rotschild não era avarento. Compreendia que o dinheiro precisa circular. Não era sem dor, contudo, que se desfazia de suas moedas. Antes de entregá-las, lançava-lhes um último, terno e prolongado olhar procurando fixar na memória o estilizado desenho de uma árvore, o duro perfil de um príncipe, um número – cinco, ou dois, ou sete – caprichosamente cunhado.

De Mayer Amschel, Boris tem um retrato, ao estilo dos mestres holandeses. Ali está ele, já velho, representado ao lado da mulher, Gutele.

Pela matriarca dos Rotschild, Boris nutre sentimentos contraditórios. Por um lado respeita-a: sente nela a força primitiva das mães judias, mas adicionada de um outro componente – a firme determinação de uma matrona romana, pode ser isto? –, a resultante final sendo uma extraordinária capacidade para conduzir os filhos ao caminho da vitória. Por outro lado, irrita-o e até repugna-lhe a figura desta mulher no clã dos Rotschild. Neste navio que venceu galhardamente o traiçoeiro mar da finança internacional parece-lhe dispensável uma figura feminina. Dinheiro é coisa para homem. Só os homens possuem a necessária capacidade de abstração para divisar a face da Deusa da Fortuna nos algarismos apressadamente anotados em pedacinhos de papel. Dinheiro, para as mulheres, representa o prosaico: casa, comida, roupas. Jóias, na melhor das hipóteses, e nem sempre autênticas: ouro de escasso quilate, diamantes com jaça. Bijuterias. Decididamente Boris não leva as mulheres a sério. Reconhece os avanços do movimento feminista; em suas campanhas publicitárias há apelos ao sexo feminino – em *Pecúnia, você, investidora, é tratada com carinho todo especial* –, mas é só. Este Boris, que colunistas sociais rotulam de "cobiçado celibatário", só quer mulheres na cama, e por pouco tempo: uma semana, um mês; até o momento em que começam a falar em casamento. Aí, gentil mas firmemente, manda-as embora.

Claro, paga um ônus por isso. Há investidores, bons investidores, que reprovam o que consideram uma conduta leviana, recusando-se por isso a confiar seu dinheiro à Pecúnia. E a própria família de Boris pressiona para que ele crie juízo e case de uma vez: a mãe e as irmãs não param de lhe telefonar, falando de moças simpáticas, inteligentes – e até ricas. Mas Boris não quer saber:

– Simpatia basta a minha, mamãe! – gritando ao telefone: a velha é surda. – Eu disse que simpatia basta a minha! É! E inteligência, também! E dinheiro eu tenho, mãe! É! Dinheiro tenho até demais!

Da mãe e das irmãs Boris não gosta muito; mas o pai, falecido, ele recorda com saudade. Era um alfaiate comunista que gastava seus parcos rendimentos em livros. Conhecia Marx de cor e era capaz de responder a perguntas como: o que diz o segundo parágrafo da terceira página da edição alemã de *O Dezoito de Brumário?* – e: o primeiro cão de Karl sendo conhecido como Toddy, qual o nome do segundo? Excelente profissional, nunca procurou se promover. Ao contrário: pretendia usar um dia seus conhecimentos para o ajuste final de contas com a burguesia. Tinha imaginado, inclusive, uma escala de incriminação, baseada nos tecidos usados pela burguesia: casemira inglesa indicando cruel espoliador (pena: enforcamento), linho S-120, um corrupto (pena: fuzilamento), alpaca reluzente, um político manhoso (pena: engaiolamento com exibição ao povo) e assim por diante. Ainda bem, diz Boris, que meu pai morreu sem ver o filho rico. Ele jamais perdoaria minhas camisas de seda; por elas eu pegaria, no mínimo, prisão perpétua.

Rafael cumprimenta a secretária, entra em sua sala. Grande; não tão grande quanto a de Boris, mas bem maior que as dos outros diretores; afinal, é homem de confiança, e sua posição se reflete na mesa (madeira de lei), na cadeira (de espaldar alto; não tão alto quanto o da cadeira de Boris, mas bem alto, sobressaindo uns cinco centímetros acima de sua cabeça), nos telefones (cinco, sendo um vermelho para comunicação direta com Boris), nas confortáveis poltronas, no espesso carpete. Os quadros que tem na parede não valem milhões, como os da pinacoteca, mas as assinaturas que neles figuram são de nomes de peso no cenário artístico do sul do país.

Rafael senta, coloca sobre a mesa a pasta Samsonite – presente de Boris, que a comprou na Quinta Avenida. Uma bela pasta, sólida, segura, impressiona muito; é verdade que Rafael já teve fantasias com esta pasta, a idéia de que um dia, abrindo-a, encontraria uma cascavel sobre os papéis; mas isto passou. Seus temores agora são outros.

Abre a pasta: ali está o caderno. Pega-o, coloca-o cuidadosamente sobre a mesa, fica a olhá-lo.

Um velho caderno de capa manchada e rasgada. Destes cadernos escolares que as crianças enchem com temas para casa, e que os adultos às vezes gostam de usar. Sabe-se lá por quê. Saudades da infância, talvez.

Não, Rafael não se recorda de ter visto este caderno. Mas ele não lembra quase nada de sua infância, é impressionante, há gente que recorda tanta coisa dos primeiros anos de vida, ele não: é como se olhasse o passado por um vidro opaco. Vultos, não mais do que vultos.

Folheia lentamente o caderno. Um diário? Não, parece antes um registro de anotações esparsas, estas frases e palavras que a pessoa escreve quase que ao acaso, por razões que só ela conhece. Quanto à letra, não é capaz de dizer se é a do pai. Aliás, do doutor Rafael Mendes conhece pouca coisa escrita; só a assinatura, praticamente. Ademais, trata-se de uma caligrafia comum, absolutamente comum, na tinta lilás usada à época. Um grafólogo talvez pudesse lhe revelar algo mais sobre o caráter do pai, esclarecendo inclusive as razões de sua precipitada partida, aparentemente sem sentido. ("Seu pai, apesar de médico, era na verdade um guerreiro potencial. Note, ele corta violentamente o *t* – como quem maneja uma espada. Havia nele uma vocação incontrolável para a batalha – estas volutas não são semelhantes à fumaça de uma cidade incendiada?" "Essa descrição poderia corresponder à de um revolucionário?" "Sim. Um revolucionário... Por que não? Trotsky tinha uma letra parecida. O senhor conhece bem a vida de Trotsky?" "Não, infelizmente não sou muito ligado nesses assuntos." "Nem eu – por favor, não me tome por subversivo ou coisa do gênero. Mas a letra de Trotsky, essa conheço, tenho num livro um exemplar da assinatura dele. É parecida, acredite.") O que quer dizer, por exemplo: *Profeta Jonas – vidro?* E o que é, ou quem é, *Maimônides? Inquisição:* isto ele sabe o que é, claro, e *Invasões Holandesas* também. Devem ser tópicos relacionados com o interesse do pai por História; e assim também *Colombo* e *Palmares;* mas *tesouro dos essênios* é de novo um mistério (uma lenda? algo parecido com a Árvore do Ouro?). E há pequenos desenhos: armas antigas (o arco e a flecha, a maçã, a alabarda), brazões, bandeiras – para Rafael (mas o que sabe ele de bandeiras?), desconhecidas. Por último, versos:

Malato está el fijo del rey, malato que no salvaba,
siete dotores lo miran, los mijores de Grenada.
Siete suben y siete abajan, ninguno le face nada
ainda manca de venir el de la barba envellutada.
Calentura fuerte tiene, las tripas tiene dañadas.
Tres horas de vida tiene, hora y media han pasadas.
En esa horica y media – hasedle bien por su alma.

E a letra de uma cantiga de ninar:

Duerme, duerme, mi angelico,
hijico chico de tu nación

Espanhol: faz sentido, para quem foi para a Espanha. Mas que espanhol é esse? Não parece o que agora se fala em Buenos Aires, por exemplo, e que Rafael conhece de várias viagens. Palavras como as que ali estão, nunca viu escritas ou pronunciadas. Parece um dialeto do espanhol, mas dialeto de que povo? De que *nación?* E por que o pai anotou esse poema? O que são esses versos? Rafael suspira. Pouco lhe esclareceu, o caderno. A foto pelo menos lhe ajudou a lembrar o pai, o rosto que ele havia esquecido; adolescente, imaginara o pai com a fisionomia do miliciano fotografado por Robert Cappa, que ele vira num livro sobre a Guerra Civil espanhola. Uma foto dramática; atingido em cheio por uma bala franquista, o homem está caindo para trás, braços abertos: a mão direita ainda segura o fuzil, mas a arma agora é inútil, porque ele vai morrer, isto é certo: e porque morreu Rafael se apossou do rosto dele, da expressão de dor e surpresa e a colocou na figura do pai. Agora já não necessita desta face emprestada; agora tem um rosto, ainda que antigo e mal focado; mas continua sem respostas. Em resumo, o que sabe do pai, neste dia, a esta hora? Que era médico, e humanitário – isso lhe dissera uma velha senhora, das muitas velhas senhoras que traziam suas economias à Pecúnia: seu pai era muito gentil, doutor Rafael. Consultei-o uma vez; muito simpático e gentil; um pouco esquisito, mas gentil.

Era esquisito. A mãe também diz isto, que o marido era esquisito. Sim, mas que quer dizer com *esquisito?* Que o doutor Rafael era louco? Que era diferente? E diferente por quê? Por que falava pouco? Por que lia muito? Verdade, lia muito. Segundo o dono do sebo que adquirira a biblioteca, o doutor Rafael reunira um belo acervo de textos históricos. Brasiliana, principalmente, mas também História Universal. E colecionava, num grande armário de portas envidraçadas, toda sorte de objetos curiosos; mapas antigos, astrolábios, sextantes, telescópios, bússolas, retortas, ampulhetas, clepsidras.

A mãe não quis guardar nada, deu os objetos a um antiquário: "Pode levar tudo". "Mas eu até fico constrangido, senhora, são verdadeiras preciosidades." "Não importa. Leve tudo." "A senhora não gostaria de pensar mais um pouco?" "Leve tudo. Ou jogo fora." "Não faça isto, pelo amor de Deus! Eu levo." Levou. E do pai nada mais resta.

Sim, isto é o que sabe. Há também memórias... Confusas imagens... Sensações... Um bigode roçando-lhe o rosto de menino... Uma voz grave de barítono, entoando uma cantiga de ninar... Mas estas coisas são difíceis de evocar.

Batem à porta. Sobressaltado, Rafael guarda precipitadamente o caderno na gaveta, fecha-a a chave.

– Entre.

– Com licença, doutor.

É o contínuo. Traz uma extensa listagem de computador: o balanço das operações do dia anterior. Ainda perturbado, Rafael agradece. O homem olha-o:

– Não está se sentindo bem, doutor? Precisa alguma coisa?

Rafael agradece: não, não precisa nada. Está bem, com um pouco de dor de cabeça, apenas. Coisa passageira. O rapaz, contudo, vacila em se retirar. Finalmente, cria coragem:

– Doutor Rafael... É verdade o que estão dizendo por aí?

Rafael olha-o, surpreso:

– O quê? O que estão dizendo?

– Que a empresa aqui está para fechar.

Dá um passo à frente:

– Olhe, doutor Rafael. Se é verdade, quero que o senhor e o seu Boris saibam que podem contar comigo a qualquer momento e para qualquer coisa. O seu Boris...

Interrompe-se, enxuga os olhos.

– O seu Boris foi um pai para mim. Me deu este emprego, me ajudou a comprar uma casinha lá em Alvorada, pagou os remédios da minha mulher quando ela ficou doente. Eu devo tudo ao seu Boris, doutor. Tudo.

Rafael olha-o, surpreso. Deve tudo a Boris, esse homem? Mas então? Boris ajudava esse homenzinho insignificante e chato, tão insignificante que Rafael nem sabe seu nome e tão chato que é conhecido por Pegajoso? É uma novidade, uma desconcertante novidade; demonstra que na verdade ele não conhece Boris tão bem quanto pensava, isto apesar da longa convivência. Decididamente, há coisas que as listagens de computador não revelam.

– Está bem, Pe... Está bem, rapaz. Obrigado por tua atenção. É um conforto saber que a gente conta com funcionários tão dedicados.

Tão logo o homem sai, desdobra o comprido formulário e põe-se a estudá-lo. Faz seus próprios cálculos; durante hora e meia pressiona com impaciência as teclas da calculadora, praguejando baixinho, às vezes. Quando termina, atira a lapiseira sobre a mesa, joga-se para trás na cadeira. É pior do que pensava. O rombo, que começou a se avolumar há um mês, agora assumiu dimensões enormes. A situação é incontrolável. Os temores do neurologista, do contínuo, se justificam; a financeira está mesmo quebrada. O rombo, só em letras de câmbio sem cobertura, é de trinta milhões de dólares. E ainda há os cheques voadores, e os empréstimos bancários, e a gorda folha de pagamentos. A minha taxa de rentabilidade é a maior do mercado, gabava-se Boris, e é mesmo, mas isto tem um preço e também o descalabro administrativo, e as festinhas para empresários e investidores – uísque e champanhe em garrafas com o emblema da financeira, a Árvore do Ouro. Tudo isso agora acabou.

Pega o telefone vermelho, liga para Boris. Não veio ainda, informa a secretária. Me avisa assim que ele chegar, diz Rafael. A custo contém a impaciência: o barco fazendo água por todos os lados, Boris sequer aparece. Pode ser um gênio das finanças, como todos dizem, mas no fundo é um irresponsável. Como Suzana. Que merda, resmunga.

Levanta-se, caminha pela sala; abre o armário, tira uma garrafa e um copo, serve-se de uma dose de uísque, senta numa poltrona sorvendo a bebida e olhando distraído a paisagem; o centro da cidade, o rio curuscante, um cargueiro a se afastar lento. Bom seria estar nesse navio, pensa. Navegando. Para longe.

O telefone toca. Uma voz de mulher, rouca, sensual:

– Sou eu. Celina.

Celina Cordeiro. Ex-Miss Rio Grande do Sul, ex-mulher de um rico industrial, figura conhecidíssima na sociedade. Boris contratou-a como uma espécie de relações públicas da financeira: sua tarefa consiste em fazer contatos, descobrir investidores potenciais, ricos fazendeiros, por exemplo; no que se sai muito bem. Independente do caso que tem com ela, Rafael admira-a. Trata-se de uma mulher de classe, culta, inteligente. Já não é mais bonita como na época em que sua foto aparecia em todos os jornais; teve um acidente de automóvel, cujas marcas, apesar das várias plásticas, ainda são visíveis no belo rosto deformado. Mas ainda tem um corpo notável, e é ardente na cama. Sua ligação com Rafael evidentemente nada tem a ver com amor; faz parte de um esquema, mas por enquanto ainda não exigiu nada. Costumam se encontrar ao meio-dia, num lugar muito conveniente; uma espécie de hotel, no centro da cidade, que tem uma particularidade interessante: uma das entradas fica numa ruazinha tranqüila; a outra é por uma tabacaria. Uma tabacaria! O elegante cavalheiro que aparentemente está em busca de finos tabacos – vai, na realidade, ao encontro do amor. Não é nos cachimbos de curiosos fornilhos que está interessado. Nem nas piteiras de âmbar, nem nos charutos cubanos, nem nas cigarrilhas, nem nos isqueiros cromados de mesa; nem nos canivetes de mola, nem nos punhais de lâmina lavrada, nem mesmo nos bilhetes de loteria. Este cavalheiro vai viver, discretamente, uma pequena aventura amorosa. Sem olhar para o dono do estabelecimento que, apoiado no balcão, lê o jornal, afasta a cortina de veludo no fundo da pequena loja, atravessa um corredor estreito e escuro, chega a um pátio interno estilo espanhol, com um pequeno chafariz: um lugar calmo e pitoresco, e isto em pleno centro da cidade que cresce vertiginosamente. Do pátio sai outro corredor e este dá acesso aos apartamentos, três, de uso exclusivo de poucos e selecionados clientes. Celina prefere o do meio, o dos espelhos.

É uma artista do sexo, esta Celina. Com ela, nunca é igual: há sempre novas posições, novas técnicas. Porque estuda o assunto, estuda mesmo: sob o nome de sua irmã Cornélia, já falecida, encomenda, por reembolso postal, os livros de que necessita para se atualizar; ou então, de óculos escuros, compra-os em bancas de bairros distantes. Sabe tudo a respeito das modalidades orientais do coito (aquele pessoal é que entende do assunto. Quem diria, pequeninos e de olhos puxados); admira particularmente a variedade em que homem e mulher copulam sobre um cavalo que galopa por um campo imenso; algo que, morando na cidade, tem escassa oportunidade de experimentar.

– Não precisavas dizer, Celina. – Ele tenta gracejar. – Essa voz afrodisíaca...

– Faz tempo que a gente não se fala, Rafael. – O tom é ressentido; contido, mas amargo.

Ele se desculpa:

– Isto aqui é um sufoco, tu sabes. Não dá nem tempo de te ver.

– Até parece que moro noutro planeta... Mas deixa pra lá. Quero falar contigo, Rafael. Hoje.

– Hoje, Celina? Mas hoje não dá, estou ocupadíssimo.

– Está bem – diz ela, impaciente. – Então será pelo telefone, mesmo. Quero saber como está a situação da Financeira, Rafael. Direitinho. Preto no branco.

Ah, então é isso. Já chegou a ela, também. E como não havia de chegar, se até o ascensorista e o contínuo comentam? Rafael tenta, tolamente, aparentar despreocupação: ora, Celina, são boatos. Tivemos alguns problemas de encaixe, mas isto–

Ela interrompe-o – e o tom agora é ominoso, ameaçador:

– Vou te dizer uma coisa, Rafael: a mim vocês não enganam, estás ouvindo? A mim vocês não vão deixar mal. Sei que a Pecúnia está por um fio, todo o mundo está dizendo que o governo vai intervir, que tu e o Boris vão se mandar para o Paraguai. Mas te aviso: se vocês vão dar o golpe eu tenho de ser compensada, Rafael. Muito bem compensada, por tudo o que fiz por vocês; não é pouco, tu bem sabes. Quero indenização, quero um ano de vencimentos adiantado. Caso contrário, boto a boca no mundo. Tu sabes que tenho muito do que falar, e que não me faltam amigos na imprensa para bolar uma matéria bem escandalosa. Isto, sem falar nas minhas ligações na área de segurança. Eu entrego vocês, Rafael. Não duvida, porque eu entrego.

Rafael tranqüiliza-a: não há nada, a empresa está passando por uma fase difícil, mas tem como se sustentar, o governo não vai intervir coisa alguma, ao contrário, tem o maior interesse em evitar pânico no mercado de capitais, essas coisas até prejudicam a imagem do país no exterior, os investidores estrangeiros se retrairiam. Vê lá, Rafael, diz ela, ainda desconfiada, vê lá. Em ti confio, és um sujeito decente. Agora o Boris–

– Não te preocupes com o Boris.

– Bom. Vamos ver.

Desliga. Logo em seguida outro telefone toca. É a secretária de Boris: ele não virá pela manhã, pede que Rafael vá almoçar na casa dele, o chofer está à disposição.

– Está bem.

Típico de Boris. Tudo se resolve assim: num almoço, num jantar, numa festinha íntima; com um telefonema para o Rio, ou para Brasília, ou para Nova Iorque ou para Zurique; com uma gorjeta, polpuda ou não; com um presente, caro ou não. Resignado, Rafael dobra a listagem do computador, abre a pasta – e é então que vê o papelzinho. Um folheto, já amarelado; estava sem dúvida com as coisas do pai:

"Leia até o fim! Poderá lhe ser útil! Ciências ocultas – genealogia – quiromancia – grafologia – astrologia – frenologia – radiestesia – transmissão de pensamentos – curas pelo espírito. A genealogia é uma ciência positiva. Quem foi seu pai? Quem foi seu avô? Os antepassados determinam nossa sorte – os vivos serão sempre e cada vez mais governados pelos mortos. Traga fotos antigas – cartas – cadernos – documentos da família. Consultando o Professor Samar-Kand poderás saber os fatos mais importantes. Também alquimia. Cabala, a ciência dos números. Porto Alegre nunca viu coisa igual. Inédito na metrópole dos pampas. Modernos tarôs. Se VS. vive desanimado, tem perturbações espirituais; desarmonia em seu sagrado lar; maus negócios, questões em demanda, separações, dificuldades em vencer na vida etc., não esqueça: Professor Samar-Kand tem a solução". Segue-se o endereço.

Mas o que é isto? – Rafael intrigado. – Que história é essa de ciências ocultas? O que teria o pai a ver com isso?

Vira o folheto e ah, sim, ali está: um bilhete. Pelo visto, ao tal Professor falta papel: usou o verso do folheto para escrever seu recado:

"Prezado Senhor Rafael Mendes. Estas coisas pertenceram a seu pai. Tenho outros objetos, documentos que lhe interessarão. Favor entrar em contato comigo". Rafael suspira. Agora sabe: há alguém em Porto Alegre que pode lhe falar do pai.

Quem será, esse tal Professor? O folheto sugere um vigarista; o que teria o pai a ver com um vigarista? Mas não pode fazer suposições baseado num folheto; além disto, vigarista ou não, procurará esse homem, portanto é melhor adiar qualquer julgamento. De resto há coisa mais urgente: precisa falar com Boris. Pega a pasta, dirige-se para a porta. O telefone toca. Não é o vermelho, é o outro, o PBX. Com a mão na maçaneta, Rafael hesita. Por fim (*merda!*) volta, atende. É sua esposa, diz a secretária. Ele suspira; mais uma vez (quantas, nesta manhã?) suspira.

– Pode passar a ligação.

Um estalido, um silêncio, e logo em seguida:

– Alo? Rafael? Alô! – Helena, ansiosa.

– Sim, Helena – Rafael procura se conter. – Sou eu, pode falar. O que é que houve?

– Ai, Rafael – a voz chorosa –, este teu telefone é tão complicado! Rafael, o que é que vai ser dela, Rafael? Me diz, o que é que vai ser dela?

– Mas o que aconteceu? – Rafael, entre impaciente e alarmado.

– Ela não dormiu em casa, Rafael! Não dormiu em casa de novo! Chegou de manhã, as empregadas me disseram! Tu sabias que ela chegou de manhã?

– Sabia.

– E por que não me disseste, Rafael? Eu sou a mãe dela, Rafael, eu tenho de saber!

– Olha aqui, Helena – Rafael tenta manter a calma, alguém tem de manter a calma –, tu estavas dormindo, o médico disse –

– O médico disse! – Ela explode. – O que me importa o que o médico disse, Rafael! Eu tenho de saber onde minha filha passou a noite, Rafael!

– Decerto foi com aqueles amigos dela, os da seita...

– Que seita, que nada! Faz um mês que ela não aparece lá, eles telefonam todo o dia perguntando por ela!

– Então –

– Então o que, Rafael? A gente tem de saber o que está acontecendo com ela, Rafael! Tenho certeza que ela está metida em encrenca, Rafael!

– Mas o que é que tu queres que eu faça? – Rafael, já impaciente.

– O que é que eu quero que tu faças? – Ela agora está gritando. – Rafael, pelo amor de Deus, tu és o pai!

– Escuta, Helena, agora não posso falar, estou com um problema urgente. Mas vou resolver esta situação, Helena, te prometo.

– Vais resolver, Rafael? – Ela soluça. – Mas como, Rafael? Como?

– Deixa comigo, Helena. Eu resolvo, já te disse.

– Resolves mesmo, Rafael?

– Claro. – O tom da voz agora é otimista (é a si mesmo que está querendo convencer? Talvez.) – Não é a primeira situação difícil que enfrentamos, é? E das outras a gente sempre se saiu bem. Vamos sair desta, Helena, podes ter certeza.

Silêncio.

– Helena?

– Sim, Rafael, estou te ouvindo. Tchau, Rafael.

– Tchau, Helena. Te amo, ouviste? Te amo. Tchau.

Desliga, pega a pasta de novo, de novo dirige-se para a porta: Boris, agora.

Conheceu-o na época da Faculdade. Boris aparecia por lá seguido; representava várias editoras de livros técnicos, segundo dizia, mas na verdade ele mesmo era o vendedor. Grande vendedor, aquele judeuzinho pequeno e magro, de olhar brilhante e sorriso levemente irônico. Conseguia que os professores recomendassem seus manuais, oferecia brindes a quem comprasse acima de determinada quantia, patrocinava jantares de recepção aos calouros. Rafael não resistia a sua retórica: comprou vários textos de economia, de matemática. Textos bons, aliás, não tinha do que se queixar. Ficaram logo amigos, depois das aulas iam tomar chope, conversavam até tarde. Mercado financeiro era já então o assunto predileto de Boris. Humildemente dizia-se ignorante do assunto – não tinha terminado o ginásio –, queria que Rafael lhe explicasse a teoria da coisa. Na realidade seu conhecimento, empírico, era muito maior que o de Rafael, que se surpreendia com a vivacidade do outro, com a rapidez de seu raciocínio. Tu farias sucesso no mercado de valores, dizia-lhe. Boris rejeitava a idéia com um gesto:

– Que nada, Rafael. Essas coisas não são para o meu bico. Isto é para gente que tem tradição no ramo, não para o filho de um alfaiate comunista.

Saindo da Faculdade, Rafael perdeu-o de vista; quando tornaram a se encontrar, anos mais tarde, Boris já era dono de uma pequena corretora; daí à grande financeira foi um pulo, uma trajetória rápida que Rafael acompanhou já como diretor da empresa. E como amigo. Boris não deixava de vir almoçar na casa de Rafael pelo menos uma vez por semana. Sentia-se bem ali; vocês são minha família, dizia, e era verdade – detestava os parentes que, segundo ele, só lhe procuravam para pedir dinheiro. Gostava muito de Suzana, trazia-lhe presentes, levava-a ao circo, à matinê. Contudo, nunca casou. E hoje, celibatário empedernido, leva uma vida de magnata, de *tycoon,* mora em Vila Assunção, sua casa é uma verdadeira mansão, com piscinas, quadras de tênis, imensas garagens para seus carros importados, canis para seus dálmatas. Recebe muitas visitas, e está sempre rodeado de mulheres belíssimas e famosas. Abraçado a elas, deixa-se fotografar para as colunas sociais, uma coisa que Rafael sempre reprovou, não por moralismo, mas pelo prejuízo que estas coisas poderiam trazer à imagem da financeira. O que, paradoxalmente, não acontece: ao contrário, quanto mais o nome de Boris figura nos jornais e nas revistas, mais clientes aparecem; parece que todos querem compartilhar o segredo do arrivista bem-sucedido, investindo com ele seu dinheiro.

Por outro lado, Boris não parece dar muita importância a este luxo. Afirma que continua homem simples, a diferença entre seu modo de vida atual e o do tempo em que era vendedor de livros sendo apenas uma questão de grau. O Mercedes-Benz é apenas um Volkswagen maior, mais confortável; quanto a mulheres, uma, duas ou três, não faz diferença nenhuma. Uma só mulher pode proporcionar tantas experiências diferentes e excitantes quanto três ou quatro daquelas atrizes que todo o mundo admira. Piscina? Uma banheira grande, ao ar livre. Vinhos importados? Tem uns que não chegam aos pés da caipirinha. Caviar? No estômago, digerido, é comida como qualquer outra. Morrer de fome? Sim, acontece; não por sua culpa. Não adianta ter remorsos. O importante é girar com o dinheiro, é criar empregos para essa gente miserável. É, sustenta, a maior satisfação que se pode ter em um empreendimento como a Pecúnia: a capacidade de realizar, e realizar num clima de constante excitação – um trabalho em que não há rotina, em que cada dia proporciona surpresas – como se fosse um jogo. Paga um preço por isso: é malvisto, invejado, detestado até; e são poucos aqueles em que pode confiar. Não tenho amigos, diz, tenho ligações.

No Mercedes, Rafael vai até a casa de Boris. O chofer, um mulato simpático, tagarela sem cessar, fala sobre o tempo, sobre futebol; antes que comente a situação da financeira, Rafael pede que ligue o rádio – quer escutar o noticiário do meio-dia. Franco continua em coma, um ministro (não o da Fazenda) chegará ao Estado para assinar convênios, houve um acidente na BR-101. A característica musical assinala o fim das notícias. Nada – felizmente – sobre a Pecúnia. Logo depois – *Está você preparado para a grande aventura de sua vida?* – o motorista, a pedido de Rafael, desliga o rádio.

Chegam à mansão, o guarda abre o amplo portão, eles entram. O mordomo leva Rafael até Boris. De óculos escuros e vistoso robe-de-chambre cor de vinho, ele está estirado numa cadeira preguiçosa, junto à piscina. Sozinho, constata Rafael, aliviado. Pelo menos isso. Nem mulheres em biquínis sumários, nem cronistas sociais. Sozinho, tomando seu uísque. Faz sinal a Rafael para que sente. Rafael senta, desconfortavelmente, na beira de uma cadeira preguiçosa; sente-se meio ridículo, assim, de terno e gravata, numa cadeira preguiçosa, à beira da piscina. Boris não repara nisso. Parece meio alheado, hoje.

– Foi bom tu me chamares – começa Rafael –, porque eu precisava mesmo falar contigo. Em particular.

– Eu também precisava falar contigo – Boris puxa pelo *erre*; uma pronúncia que Rafael sempre achou judaica, até conhecer Julio, que também puxava pelo *erre* e que, não sendo judeu, considerava o fato um sinal de sorte: pode ser que eu fique rico como o patrão, dizia, um pouco irônico, referindo-se a Boris. Pobre Julio. Nem o erre o salvou.

O mordomo aproxima-se.

– O que é que tomas? – pergunta Boris.

Rafael hesita: um segundo uísque a esta hora de um dia de trabalho lhe parece totalmente inconveniente. Contudo, aceita. O mordomo serve-o com gestos medidos, mas, de certo modo, elegantes. Rafael aguarda que ele se afaste, e começa:

– Bem, Boris, o negócio é o seguinte –

Não chega a concluir a frase; é interrompido por uma algazarra que vem do interior da casa, uma discussão furiosa. Logo depois uma mulher irrompe pela porta dos fundos:

– Ah, está aí ele! Eu sabia que ele estava em casa! Cambada de mentirosos, de safados!

Rafael conhece-a; é Lina Andrade, uma atriz de televisão com quem Boris andou muito tempo, e que ultimamente estava no Rio fazendo uma ponta numa novela. Avança na direção deles, transtornada:

– Você mandou dizer que não estava em casa, Boris! Você quis me enganar! Logo a mim, Boris! Eu, que nunca te fiz uma sacanagem!

Rafael, embaraçado, põe-se de pé; Boris, porém, nem se mexe, mira impassível a mulher que grita, dedo em riste:

– Eu quero meu dinheiro, Boris! Quero o dinheiro e o apartamento que você me prometeu! A cobertura no Leblon, lembra?

Quero já, Boris! Todo o mundo está dizendo que você está à beira da falência. Que você quebre ou não quebre, a mim não importa, mas, se você me enganar, vou para o jornal, Boris, palavra que vou. Conto tudo sobre tuas festinhas, ouviu?

Boris não se abala. A moça, furiosa: – seu patife! – passa a mão num copo, atira nele. Boris esquiva-se, salta da cadeira, dá-lhe uma bofetada tão violenta que a moça recua, perde o equilíbrio, acaba caindo na piscina. Afunda – a peruca fica boiando –, mas logo em seguida vem à tona, debatendo-se, e berrando que vai pegar uma pneumonia, a água está gelada.

– Mentira – diz Boris. – A piscina é térmica.

Ordena aos empregados que a tirem dali, que a levem para o hotel. Depois volta-se para o atônito Rafael:

– Mas continua o que estavas dizendo, Rafael.

– Depois – diz Rafael. – Agora não há condições... Tu estás vendo, Boris. Agora não há condições.

Boris endireita-se na cadeira, tira os óculos:

– Escuta, Rafael. Precisamos conversar. É um assunto muito sério.

– Na Financeira, então.

– Não. Lá não. – Boris hesita. – Não queres almoçar aqui?

– Não – Rafael mal consegue disfarçar a irritação. – Não posso, Boris. Tenho muita coisa a fazer.

Há uma clara acusação aí, que Boris prefere ignorar:

– Está bem – diz. – Mas, olha: precisamos conversar. Eu te telefono, Rafael.

Rafael levanta-se: – Vou indo – anuncia. – Olham-se um instante, e o que há neste olhar? Confiança e ao mesmo tempo desconfiança; ternura e ao mesmo tempo raiva; e perplexidade. Talvez mais desconfiança no olhar de Rafael; talvez mais ternura no olhar de Boris, esta ternura gerada por uma longa amizade. Mas o olhar de Boris tem também um diminuto componente de zombaria; e zombaria, ironia, essas coisas são estranhas ao modo de ser de Rafael. Perplexidade, sim, é com ele; especialmente na presente situação. Mas a perplexidade não neutraliza a ironia e se esses olhares fossem, por exemplo, raios laser, e se a luta entre os dois dependesse da intensidade de tais raios – Não. Não lutam entre si. Ocasionalmente Boris desafia Rafael para uma partida de tênis, o que é feito dentro de um verdadeiro ritual, Boris vestindo um impecável uniforme e empunhando sua excelente raquete. Rafael meio desajeitado na sua bermuda e velhos tênis brancos, mas os dois, de qualquer modo, marchando para a quadra lado a lado, e ocupando depois suas posições, como verdadeiros cavalheiros; verdade que, o jogo começado, é aquele desespero, Rafael, mau jogador, correndo como doido atrás da bola, golpeando-a doidamente, tentando livrar-se dela de qualquer modo; mas é jogo, enfim. Hoje, porém, não haverá tênis, só olhares com minúsculos componentes. Rafael despede-se e vai.

Entra em sua sala, senta-se, olha desanimado a pilha de documentos a sua frente. Não tenho condições, conclui. Resolve sair, dar uma volta pela casa, sentir como estão os ânimos. Vai caminhando pelos corredores, passa pelos diferentes departamentos da empresa. Pelas portas abertas vê os funcionários absorvidos em suas tarefas. Será que têm conhecimento da situação? Provavelmente. Não devem estar muito preocupados, porém. Afinal a Financeira representa para eles um emprego; um bom emprego – Boris paga muito bem –, mas um emprego, nada mais. Terminado o expediente, desligam as calculadoras, colocam as capas sobre as máquinas de escrever e saem, apressados. Vão para casa brincar com os filhos, ver televisão. Se a Pecúnia fechar, sempre poderão arranjar emprego em outra financeira; ou numa loja, ou num banco. Da sala que foi de Julio, seu substituto, um contador, cumprimenta, respeitoso.

Pobre Julio. Tinha trinta e poucos anos quando morreu. Um rapaz magro; de olhar intenso – pensando bem, um pouco desvairado; mas sempre corretamente vestido. A gravata talvez ousada, mas nada que chamasse a atenção, que inspirasse desconfiança.

Filho único, o pai queria que se formasse em medicina ou engenharia; os planos de Julio, contudo, eram outros. Este país está explodindo, dizia, e quem tiver faro vai enriquecer. Acreditava em seu magnetismo pessoal; freqüentara um curso de psicologia de vendas, memorizara boas anedotas, um pouco prejudicadas por certo timbre ansioso na voz. Desde sua entrada na financeira, em 1968, esperava pela grande chance. Quando a Bolsa começou a subir, acreditou que o momento tinha chegado. Vendeu a casa, convenceu o pai a emprestar-lhe as economias, chegou mesmo –

isto se soube depois – a desviar dinheiro da financeira: lançou mão de dólares que Boris lhe dera para guardar, uma grande quantia. Contava repor tudo.

As cotações da Bolsa subiam, subiam. Vende, diziam os amigos. Vende, diziam-lhe certos vultos nos sonhos. Vende, disse a mulher, um dia, timidamente – e levou um tabefe, por se meter no que não lhe dizia respeito. Mais um pouco, ele dizia, mais um pouquinho só, e estarei milionário, e aí, sim, vendo as ações, e abro minha própria firma de investimentos.

E então a Bolsa começou a cair.

No início, Julio não se deu conta do que acontecia. Seus contatos no Rio e em São Paulo informavam que não era nada, que a Bolsa estava nervosa, que breve se recuperaria.

Não se recuperava. Caía, caía. Até certo momento Julio ainda poderia ter vendido sem prejuízo; mas não queria perder um centavo de seus lucros. Excluir-se do time dos vencedores? Nunca. Depois o caso já não era ter lucro, era salvar alguma coisa, qualquer coisa; entregar os anéis para ficar com os dedos; e no fim já nem isto podia ser preservado. Julio estava cada vez mais magro, o olhar agora era de alucinado; às vezes aparecia barbudo, sem gravata. Contou a Rafael o que estava acontecendo; sabia que as coisas estavam ruins, mas recusava-se a vender as ações. Deve haver alguma manobra aí, dizia; os investidores estão esperando a baixa para comprar tudo de novo. Baixava a voz: sei de fonte segura que as multinacionais vão investir horrores na Bolsa.

Numa sexta-feira disse à mulher que pretendia passar o fim de semana na praia. Com esta chuva? – ela disse. Preciso meditar, ele respondeu. Ela ofereceu-se para ir junto, mas ele recusou.

Não voltou no domingo, nem na segunda, nem na terça. Na quarta o carro foi encontrado, abandonado, numa praia deserta; de Julio, nem sinal. Pensou-se em suicídio; aguardou-se que o Atlântico devolvesse o corpo, ainda que irreconhecível; mas, nada. Os jornais noticiaram algo a respeito mas logo abandonaram o assunto, para alívio da viúva, que não queria escândalos. A única pessoa que apareceu na financeira foi o cunhado, que recolheu os objetos pessoais de Julio e foi embora, não sem antes dizer a Rafael que responsabilizava Boris pelo ocorrido.

Rafael ficou revoltado. Por que não contaste a ele que o Julio te roubou trinta mil dólares?

– Para quê? – Boris deu de ombros – O rapaz morreu, vamos respeitar a memória dele. Eu gostava de Julio, Rafael. Gostava mesmo. Bom sujeito. Sério, dedicado, poderia ter feito uma carreira brilhante como financista – mas era indeciso, vacilava. E neste negócio, tu sabes, é preciso ter pulso. Sobretudo, não se pode perder a calma por trinta mil dólares.

Hesitou um pouco, acrescentou:

– Falsos, ainda por cima.

– Falsos? – assombrou-se Rafael.

Boris acendeu um cigarro.

– Acontece. Mesmo comigo, acontece. Me passaram dólares falsos. Uma pessoa em quem eu confiava. No dia em que o Julio desapareceu recebi um telefonema de Miami me avisando: eu tinha sido enganado. Ainda tentei localizá-lo, mas não consegui... Destino, Rafael.

Respeitar a memória dele, pensava Rafael. E se os dólares fossem verdadeiros, manteria Boris a mesma disposição? Foi obrigado a concluir – com desgosto, primeiro, e logo com raiva – que não sabia. E também não queria descobrir.

Não voltou mais a tocar no assunto.

Volta a sua sala, tira da gaveta o caderno, abre-o ao acaso. *Malato está el fijo del rey.* O que quer dizer isso? Sim, pode ser alguma coisa como *doente está o filho do rei;* mas que rei? Por que o pai teria anotado esses versos? Abre a pasta, para guardar o caderno – e lá está o papelucho do professor Samar-Kand.

Preciso ir lá, pensa Rafael. Preciso ir lá e tirar a limpo essas coisas. O que sabe o senhor do meu pai? Por que foi ele para a Espanha? Como morreu? Onde está enterrado? Perguntas, perguntas: precisa respondê-las. Hoje. Hoje mesmo. Pelo menos estas indagações terão respostas. Isto é: talvez.

Soa o interfone. É a secretária:

– Tem um jornalista aí.

Rafael liga para a secretária de Boris:

– Que história é essa de jornalista?

– Tem vindo diariamente. Quer notícias da financeira. Falei com o Boris, ele pediu para o senhor atender.

– Mas onde é que está o Boris?

– Em casa. Disse que vem mais tarde.

Merda, resmunga Rafael, desligando. Era só isso que lhe faltava: um jornalista. E Boris não quer falar. Boris, que sabe lidar com jornalistas, que se gaba de ter sempre uma imagem favorável na imprensa – arrojado financista que começou do nada e subiu por seu próprio esforço –, Boris não quer falar. Está em casa, à beira da piscina. Suspira, ordena pelo interfone à secretária que faça o jornalista entrar.

Um rapaz jovem, malvestido, mas de gravata. Lápis e papel na mão, pergunta – óbvio – sobre a situação da Pecúnia. Que boatos são esses que correm pela cidade?

Rafael considera-o um instante, antes de responder. O que pretende esse rapaz? Que tipo de jornalista é? Um esquerdista à procura de um escândalo que evidencie os males do capitalismo? Um oportunista que usa sua posição para se introduzir nos meios financeiros? Ou um desinteressado que cumpre, burocraticamente, a tarefa que lhe deram? Impossível saber. Só descobrirá depois que a matéria aparecer. Se é que vai aparecer. Se é que Boris já não está mexendo os pauzinhos.

Durante meia hora fala sobre a situação do mercado financeiro; escolhe cuidadosamente as palavras, desvia-se das perguntas mais embaraçosas. O jornalista escreve rapidamente. Ao final, despede-se com um sorriso e sai.

Rafael enxuga a testa, recosta-se na cadeira. Boris tem de fazer algo, usar suas conexões. Não é a primeira vez que a financeira atravessa uma fase tumultuada; e Boris sempre conseguiu dar um jeito, ou através de políticos, ou de certos amigos em Zurique, na África do Sul – ouro no primeiro caso, diamantes, no segundo. Agora, porém, não quer nem pensar nisso. Teve sua dose. Fecha a pasta num gesto brusco, levanta-se.

– Vou sair – anuncia à secretária, pelo interfone. – Não sei se volto à tarde.

Mas não se dirige imediatamente ao endereço do folheto. Resolve passar na casa da mãe, que fica a meio caminho. O que vai fazer lá, não sabe bem. Contar que recebeu uma caixa com as coisas do pai? Mostrar o caderno? Para quê? Para que perturbar a mãe? Para que fazê-la esgravatar as velhas feridas?

Chega à casa – a mesma antiga casa de sua infância. A mãe continua morando ali, com uma velha empregada, apesar do esforço que Rafael e Helena fizeram para que se mudasse para perto deles. Chegaram a alugar um pequeno mas decente apartamento num edifício com porteiro eletrônico e zelador. Inútil. Alzira Mendes, que já passou dos sessenta, continua teimosa: diz que não quer estar próxima ao filho e à nora, não precisa disto; e não tem medo de ladrões. O que Rafael, aliás, mais uma vez comprova: encontra a porta aberta, escancarada. E ali está ela, sentada diante da TV, uma mulherzinha magra e empertigada, em seu vestido antigo, mas limpo, decente. Ao lado, e de pé – Alzira nunca lhe permite que sente em sua presença –, a empregada que a acompanha desde mocinha, uma preta velha que agora está quase cega e que por isso mesmo tem de perguntar, a todo instante: e agora, mãe? O que está acontecendo na televisão, mãe? Chama-a de mãe, o que Rafael sempre achou engraçado mas que agora lhe parece melancólico.

– Boa-tarde, gente.

O rosto da empregada se ilumina – olha quem está aí, mãe! – ela avança tateando, na direção de Rafael, abraça-o efusiva.

– O nosso menino, mãe! O nosso Rafaelzinho!

Toca-lhe o rosto, com a ponta dos dedos trêmulos.

– Cada vez mais bonito, esse guri! Não acha, mãe? A senhora, que enxerga melhor, não acha?

Alzira não responde. Faz parte do jogo: por alguns minutos ignorará a presença do filho, olhos fixos na tela; e finalmente se voltará para ele, perguntando, brusca: – Então? Que bons, ou maus ventos te trazem?

Hoje, porém, Rafael não está disposto a cumprir o ritual. Tira da pasta o caderno, a foto.

– O que é isso? – pergunta ela, suspeitosa.

– Recebi isso hoje de manhã, mamãe. Acho que estas coisas eram do papai.

Ela sobressalta-se, mas se contém, tenta aparentar indiferença.

– Coisas de teu pai? Não acredito. Quem poderia ter coisas de teu pai?

– Um homem. Um genealogista...

– Um quê?

– Um genealogista. Desses que estudam famílias.

– Ah, sim – ela, suspeitosa. – E o que é que ele tem a ver com teu pai?

– É o que eu vou descobrir. Escuta, mamãe, preciso saber: essas coisas são mesmo do papai?

– Não sei. – Ela desvia o olhar.

– Como não sabes? Nem olhaste. Tem um caderno com anotações...

De novo ela estremece; e de novo se contém.

– Não adiantaria eu olhar. Estou sem óculos.

– O que aconteceu com teus óculos?

– Quebrei.

Agora é a vez de Rafael se irritar:

– Ah, é? Quebraste teus óculos? E por que não me avisaste?

Ela hesita, se mexe na cadeira. E quando responde, o faz amuada como uma criança que foi repreendida pelo pai, mas ao mesmo tempo evidentemente satisfeita por ter atraído a atenção do filho – o seu único filho, o Rafaelzinho:

– Não deu. O telefone está estragado.

– Estragado? Mas eu te liguei várias vezes na semana passada! – Rafael está satisfeito; também está satisfeito agora. Um diálogo em termos de mútua reprovação? Que seja; pelo menos é um diálogo, não o silêncio.

– É que – ela hesita de novo, está evidentemente mentindo, sempre mentiu assim, infantilmente – o disco está quebrado. Não posso discar.

Ele se aproxima, põe-lhe a mão no ombro.

– Ora, mamãe. O que te custava ir ao armazém e me ligar? Eu viria logo, tu sabes.

Ela começa a chorar:

– Não! Não virias! Vocês nunca se preocupam comigo, nem tu, nem tua mulher, nem ninguém!

Ele suspira, opta por voltar ao assunto.

– Esse homem diz que tem uns escritos do papai. Tens idéia do que pode ser?

– Não, não tenho idéia. O que eu sei tu também sabes, já te contei mil vezes que teu pai de repente resolveu que queria ir para a Espanha, para a guerra, que eu fiz o possível e o impossível para tirar essa idéia da cabeça dele, mas não adiantou, ele foi, foi e morreu, está enterrado numa vala comum perto de Madrid... – Volta-se para ele, os olhos cheios de lágrimas. – Mas por que temos de falar nisto, Rafael, nessas coisas tão penosas? Já não chega o que passei, o que passamos? Não chega o sacrifício que fiz para te criar, eu, uma mulher sozinha?

Tira o lenço da manga, enxuga os olhos com a mão trêmula. Rafael ajoelha-se junto a ela, abraça-a:

– Está bem, mãe. Não se fala mais nisso.

Ela desvencilha-se dele, impaciente.

– Vai, Rafael. Vai logo.

Ele se encaminha para a porta.

– Rafael.

Volta-se.

– Que é?

Ela agora o mira, patética:

– Rafael – a voz é trêmula –, cuida da Suzana. Cuida da tua filha.

– Por que, mamãe? – Ele, subitamente alarmado. – Por que me dizes isso? O que aconteceu? Fala, mãe! O que é que tu sabes?

– Nada... Não sei nada, Rafael, tu sabes que ela é como tu, raramente aparece aqui. Mas na semana passada me procurou, uma noite. Estava desesperada, Rafael.

– E o que foi que ela disse? – Rafael, angustiado. – Fala, pelo amor de Deus!

– Não disse nada, Rafael. Chorou, só. Chorou muito. E depois foi embora. Alguma coisa está acontecendo com essa guria, Rafael. Alguma coisa séria. Por isso te digo: cuida dela. A gente tem de cuidar dos seus, Rafael.

Ele abre a porta, sai.

Perambula pelas ruas da Cidade Baixa, sobe até a Praça da Matriz, senta num banco, e ali fica, olhando as crianças brincarem. Uma certa paz desce sobre ele; a esta hora, duas da tarde, a praça é tranqüila, os pássaros chilreiam na copa das árvores. E os edifícios ao redor – o Palácio do Governo, a Assembléia Legislativa, a Catedral, o Tribunal, o Teatro São Pedro, a Biblioteca – são sóbrios e imponentes. Num súbito impulso, Rafael levanta-se, vai até a Catedral.

Pouca gente, ali. As indefectíveis senhoras de preto, naturalmente (viúvas açorianas?), três colegiais que cochicham, rindo, um velho de óculos escuros. Rafael ajoelha-se. Não o faz há muito tempo; católico, não pratica, contudo, a religião; não costuma pensar na vida eterna. Agora, porém, sente vontade de rezar: *Pai nosso,* murmura, *que estais no céu.* Dão-lhe consolo, estas palavras, que gerações e gerações sussurraram na semi-obscuridade das catacumbas; das capelas, das catedrais. É bom acreditar, pertencer a algo maior, transcendente; é bom não depender somente de um judeu estranho, de uma filha rebelde.

Termina de rezar, persigna-se, sai. Ofusca-o a luz da tarde, mas só por um instante; logo em seguida ele desce os degraus, segue pela Duque em direção ao Alto da Bronze. Vai à casa de um professor Samar-Kand.

Uma casa antiga, comprimida entre dois altos edifícios de apartamentos. A pintura desbotada, as janelas de vidros quebrados com velhas e rasgadas cortinas de renda dão-lhe o ar de casa abandonada. E quem sabe está abandonada mesmo? Quem sabe agora é morada de vagabundos, de marginais? Rafael hesita. Por fim, empurra o portão de ferro, que se abre com um rangido, avança pelo estreito corredor de lajes limosas, guarnecido por uma fileira de vasos antigos em que crescem plantas malcuidadas. Procura um botão de campainha, não acha, então bate à porta guarnecida de janelinhas gradeadas. Nada. Espera um pouco, bate de novo, aguarda, a cabeça baixa, os olhos fixos nos mirrados fios de capim que crescem entre as pedras. Levanta a cabeça – um sobressalto; por trás da janelinha dois olhos miram-no, inquisidores. Um momento de tensão – e então a porta se abre. Rafael tem diante de si um homem baixinho, rechonchudo, vestindo um maltratado robe-de-chambre cor de vinho, tão longo que arrasta pelo chão. É muito velho, o homenzinho: os cabelos, ainda que faceiramente compridos, estão inteiramente brancos, mas os olhos claros, por trás dos óculos de aro dourado, têm uma expressão curiosamente infantil; e de criança é também a vozinha fraca, nasal:

– Queria alguma coisa, amigo?

De súbito, a situação parece a Rafael tão cômica, tão irreal, que tem de se conter para não rir. Domina-se, porém:

– O senhor é o professor...

– Samar-Kand. Sou eu mesmo.

– Recebi um bilhete... Meu nome é Rafael Mendes.

O efeito é imediato: o rosto do velho se ilumina, o ar de desconfiança dá lugar a um sorriso.

– Ah, sim. O senhor é o Rafael Mendes. Por que não disse logo? Entre, faça o favor de entrar.

Rafael segue-o pelo comprido corredor. De um lado e de outro, estantes com livros – e peças de roupas, e vidros de conservas (gosto muito de conservas, explica o homem enquanto vão passando, me alimento quase que só de conservas e bolachas) e frascos de remédio, animais empalhados, bibelôs. À medida que vão adentrando se torna mais forte o cheiro – o cheiro de poeira, de mofo, de papel velho, de comida estragada.

O corredor termina numa sala, mal-iluminada pelas fracas lâmpadas de um lustre de vidrilhos. É um grande aposento, esta sala; há estantes, como as do corredor, e como estas, atulhadas de livros e objetos os mais curiosos – inclusive o esqueleto de uma cobra e três cabeças de bonecas. As paredes estão cobertas de quadros: mapas celestes, símbolos do zodíaco, a Árvore da Vida, tudo um pouco vulgar. Mas é imponente a grande mesa redonda de madeira escura que ocupa o centro da peça e as velhas cadeiras estofadas em veludo vermelho. Sente, diz o velho.

Sentam, os dois. Há uma bola de cristal sobre a mesa. O velho olha-a, primeiro com ar casual; depois pega-a, examina-a atentamente, cenho franzido; suspira, torna a colocá-la em seu lugar, sobre o pedestal de granito escuro:

– Lascada. Uma bola de cristal quase nova – já lascada. E olhe que custou um dinheirão. Acredite-me, já não se fazem mais bolas de cristal como antigamente. Aliás, é bom que não façam – é preciso inovar.

Tem um projeto a respeito: uma bola de cristal eletrônica, a ser operada pelo próprio consulente. Trata-se de uma bola de cristal em aparência comum, mas contendo sensores eletrônicos capazes de captar e registrar diversas características da mão da pessoa. Em primeiro lugar, quanto às linhas da palma: linha da vida, da fortuna, da cabeça, do coração, do fígado. Depois, presença de calosidades ou outros sinais que possam indicar algo quanto à profissão. Presença de anéis de ouro. Tamanho dos dedos. Pressão exercida por eles – evidenciando o que uns chamariam de garra. Temperatura das mãos, sudorese: elementos psicológicos importantes. Todos estes dados seriam processados em minicomputadores e transformados em visões do futuro, que apareceriam dentro da própria imagem de cristal sob a forma de imagens em quartzo líquido, como estas dos relógios japoneses.

– Sim, eu poderia desenvolver este projeto e muitos outros – domino muitos ramos do conhecimento humano. Entendo de sistemas; conheço a teoria dos jogos; monto uma árvore de decisões em segundos, não importando a complexidade da situação. Sou psicólogo; parapsicólogo; e fisiopsicólogo. Fisiopsicologia, conhece? É uma ciência relativamente nova, estuda a psique através das funções corporais. Posso dizer tudo da pessoa pelo volume da lágrima, pela viscosidade da saliva, pela curva que descreve o jato de sua urina no mictório; pela resistência de um fio de seu cabelo à tração; uso para isto um pequeno aparelho criado por mim mesmo que denominei de psicocapilarômetro. Posso interpretar uma personalidade pela forma, desculpe a palavra, das fezes. Fezes finas, como lápis, indicam situações de angústia, de constrangimento, em geral resultante da dependência a contas feitas na ponta do lápis. Fezes endurecidas e pequenas, como as de bode, lembram um temperamento como o do – adivinha? – exato, do bode: reservado, voltado para si mesmo, desconfiado. Fezes bem formadas traduzem, logicamente, um espírito bem-formado. Quanto à diarréia, nada mais é do que o resultado de um temporal – como aquele que obrigou aterrorizados marujos a jogar ao mar o profeta Jonas –, só que interior.

De súbito, veemente, sacudindo a bola de cristal:

– Sei, isto pode parecer coisa de mau gosto. Mas é muito melhor, lhe garanto, que prever o futuro pela inspeção das vísceras de aves, tal como faziam os romanos, e que hoje alguns querem reabilitar. Não vou mencionar nomes para não parecer antiético, mas o senhor decerto já recebeu ofertas neste sentido. Há gente usando até galinha para isso, imagine! É um método sem qualquer fundamento científico. Sim, sei que o Padre Vieira, em seus sermões, dizia que os antigos estavam certos em ler o destino nas entranhas, e não na cabeça: *melhor profeta é aquele que é capaz de amar do que aquele que é capaz de razão.* Bem, mas isto era século dezessete, e o Padre Vieira era um exaltado, um Quixote, um romântico antes do tempo. Eu, meu caro, só trabalho com a ciência. Estou sempre estudando, pesquisando, o senhor pode ver por essa quantidade de livros que está aí; muita coisa antiga, mas também muita obra recente, estou sempre atualizado. Sou velho mas não antiquado, amigo. Acho o progresso uma coisa maravilhosa, estou pensando em introduzir em Porto Alegre o horóscopo por computador, a árvore genealógica por computador, em linguagem Cobol ou linguagem Fortran. O senhor financiaria um projeto desses?

Rafael, estupefato, não sabe o que dizer. O homenzinho recoloca o globo no lugar, suspira.

– Não, não financiaria. O senhor não acredita nisto. Não faz mal: de qualquer maneira também não sou adivinho de profissão, faço isto só para ganhar uns cobres. Minha especialidade é a genealogia; isso sim, é coisa séria. Ciência antiga. Por que, veja o senhor, o que é a Bíblia, senão uma monumental árvore genealógica, ilustrada com narrativas de caráter sagrado? E, dos tempos bíblicos até hoje, a genealogia não cessou de se desenvolver. Ah, não cessou. Na Europa, por exemplo, é uma coisa maravilhosa, não há cidade, por menor que seja, sem o seu genealogista – todos competentíssimos. É verdade que eles lá têm todos os recursos, arquivos históricos, essas coisas. Eu aqui tenho de enfrentar as maiores dificuldades para fazer minhas pesquisas. O pior é que pouca gente valoriza esse trabalho. O Rio Grande do Sul, meu amigo, não tem história. Aqui ninguém sabe de seus antepassados, nem quer saber deles. Há exceções, naturalmente; Celina Cordeiro, o senhor conhece Celina Cordeiro? – deve conhecer, todo o mundo em Porto Alegre conhece – foi minha cliente. Reconstituí toda a árvore genealógica da família dela. Ficamos muito amigos, até hoje me visita. Mas trata-se de uma exceção. A genealogia aqui não tem muito campo. É por isso que me dedico a outras áreas.

Hesita, acrescenta:

– Com êxito, devo lhe dizer. Sou, posso garantir, um homem de sete instrumentos.

Rafael olha-o espantado; espantado e consternado. Onde é que eu vim parar, é o que pensa. O homenzinho cai em si, dá-se conta de que o seu inflamado discurso pode ter causado má impressão:

– Perdão. Deixei-me levar pelo entusiasmo. Sou assim mesmo, não ligue. Vamos ao que interessa: o senhor recebeu, então, as coisas de seu pai? E o meu bilhete?

– É por isso que estou aqui. – Rafael, cauteloso. – O senhor sabe, meu pai nos deixou, há muitos anos; eu era um garotinho, mal me lembro dele. Desde então–

Interrompe-se. O homenzinho olha-o, com simpatia, com interesse, com ternura mesmo. Há quanto tempo ninguém o olha assim? Dá-lhe um nó na garganta, tenta continuar, não consegue, e rompe num pranto convulso: não é só pelo pai, que chora, pela lembrança do pai, é por tudo, por causa da filha, e da situação da financeira, e da tensão toda: a torrente rompeu as barreiras, ele chora desabaladamente, diante do espantado homenzinho. Por fim consegue se controlar, tira o lenço, enxuga os olhos:

– Desculpe. Estas coisas não costumam me acontecer. Sou um homem controlado, acredite. Não me emociono facilmente. Mas, nos últimos tempos, tenho passado por situações difíceis. E agora, lembrando meu pai–

Entendo, diz o velho. Parece sinceramente condoído; louco ou vigarista, comoveu-se. (Quem não se comoveria? Ante as lágrimas de um homem, quem não se comoveria?)

Ficam em silêncio uns instantes. O velho pigarreia:

– Deixe-me explicar o bilhete. Conheci seu pai há muitos anos. Interessava-se por genealogia e por isso me procurou. Fiz estudos a respeito... E me surpreendi.

De novo entusiasmado:

– Que árvore genealógica era aquela, senhor Rafael! Das mais imponentes que já vi. Um carvalho, uma sequóia, uma verdadeira floresta genealógica! Os Mendes têm raízes por todos os lados, em vários países, em vários continentes. Levamos meses pesquisando seus ancestrais. Ficávamos trabalhando até altas horas da noite; ele às vezes até pousava aqui; as roupas que lhe mandei, ele as esqueceu quando viajou para a Espanha... O senhor sabia que ele foi para a Espanha, à época da guerra civil?

– Sabia. Só não sei por quê–

O velho corta-lhe com um gesto:

– Prefiro não explicar nada. Veja: seu pai deixou comigo dois cadernos, além desse que o senhor tem, com anotações. No primeiro estão histórias de seus antepassados. Ou melhor: histórias que ele escreveu sobre os antepassados... Seu pai tinha imaginação, senhor Rafael. Era um homem que se espantava com as coisas da vida e do mundo e por isso tinha de escrever. O primeiro caderno, então, são Histórias Genealógicas – o nome foi ele mesmo quem deu. O segundo caderno se refere a ele próprio; conta algo que lhe sucedeu e que lhe mudou a vida, respondendo inclusive à questão que o senhor me formulou antes, sobre sua viagem à Espanha. Material precioso, eu diria. Precioso em geral e precioso em especial para um filho.

Interessante, murmura Rafael. Sente-se estranho nesse lugar, meio nauseado; deve ser do cheiro, conclui. Resolve terminar logo a conversa:

– Sim. E como posso ter acesso a esses cadernos?

O velho mostra um embrulho de papel pardo:

– Estão aqui. E podem ser seus...

Pausa.

– Mediante a quantia de dez mil dólares.

– Como? – Rafael, incrédulo: é tão estranho o velho falar em dólares, em dez mil dólares, neste ambiente arcaico, fantasmagórico, que julga não ter ouvido bem: – Dez mil dólares, o senhor disse?

– É. Foi o que eu disse: dez mil dólares.

Dez mil dólares? Será que sabe do que está falando? Será que sabe a quanto está o dólar? Dez mil dólares: é o que Rafael tem no cofre escondido atrás de um quadro, no gabinete. É o dinheiro que guarda para emergências. Dez mil dólares? A vontade que tem é de mandar o velho longe. A custo consegue dominar a indignação, sorri, forçado:

– Mas veja, a rigor este material não lhe pertence. O senhor mesmo disse que foi meu pai quem –

– Seu pai deixou estes cadernos para mim, senhor Rafael. São de minha propriedade, portanto. – Conciliador: – Mas não estou disposto a transformar isto num cavalo-de-batalha. Afinal, o conteúdo dos cadernos lhe diz respeito. É, digamos assim, uma mensagem. Uma mensagem do além. – Satisfeito com a imagem: – E estou disposto a lhe entregar esta mensagem. Só que estou cobrando pela entrega e pela guarda do material. O Correio não cobra?

– Mas dez mil dólares é uma quantia absurda!

O velho sorri:

– O senhor é quem está dizendo. Afinal são escritos de seu pai, de quem o senhor mesmo diz saber tão pouco. Quem quer saber, tem de pagar, cruzeiros, dólares ou qualquer coisa. Prefiro dólares.

Mexe-se na cadeira.

– Há um outro aspecto, que não lhe mencionei. Seu pai não chegou a me remunerar pelo trabalho. Morreu antes disto. Era meu amigo, naturalmente, e não guardei rancor, mas afinal tratava-se de honorários profissionais, fruto do trabalho.

Uma pausa.

– E trabalho genealógico não é fácil. No caso de sua família fui obrigado a consultar dezenas de obras de minha biblioteca que é vastíssima, única no gênero aqui no Estado – vale uma fortuna. Agora: subir e descer escadas, manipular livros empoeirados, isto mata qualquer um. Sem falar no esforço mental. Genealogia é coisa de detetive, senhor Rafael. Às vezes temos de partir de detalhes insignificantes: um brazão gravado em talheres, um quadro antigo, ou referências lendárias – à Árvore do Ouro, por exemplo. E depois, no caso de sua família, não era uma tarefa pequena. Não se tratava de nenhum arbusto genealógico, senhor Rafael, posso lhe assegurar.

– Mas – Rafael não está convencido – por que dólares?

O velho dá de ombros.

– Moeda forte, naturalmente. O senhor, que está no ramo, sabe que no cruzeiro não se pode confiar. Pague-me em francos suíços ou marcos alemães, se quiser – mas em moeda forte. Dez mil dólares, convenhamos, não é tanto assim, para alguém que opera no mercado financeiro. Dez mil dólares pela evocação do pai? Faça-me o favor, senhor Rafael. Não repita o caso de judas. Não traia um ente querido por trinta moedas.

A grosseria irrita Rafael, mas ele está disposto a levar o diálogo até o fim – quer os cadernos, e quer saber também o que se oculta atrás dessa história toda.

– Como é que o senhor sabe que eu posso pagar?

O velho mexe-se na cadeira.

– Por causa da bola de cristal. – Ri, teatral, em seguida fica sério: Sei muita coisa de sua vida, senhor Rafael. Meu filho falava muito do senhor.

– Seu filho?

– O Julio – o homenzinho sorri, triste; de repente parece muito mais velho do que é, um velho gnomo encarquilhado, melancólico. – O Julio, senhor Rafael. Aquele que trabalhou com o senhor.

Então é pai do Julio, o velho. Bem que Rafael desconfiava: alguma coisa de estanho havia, além da história dos cadernos, dos dólares. Julio, sim. De que outra maneira teria o velho conhecido Celina Cordeiro? Julio. Agora está mais claro. Rafael lembra que o corretor às vezes falava do pai: é um velho esquisito, dizia, não me acerto muito com ele, não me perdoa por trabalhar numa financeira.

Pai do Julio! Mas isto complica tudo. Pode haver algo, atrás desta sensação que lhe está sendo proposta: vingança. Vingança contra a Pecúnia, a quem o velho decerto atribui a desgraça do filho. Vingança contra Boris e ele.

O velho como que adivinha o que está pensando:

– Mas isto é passado, senhor Rafael. Meu filho está morto, que Deus o tenha, e eu não guardo rancores contra nada e contra ninguém. Além disto–

Vacila um instante; depois sacode a cabeça, como a livrar-se de um pensamento incômodo, prossegue:

– Vamos ao nosso assunto. Faço-lhe a seguinte proposta: o senhor leva os dois cadernos, examine-os à vontade. E aí, se quiser ficar com eles, paga os dez mil dólares. Combinado?

Rafael, ressabiado ainda, não pode deixar de sorrir:

– O senhor não tem medo de me entregar os cadernos assim, em confiança?

– Não – replica o velho. – Sei que o senhor é um homem decente. É o que o meu filho dizia: Rafael Mendes, aquele é decente. Confio no senhor e ficarei contente se, a exemplo de seu pai, o senhor se tornar meu amigo.

Faz uma pausa, prossegue:

– Inclusive há algo mais que gostaria de lhe oferecer, como prova de meu apreço pelo senhor. É um terceiro caderno...

– Mas existe um terceiro caderno? – Rafael, testa franzida (qual é a sacanagem agora?).

– Existe. Ou melhor, ainda não existe. Não existe, mas pode existir: posso escrevê-lo a qualquer momento.

– O senhor?

– É. Eu. Digo-lhe mais: será um caderno inteiramente dedicado ao senhor.

– A mim?

– Ao senhor. Duvida? Não duvide. – Inclina-se para a frente: – Posso escrever muito a seu respeito, senhor Rafael: coisas que aconteceram, coisas que estão acontecendo, coisas que acontecerão.

Endireita-se na cadeira, fica a olhá-lo, triunfante. Pronto, pensa Rafael, agora vai falar da bola de cristal eletrônica.

– Mas não se assuste – apressa-se o homenzinho a dizer. – Por este caderno extra não lhe cobrarei um tostão. Está incluído nos dez mil dólares. É, se assim posso chamá-lo, um brinde genealógico.

Rafael olha-o, sem saber o que dizer.

– Este terceiro caderno lhe será importante – prossegue o velho. – Tão importante quanto os outros dois. Afinal, não é pouco o que sei a seu respeito. Acompanhei, verdade que indiretamente, boa parte de sua existência; acredito, pois, conhecê-lo a fundo, mais do que o senhor pensa. Até seus gestos para mim são previsíveis, senhor Rafael. Hoje pela manhã podia imaginar seu espanto encontrando a caixa que lhe enviei...

– A propósito – protesta Rafael –, o senhor poderia ter me telefonado antes. Me pouparia um susto.

– O mistério e a incerteza valorizam as coisas – retruca o velho. – O senhor, que trabalha no mercado de capitais, deve saber disso melhor que eu. Mas, respondendo a sua pergunta: o senhor voltará, senhor Rafael, disto estou seguro. Voltará porque é honesto; e voltará porque quer saber. Quer saber mais do que sabe; e eu posso lhe dizer o que o senhor quer saber.

– Bem – diz Rafael –, se o senhor, que é adivinho, garante que voltarei, decerto é porque voltarei. E se o senhor falou em dez mil dólares–

Vacila, mas agora já não há como voltar atrás, já passou da metade do caminho, agora tem que ir até o fim:

– Se o senhor falou em dez mil dólares é porque o senhor sabe que dez mil dólares eu pagarei. E pagarei mesmo. Se eu encontrar aqui pelo menos parte das respostas que procuro, lhe pagarei.

Aperta a mão, pequena e delicada como a de uma criança, que o velho lhe estende; por um instante ficam a se olhar, sorridentes, até que caem em si, embaraçados ambos. O velho pega o pacote:

– Vamos ao que interessa.

Desembrulha rapidamente dois velhos cadernos:

Aqui estão. Os cadernos do doutor Rafael Mendes, seu pai. Ajeita melhor os óculos, folheia um deles:

– Este aqui é muito interessante, genealogicamente falando. Começa pelo mais remoto de seus ancestrais – um profeta bíblico.

– Profeta? – Rafael, incrédulo.

– Um profeta. E muitos outros vultos ilustres. Por exemplo, um famoso filósofo e médico hebreu que viveu na Espanha moura...

– Espere um pouco – protesta Rafael. – De onde é que o senhor tirou que eu sou judeu?

– Eu não disse que o senhor é judeu – corrige o velho. – O que eu disse é que o senhor é de estirpe hebraica. Estirpe nobre, aliás, como o senhor verá.

– Mas eu fui batizado como cristão...

– Novo! – exclama o genealogista. – Cristão-novo. O senhor e seus antepassados: eles se converteram ao cristianismo, os cristãos-novos. Nunca ouviu falar nisto? É muito comum, aqui no Brasil. Muitos de nós temos ascendência judaica, porque os primeiros colonizadores portugueses eram, em grande parte, judeus. O senhor sabia que, logo depois da descoberta, todo o território brasileiro foi entregue, em concessão, à um grupo de cristãos-novos, à cuja testa estava Fernão de Noronha?

– Não sabia – diz Rafael.

Faz-se silêncio. Tenso silêncio.

– Aposto que sei no que o senhor está pensando – diz o velho. – No Boris. O senhor está se dizendo que, afinal, têm uma coisa em comum. Se bem que aquele judeu –

– Eu lhe pediria – atalha Rafael – para não falar nisto. Não sei o que o senhor possa ter contra o Boris, mas ele é meu amigo.

– Bom – diz o velho, azedo. – Amizades, como os gostos, não se discutem. Minha opinião acerca do senhor Boris –

– Não estou interessado – repete Rafael. Levanta-se: – Desculpe-me, mas estou atrasado. Posso levar os cadernos?

– Claro, claro. – O velho embrulha-os, estende-os a Rafael. Pacote na mão, ele hesita:

– E... como é que faço para entrar em contato como senhor?

– Eu lhe telefono – diz o velho. – Hoje mesmo, à noite, ou amanhã.

– Para um historiador – observa Rafael, amargo – o senhor tem muita pressa.

– Com os financistas, é preciso ter pressa – replica o velho, não menos áspero. – Afinal eu lhe concedi um crédito, amigo. Um crédito de confiança.

Parece de súbito muito velho e muito frágil. Rafael, envergonhado, sente-se corar. Sem uma palavra, coloca os cadernos na pasta e se vai.

Sair dessa casa é como emergir de um mundo subterrâneo, irreal: subitamente ofuscado pela claridade, Rafael Mendes hesita, tonto, sem saber o que fazer. Consulta o relógio: quinze e quarenta. Resolve ir para casa; quer ler os cadernos que tem na pasta.

Voltar para casa, porém, não é fácil. Entra num bar, pede um conhaque, sorve-o de um trago. Pede outro. O dono do estabelecimento, um homem calvo, gordo e de bigodes, olha-o em silêncio.

– É brabo, não é ?– diz por fim.

– É. É muito brabo – concorda Rafael.

– Eu sei que é brabo – prossegue o homem. – Eu às vezes também tenho de tomar os meus conhaques.

Sorri, compreensivo. Rafael retribui-lhe o sorriso, paga. Pega o carro no estacionamento e dirige-se para casa.

Entra. Helena está sentada no living, olhando televisão.

Ao vê-lo chegar, levanta-se de um pulo, olhos arregalados:

– Que foi, Rafael? Aconteceu alguma coisa com Suzana?

– Calma – diz ele –, não aconteceu nada, eu é que voltei mais cedo para casa, tenho uns documentos para examinar, resolvi trabalhar aqui.

Ela se deixa cair na poltrona:

– Que susto me deste, Rafael. Que susto.

Ele lhe acaricia os cabelos, acalma-a como pode. Depois dirige-se para o gabinete. Antes de entrar, volta-se: Helena, eu não gostaria de ser incomodado, pede para as empregadas não baterem na porta. Está bem, murmura ela debilmente.

Rafael suspira, entra no gabinete, chaveia a porta. Senta na poltrona, abre a pasta, tira o pacote com os cadernos, desembrulha-os.

Dois velhos cadernos escolares, idênticos ao que estava na caixa. Nas capas os títulos *Primeiro Caderno do Cristão-Novo* e *Segundo Caderno do Cristão-Novo.* Estranhos. Tão estranhos quanto deve ter sido o Rafael Mendes, seu pai.

Folheia os cadernos. Páginas e páginas cobertas de uma escrita miúda, regular. É a letra do pai? De novo, não está seguro. Mas certamente os cadernos são bem antigos: as folhas estão amareladas, comidas de traças, e a tinta lilás apresenta-se desbotada, quase ilegível em alguns trechos.

Rafael Mendes abre o primeiro caderno. Mergulha na leitura como o profeta Jonas no mar revolto. No ventre do tempo viaja célere, como o profeta dentro do peixe, rumo a um destino que ainda desconhece.

Primeiro caderno do cristão-novo

Perplexo, recebeu Jonas do Senhor a missão de profetizar contra a corrupta cidade de Nínive.

Meu nome é Rafael Mendes. Sou médico e um aficionado da genealogia. Explorando as raízes de minha família – o que envolveu o estudo de documentos, de velhos alfarrábios, de brazões em talheres e até de letras de cantigas de ninar, cheguei ao nome de Jonas como o mais remoto dos meus antepassados conhecidos.

Baseei-me em vários indícios: no século doze figurava no escudo d'armas dos Mendes a efígie de uma baleia, no qual o típico esguicho tinha sido substituído por uma árvore estilizada – a Árvore do Ouro, sem dúvida.

A associação da baleia com a lenda que acompanhou por gerações a família é certamente muito sugestiva. E, como Jonas, os Mendes se caracterizaram pela perplexidade: o que está acontecendo? o que aconteceu? o que vai acontecer? Como outros, procuraram a Árvore do Ouro, mas sem muita convicção; na verdade, à riqueza teriam preferido a paz de espírito, a tranqüilidade. O que nunca alcançaram. Ao longo dos tempos, fugiram de país em país, de região em região, atravessaram mares, galgaram montanhas, vivendo estranhas aventuras, recebendo inquietantes chamados.

A notícia de que Jonas tinha recebido do Senhor o dom da profecia se espalhou rapidamente. Todos estranhavam: Jonas? Por que Jonas? Um homem comum, desprovido de quaisquer condições especiais de clarividência, incapaz até mesmo de prever o tempo no dia seguinte – por que ele? Em público, porém, procuravam mostrar satisfação: afinal, era uma distinção para a aldeia ter um profeta entre os seus habitantes. Com o que não concordava a deprimida mulher de Jonas, que antecipava para o marido um futuro sombrio. Com certa razão: os profetas eram respeitados, sim, naquele tempo, mas detestados também. Diziam aos ricos e poderosos coisas que a gente comum mal ousava pensar. Se um potentado dava um banquete, tinham de dirigir-se ao local em caráter de urgência, irromper no recinto, dirigir aos presentes candentes palavras de reprovação e amaldiçoar os alimentos, que incontinenti apodreciam – desperdício, porque desta maneira nem os pobres, a quem habitualmente eram destinados os restos dos ágapes, podiam aproveitá-los. Por esta razão os profetas, temidos pelos poderosos, eram, ainda, abominados pelos humildes: "Aqueles? Não ajudam em nada. Só querem saber de profetizar o futuro e que nos interessa o futuro? No futuro, estaremos todos mortos".

Isto, contudo, não impediu que Jonas começasse a ser procurado por numerosas pessoas, todas pedindo que, na qualidade de profeta, intercedesse por elas junto ao Senhor. Mulheres desesperadas queriam seu auxílio para engravidar; sacerdotes desmoralizados almejavam compartilhar com ele a palavra divina. Especuladores no mercado de cereais ofereciam dinheiro em troca de previsões quanto a safras; militares consultavam-no quanto à conveniência de determinadas operações guerreiras. E quando o pai intimou-o a que obtivesse do Senhor a localização da Árvore do Ouro – é um dever que tens, Jonas, para com tua família, com tua comunidade, chega de viver na miséria –, ele resolveu abrir mão de sua missão e fugir: afinal, o que tenho a ver com Nínive? Estão fornicando, os ninivitas? Que forniquem, a mim não interessa. Nínive lá, eu cá: por que teria de atrelar meu destino a uma cidade que sequer conheço? Vou fugir.

Fugiu. Em Yaffo, tomou um barco para a longínqua Tarshish. Viagem a princípio tranqüila; depois, tempestade. Marinheiros acharam que alguém a bordo atraía cólera divina. Sorteio; Jonas indicado. Lançado ao mar. Peixe engoliu-o.

Peixe engoliu-o... Jonas foi ter a um enorme estômago, cheio de restos não digeridos. Cheiro terrível, escuridão completa. Tateando, Jonas encontrou duas pedras de sílex e trapos velhos. Produzindo faíscas, conseguiu inflamar os trapos. Sobre uma base de areia e pedras fez uma fogueira, e sentiu-se melhor: quentinho e até protegido.

Poderia – deveria – ficar ali, à espera do destino que Jeová lhe tinha reservado; em vez disto, porém, resolveu explorar as entranhas do peixe. Improvisou uma tocha e pôs-se a caminho. O estômago se continuava com o intestino, um estreito túnel; logo adiante, porém, havia uma espécie de câmara e ali Jonas, surpreso, encontrou um grupo de pessoas, onze homens e uma mulher, sentados ao redor de um foguinho. A chegada de Jonas não lhes causou surpresa. Um dos homens, velho, de longas barbas brancas, dirigiu-se ao profeta, em aramaico, dando-lhe as boas-vindas e convidando-o a tomar assento.

Estavam ali por várias razões, aquelas pessoas. Uns tinham sido punidos, como Jonas, por terem fugido a missões a eles confiadas por Jeová ou outras divindades do Crescente Fértil; outros eram conhecidos pecadores, ladrões, assassinos. Para muitos o ventre do peixe servia de prisão onde cumpriam penas cuja duração – e isto aumentava a severidade do castigo – lhes era desconhecida. O velho estava ali há – calculava – mais de vinte anos. Calculava, apenas, pois não tinha maneira de marcar o tempo:

– Quando fui tragado, este peixe era tão pequeno que eu mal cabia em seu estômago. Agora, esta cavidade já pode abrigar legiões. Assim crescem neste mundo a má-fé, a hipocrisia e sobretudo a indecisão e a perplexidade.

Jonas não o ouvia. Tinha os olhos fitos na mulher.

Era ainda moça e muito bonita. Morena, longos cabelos negros, olhos escuros, postura altaneira. Uma sacerdotiza de Astarté, como ele descobriria mais tarde.

O velho perguntou a Jonas se não queria almoçar (como sabia que era almoço e não jantar? Como distinguir ali as horas, se do dia ou da noite? Talvez fosse profeta). Temos peixe, disse, peixes engolidos pelo nosso peixe. Acentuou esse *nosso;* com ironia, sim, mas não sem orgulho; como se o peixe fosse seu senhor, seu deus.

– Os peixes pequenos são engolidos pelos peixes grandes, e estes pelo maior deles (de novo: orgulho). É a guerra de todos contra todos. Mas que nos importa, se graças a isto sobrevivemos?

Jonas declinou do convite. Sentia-se inquieto no meio daquela gente; perturbava-o, sobretudo, a presença da bela sacerdotiza que o olhava, sorridente. Pedindo desculpas, voltou para o lugar de onde viera.

Teve uma surpresa: a fogueira se apagara. Entre as cinzas viu, brilhando à luz da tocha, uma lâmina de material transparente. Jonas tinha descoberto o vidro!

(Muito simples: as pedras com as quais Jonas tinha armado a fogueira eram – mas ele não sabia disto – de soda, carregamento de um barco engolido pelo peixe. A soda e a areia, pela ação do fogo, tinham se transformado em vidro.)

Jonas examinava o material, sequer imaginando suas mil utilidades; porque engenhoso, criativo, isto não era. Não lhe ocorria, por exemplo, abrir um buraco no flanco de peixe, encaixado ali uma lâmina de vidro, criando assim uma espécie de escotilha, vedada hermeticamente pelo processo cicatricial desencadeado nas bordas da ferida. Por ali poderia avistar, nas profundezas do mar, navios naufragados, contendo, eventualmente, tesouros. Poderia ficar rico! Não pensava nisso. Também não lhe ocorria utilizar o vidro para confecção de lentes; nem de espelhos. Espelhos, o que não dariam as mulheres para se poderem ver! Os espelhos de então eram de prata; eram caros e a imagem que proporcionavam resultava pouco fiel, o que dava margem a engodo. Assim, para as ricas, os comerciantes vendiam espelhos capazes de favorecer a aparência, quer suprimindo rugas, quer adelgaçando cinturas. Quanto às pobres, tinham de se contentar com qualquer pedaço de metal mais ou menos polido. Mas as pobres às vezes olhavam para as ricas e riam, estas ficando então perturbadas: seria o riso das indigentes mais uma evidência da época de deboche que viviam, ou resultaria da constatação de grotescos defeitos não revelados por imperfeitos espelhos? Em quem poderiam as ricas confiar para esclarecer esta torturante dúvida? Não nos bajuladores esposos, sem dúvida, não nos servos; só em bons, fiéis espelhos. Jonas poderia fabricá-los e vendê-los, revelando, como se espera de um profeta, a verdade, e ainda ganhando bom dinheiro. Mas precisamente porque não era ainda profeta é que não adivinhava esta possibilidade. Profeta? Não quanto ao vidro e espelhos.

– Profeta Jonas!

Ele se voltou, sobressaltado. Era um dos homens que há pouco encontrara, um sujeito magro, calvo, com uma grande cicatriz na cara; tipo sinistro, mais para bandido do que para profeta. Realmente estranhos, os critérios pelos quais Jeová e outros deuses escolhiam seus enviados.

– Poderíamos falar?

Jonas convidou-o a sentar. O homem foi direto ao assunto:

– Queres ficar rico, Jonas? Muito rico?

Por um momento, Jonas pensou que ele lhe falaria a respeito da Árvore do Ouro. Mas não, era um plano que queria expor, um plano para tirar dinheiro dos ricos ninivitas:

– Tudo indica que a Nínive deves chegar em breve. A corrupção da cidade chegou a seu grau máximo; Jeová deve estar impaciente para castigá-la.

Inclinou-se para a frente – terrível, o seu hálito, pior que as emanações do estômago do peixe – disse, em voz baixa:

– Agora, escuta bem: chegando a Nínive anuncias que por causa de seus pecados a cidade será destruída, os habitantes perecerão em meio a sofrimentos horríveis, enfim – fazes uma boa profecia, e te desincumbes de tua missão. Logo depois, contudo, te ofereces como intermediário para apaziguar a coléra divina. Por este serviço cobrarás, naturalmente, e adiantado; e, quando mais aterrorizados estiverem, mais poderás cobrar.

Jonas ouvia-o, estarrecido.

– Com este dinheiro – prosseguiu o homem – contratarás barcos e bons pescadores. Eles capturarão o peixe e nos libertarão. Agora perguntarás: mas por que tenho de salvar um homem que mal conheço? Não adivinhaste? – Sorrindo: Mas que profeta és, afinal?

Fez uma pausa, continuou:

– Porque eu sei onde está a Árvore do Ouro – sussurrou, os olhos brilhando. – E estou disposto a te levar até ela em troca de minha liberdade. Então? Que dizes?

Ah: por fim era mencionada a Árvore do Ouro. Só que à guiza de oferecimento, o que era surpreendente e não deixava de suscitar suspeitas. Antecipando-se a estas, o homem já vinha com lembrança tentadora, anunciada com um sorriso maroto:

– A sacerdotiza de Astarté... Ela te ficará muito grata, Jonas... E olha que ela sabe dar prazer aos homens a quem é grata... Então? Que dizes?

Jonas continuava em silêncio. O que deixou o outro desconcertado:

– Naturalmente não precisas me dar uma resposta agora. Pensa. Só te peço que não tardes muito a tomar uma decisão.

Repentinamente súplice, agarrou-se ao profeta:

– Não nos deixes mal, Jonas! Por favor, não nos deixes mal! Eu–

Conteve-se, enxugou os olhos, levantou-se e se foi. Jonas ali ficou, extremamente perturbado com o que ouvira.

Ele quer refletir, quer concatenar seus pensamentos. De súbito, braços macios enlaçam-no pelo pescoço. É a sacerdotiza de Astarté: já nua, sôfrega! Jonas ouviu dizer que tais religiosas cultuavam o sexo, mas não sabia que chegavam a tal ponto. Quer repeli-la, não é o lugar, não é o momento – está sob mandato divino – e além disto teme que os outros apareçam. O desejo, porém, é mais forte, ele corresponde às carícias da mulher e acaba por possuí-la ali mesmo, nas entranhas úmidas e pegajosas de um enorme peixe que se desloca à assombrosa velocidade nas profundezas do oceano.

Depois, deitados lado a lado, conversam. A moça conta que está ali por castigo: destinada ao Grande Sacerdote, fornicou com um rico comerciante babilônio. Foi atirada ao mar e engolida pelo peixe.

– Nada tenho a ver com Jeová – diz. – Mas sei que o deus de vocês é poderoso... Que pode mandar pragas e abrir os mares. Portanto, ele pode nos tirar daqui. *Tu* podes nos tirar daqui. Tira-me daqui e serei tua. Então, que me dizes?

Que pode ele dizer, agora que teve a mulher em seus braços, que repartiu com ela o fruto do pecado? Que vai pensar:

– Vou pensar.

Confio em ti, ela sussurra. Levanta-se, veste a túnica, e se vai, deixando Jonas mais uma vez cheio de remorso e dúvidas. Pedem-lhe que ceda, estes do ventre do peixe; que se humilhe perante Jeová, que cumpra a Sua ordem – o que significa semear a morte e destruição numa cidade inteira. Sim, os ninivitas pecaram, mas quem não peca? São seres humanos, merecem compaixão. Por outro lado os do peixe – que também desafiaram o Senhor – também são seres humanos, também são dignos de piedade. Que dilema. Mas, que diabos, por que tinha Jeová de escolhê-lo para esta missão? Por que não muda seu desígnio – pode fazê-lo, é Deus – e não o envia, ao invés, para um país desconhecido? Um país de belas paisagens (uma baía, é o que ele imagina, uma linda baía, ondas quebrando na praia de areias muito brancas; coqueiros, aves coloridas em revoada, céu de azul glorioso) habitado por gente amável (homens, mulheres e crianças, de tez bronzeada, rosto pintado de cores berrantes, adornos de plumas nos longos cabelos negros) e sem pecado; num país assim, tudo que ele teria de fazer seria admoestar suavemente, e por faltas leves, a uns poucos travessos. Num país assim seria fácil ser profeta. Mas Jeová é cruel. Cruel com os pecadores, cruel com seus eleitos.

No ventre do peixe não há noção de tempo. A lâmina de vidro na mão, Jonas medita, tenta meditar. Mas já o homem da cicatriz está de volta, quer saber o que Jonas tem a lhe dizer a respeito da proposta que fez. Estou pensando, responde o profeta, já impaciente. Está bem, diz o homem, mas não te esqueças que nós estamos esperando a resposta.

– Nós? – Jonas, intrigado. – Nós, quem?

Dá-se conta: estão mancomunados, a bela sacerdotiza e o homem da cicatriz, mancomunados para enganá-lo. Indignado, ordena que o outro se retire: vai-te daqui, imundo! Vai refocilar com tua cortesã!

O homem se vai, resmungando impropérios. Tomado de súbita raiva, Jonas crava a lâmina de vidro no estômago do peixe. O sangue jorra, apagando a tocha; no escuro, ele é jogado de um lado para outro: o peixe, enlouquecido pela dor, agita-se, furioso. Por fim, Jonas é vomitado; arremessado como por poderosa catapulta voa no ar e vai cair n'água. Livre! Finalmente, a luz do dia, e o ar puro! Jonas nada umas centenas de metros e chega a uma praia. Ali fica, exausto, ofegante.

Levanta-se, põe-se a caminho. Anda, anda. E assim chega a uma grande cidade, cercada de muralhas. Casas brancas, templos, palácios, refulgem ao sol; caravanas de camelos entram e saem pela porta principal.

Nínive.

Em Nínive Jonas profetizou contra a luxúria, como lhe tinha sido determinado pelo Senhor, dizendo que em quarenta dias, no máximo, a cidade mergulharia no caos e na subversão. O povo acreditou em suas palavras, pôs-se a jejuar e a orar; ninguém mais fornicava. Para Jonas, não era suficiente, não adianta, bradava na praça principal, pecastes e agora estais condenados. Teve, contudo, o desprazer de constatar que Jeová não avalizava suas ameaças: os dias passavam e nada acontecia com Nínive. Com o que ficou extremamente desgostoso. Dirigindo-se ao Senhor, queixou-se:

– Eu bem sabia o que estava fazendo, quando fugi para Tarshish. Não podemos trabalhar juntos: eu, perplexo e Tu enigmático, isto não vai dar certo. Chega.

Dirigiu-se para fora da cidade e ali ficou, sentado no chão, esperando para ver o que faria, afinal, Jeová com Nínive – ou com ele, profeta. Os raios do sol batendo-lhe em cheio no crânio produziram-lhe grande calentura: sentia os miolos ferverem e tinha visões terríveis: os mansos homens bronzeados, que antes imaginara ver no país de belas paisagens, eram agora atacados e massacrados por guerreiros em couraça de aço. O sangue tingia a areia branca...

Deus então se apiedou de Jonas.

Da terra gretada à sua frente, brotou uma plantinha que logo cresceu e se transformou numa pequena, mas copada árvore. Transtornado, Jonas não pôde ver no fato um sinal da misericórdia divina; não se deitou à sombra para assim descansar e recobrar-se. Em vez disto, pôs-se a gritar como um louco:

– É a Árvore do Ouro! Achei a Árvore do Ouro!

E começou a arrancar os galhos, procurando as favas com os preciosos grãos. Jeová, irado, mandou então um verme do deserto, que, num abrir e fechar de olhos, devorou a árvore toda, transformando-se depois numa borboleta que saiu voando e desapareceu.

A princípio, Jonas não podia acreditar no que tinha visto. Quando, finalmente, deu-se conta do que ocorrera, começou a rir. Ria, ria; rolava pelo chão, rindo; ria tanto que a barriga lhe doía; parava de rir, enxugava os olhos, e logo começava a rir de novo.

Finalmente parou de rir, levantou-se, e, suspirando, pôs-se a caminho; voltava à Judéia, a seu lar. No caminho, passou por uma áspera montanha, situada ao sul de Jericó e próxima ao Mar Morto. Nesta desolada paisagem, e talvez por causa do excessivo calor, teve uma premonição: um dia, murmurou, alguém de minha descendência subirá essa montanha, em busca de seu destino. Séculos depois a profecia se cumpriu.

É um homem jovem, esse que sobe a montanha, esse Habacuc ben Tov, meu antepassado.

Veste uma grosseira túnica, usa sandálias rústicas. Preso à cintura, um odre de couro de cabra. Vazio: a água terminou há muitas horas. Coberto de poeira, a boca seca, ele galga penosamente as escarpadas rochas. E vai lembrando, não a profecia de Jonas, mas uma história ocorrida com o pai. Certo dia de verão esse homem, humilde lavrador, resolveu deixar um pouco de lado a faina no campo para tomar um banho nas frescas águas do Mar da Galiléia. Nadava gostosamente, quando, de repente, uma violenta tempestade desabou sobre a região. Assustado, e interpretando o fenômeno como sinal de reprovação divina à sua luxúria, o homem mergulhou: ali ficou, submerso, temendo que um raio o fulminasse.

Agüentou o mais que pôde; por fim, sem fôlego, ergueu os olhos para cima, num mudo pedido de misericórdia – e o que viu através das águas límpidas? Pés andando sobre a superfície do lago. *Um homem andava sobre as águas.* Não imaginou, naquele instante, que se tratasse de Jesus Cristo caminhando em direção a um destino transcendente; aliás, não imaginou nada. Concentrou-se, ao invés, no exame daqueles pés. Belos pés, bem conformados; a pele da sola era lisa, sem calosidades. Daí deduziu – erroneamente, como se constatou depois – que se tratava dos pés de um contemplativo, de uma pessoa capaz de flutuar acima da realidade. Quando finalmente emergiu, já não avistou ninguém; mas a imagem dos pés sobre a água não o abandonou e, em seu leito de morte, disse a Habacuc: procura os homens que estão acima. Acima de que, pai? Acima de tudo. Habacuc ouviu-o, em silêncio; respeitoso, mas decepcionado; preferiria que o velho lhe tivesse transmitido, por exemplo, o segredo da Árvore do Ouro. Homem pobre, com família a sustentar, Habacuc ben Tov era forçado a pensar em coisas prosaicas, tais como o pão de cada dia. Mas, oculta nas enigmáticas palavras do pai, havia uma mensagem cuja validade as circunstâncias logo haveriam de demonstrar.

Na Palestina ocupada pelos romanos reina a intriga, a corrupção; a miséria, o descontentamento. Os pequenos agricultores estão arruinados; seu trigo não pode competir em preço com o dos egípcios, muito mais barato. As pequenas propriedades caem nas mãos dos latifundiários, que preferem a mão-de-obra escrava, para vergonha do povo de Israel. Massas empobrecidas dirigem-se às cidades e ali vivem em constante conflito. Em Jerusalém, onde mora Habacuc, sucedem-se os crimes políticos e religiosos, resultados do confronto entre as várias facções. Saduceus, fariseus, outros. Os sicários, intoxicados pelo haxixe, andam em meio à multidão. De repente um grito, e um homem tomba, ensangüentado: um negociante, suspeito de colaboração com o invasor. Ou um sacerdote que adotou costumes gregos. Farto desta loucura, deste desespero, Habacuc resolveu partir, abandonando a mulher (que o trai com um legionário romano) e três filhos. Vai em busca da pureza, da redenção. Vai em busca dos lendários essênios, a seita que detém o segredo da paz do espírito e da vida eterna.

Finalmente avista a cidade sagrada, um conjunto de severas construções de pedra, estrategicamente colocadas no alto da montanha. Um homem vem a seu encontro, ampara-o, dá-lhe água. É Eliezer, o amigo que há anos juntou-se aos essênios, e com quem Habacuc trocava mensagens secretas.

Para ser aceito pela comunidade, Habacuc deve passar por uma longa preparação: jejuns, preces, meditação. Eliezer é seu mentor, ampara-o quando fraqueja. Ajudado pelo amigo, Habacuc vai vencendo, uma a uma, as etapas do penoso aprendizado. Afinal, chega o grande dia. Diante de toda a comunidade reunida na praça principal, faz o juramento. Promete cumprir a lei de Moisés tal como foi revelada aos filhos de Sadoc, os sacerdotes essênios. Estará ao lado dos Filhos da Luz na batalha final que moverão contra os Filhos das Trevas. Seguirá o Anjo da Verdade contra Satã. Batalha terrível será esta, em que até os mortos se levantarão das sepulturas para lutar: cadáveres decompostos empunhando espadas de luz. Por fim o Bem sairá vitorioso e o Messias reinará, soberano. Louvado seja o Senhor! – gritam os sacerdotes, quando Habacuc termina. Os fiéis aplaudem: Habacuc foi aceito entre eles. Ainda é um noviço;

não faz parte dos definitivamente puros; mas, se Deus quiser, um dia chegará lá.

Nesta noite – e por que terá feito isto? Uma prova de confiança? Um gesto afoito? Um resíduo da passada arrogância jerosolimita? – Eliezer pede a Habacuc que o acompanhe a uma caverna nos arredores da cidade. Com muito esforço os dois removem uma grande pedra – e Habacuc não pode conter uma exclamação de surpresa: à luz da tocha que Eliezer segura, avista pulseiras, colares, braceletes, broches, estatuetas; ouro, prata, diamantes, rubis. Então era verdade! Então existia mesmo o lendário tesouro dos essênios! Mas Eliezer tem ainda algo mais surpreendente: mostra ao amigo um pequeno frasco cheio de reluzentes grãozinhos metálicos.

– Sabes o que é isto? São sementes da Árvore do Ouro.

Que não plantemos estas sementes, e que deixemos nesta caverna nossas jóias, continua Eliezer, dá uma prova de nosso desprendimento. Parece convicto do que afirma, mas Habacuc sente em sua voz um minúsculo, porém definido, tom de falsidade: não, Eliezer não crê no que diz. Mas como, pergunta-se Habacuc, perplexo. Depois de tantos anos entre os essênios, depois de tanto jejum, e privações, não deveria Eliezer ter alcançado aquele grau de superioridade moral que se reflete no tranqüilo desprezo aos bens materiais? Parece que isto não está acontecendo... Hum, alguma coisa está errada por aqui... Sem se dar conta das suspeitas de Habacuc, Eliezer continua falando sobre o tesouro. Toda esta riqueza, diz, está reservada ao Messias. Sua chegada será comemorada com um grande, fantástico banquete. No amplo salão, iluminado pelas velas de dezenas de candelabros de ouro, entrarão os participantes do ágape, na seguinte ordem: Sumo Sacerdote; sacerdotes em geral; Messias em pessoa; chefes de família. O Sumo Sacerdote procederá à bênção sobre o pão e o vinho; o Messias também abençoará o pão; e finas iguarias serão servidas.

Quem é o Messias, quer saber Habacuc. O Messias é o Mestre da justiça, explica Eliezer. Viveu, há muito tempo, entre os homens, pregando a palavra divina; não o ouviram; ele, então, desgostoso, foi embora. Mas voltará um dia, cavalgando um formoso cavalo branco, em busca dos justos – que somos nós. Mas, insiste

Habacuc, como saberemos que se trata do Messias, e não de um impostor?

– Porque – Eliezer já começa a se impacientar com tantas dúvidas – ele tem gravados na língua os preceitos divinos.

– Na língua? – espanta-se Habacuc.

– Na língua.

Na língua, quem diria, murmura o impressionado Habcuc. Fica um instante em silêncio, mas já tem outra pergunta:

– O Messias é este Jesus que foi crucificado?

– Jesus? – Eliezer ri. – Não. Jesus era um bom homem, mas não era o Messias. Achas que o Messias se deixaria crucificar? Não. Com apenas um olhar ele exterminaria milhares desses romanos, antes que pudessem sequer tocá-lo. Como – acrescenta, exaltado – serão exterminados todos os traidores! Ai dos que se afastaram da palavra divina, do Poço das Águas Vivas!

A veemência surpreende; e inquieta. De um puro, Habacuc esperaria mansidão e doçura, não esta súbita ferocidade. Não diz nada, porém. Ajuda Eliezer a recolocar a enorme pedra no lugar. Em silêncio, voltam para a pequena casa de pedra, que compartilham com outros cinco ou seis. Habacuc despe-se, deita-se no duro catre. A sua primeira noite entre os Puros decorre em meio a terríveis pesadelos.

É dura, a vida dos essênios: Levantam muito cedo; o céu ainda está escuro quando saem para o trabalho. Em pequenos terraços cultivam seus vegetais, aproveitando a escassa água cuidadosamente recolhida em reservatórios – raramente chove na região. O sol surge, o calor se torna insuportável. Lá embaixo, o Mar Morto, denso, saturado de minerais, cujos cristais, incrustados nos toros de madeira da margem, refulgem em meio à tremulina.

A Habacuc e Eliezer está reservada uma pesada tarefa: a construção de cisternas. É preciso cortar as pedras, transportá-las, colocá-las no lugar, vedar as fendas com betume e pez. De longe, vêem as mulheres, cozendo o pão em fornos redondos.

Habacuc quer perguntar sobre elas. Não se atreve; mas sabe que vários, ali, são solteiros e castos. Eliezer é um deles; tem quarenta anos, não conheceu mulher. Um dia confidencia a Habacuc que quer tomar como esposa a filha de um dos sacerdotes. Mas a moça tem quinze anos, não poderá casar antes dos vinte, como determina a lei – embora já tenha corpo de mulher; os seios sobressaindo sob a túnica. O sono de Eliezer é agitado, ele geme. Habacuc sabe por quê. Também ele, secretamente, deseja esta moça, esta Naomi.

Uma noite levanta-se, sai a caminhar. Uma luz enorme, amarela, ilumina os montes da Judéia. O ar está saturado de poeira e odores. Sons estranhos vêm de longe, trazidos pelo vento – risadas, gemidos. Na Cidade Sagrada, os essênios dormem. Repousam os corpos exaustos, depois de um dia de duro trabalho, que os trouxe mais perto da Grande Felicidade. Só Habacuc, angustiado, tem de andar, andar, o suor escorrendo-lhe do rosto, do peito.

De repente, a sensação de que alguém o observa. Volta-se. Uma janela fecha-se rapidamente? Talvez. Habacuc continua a caminhar, agora mais devagar. O ouvido apurado capta passos. Habacuc pára: alguém o segue, ele quer saber por quê. O que está fazendo de errado? Caminhar à noite coloca-o no rol dos Filhos das Trevas?

Um vulto aproxima-se dele. Uma mão pequena, delicada, toma-o pelo braço. Surpreso, Habacuc é conduzido para uma caverna próxima à do tesouro. É uma caverna de estreita entrada, mas que logo em seguida se revela ampla, uma espécie de salão abobadado, tenuemente iluminado pelo clarão da lua, que mal penetra ali.

Parados, os dois, frente à frente. Um gesto brusco e o manto cai no chão, revelando aos olhos surpresos de Habacuc uma moça. Nua! É a filha do sacerdote, e está nua! Nua e fremente! O tempo é curto, ela sussurra, e atira-se a Habacuc. Os dois caem no chão, ela arranca-lhe a túnica, beija-o, esfomeada, a boca, o pescoço, o peito, ajoelhada, toma-lhe o membro com as duas mãos, contempla-o quase com devoção – e entrega-se ao *fellatio,* a pecaminosa prática introduzida pelos romanos. Não, protesta Habacuc, não faz isto, mas já o terror dá lugar ao gozo e ele se entrega. Que língua, Deus do céu. Que lúbrico demônio é ela com essa língua!

Habacuc possuiu-a uma, duas, três vezes. Insaciáveis, os dois; ele, desde Jerusalém, tem desejo acumulado em invisíveis e profundas cisternas, ela parece possessa. Talvez seja a encarnação de Lilith, a Diabólica – a primeira mulher de Adão, aquela que escolheu viver entre os demônios; ou da mulher de Putifar.

De repente ela se levanta. Enrola-se em sua túnica. Habacuc quer detê-la, mas ela se desvencilha dele e vai, não sem antes murmurar: amanhã, aqui.

Encontram-se todas as noites. Ela sempre sôfrega, ardente; tu és homem, diz, és o único homem no meio destes beatos tontos. Deixa bem claro que não acredita em nada, nem em Messias, nem em batalha final; estava mesmo pensando em fugir da Cidade Sagrada. Foi então que apareceste, meu amor. Tu, meu salvador, meu Messias! Poço inesgotável de amor!

Lisonjeado, Habacuc não deixa contudo de se sentir inquieto. E se descobrem, pergunta-se. E mesmo que não descubram – como vai terminar tudo isto? O que mais lhe dá remorsos, contudo, é a traição a seu amigo, a Eliezer, que continua a lhe falar com adoração de Naomi. Será que de nada suspeita? Habacuc não pode acreditar que alguém seja tão ingênuo; talvez o outro esteja maquinando algo, talvez esteja lhe dando trela para ver até onde vai. Assim, quando uma noite Eliezer convida-o para um passeio têm muito a falar – Habacuc quase entra em pânico: é agora, pensa, é agora que ele vai querer ajustar contas. Contudo, não pode recusar o convite. Tenso, acompanha o amigo. Sob a túnica, segura firme o cabo do punhal, do qual não se desfez, mesmo ao optar pela vida ascética. Mas Eliezer não sabe de nada do que se passa entre Naomi e ele... Quer é fazer a Habacuc uma confidência surpreendente: já não suporta mais a vida entre os essênios, os jejuns, as penitências, a espera por um Mestre da justiça que não chega nunca.

– Banquete! – grita, enfurecido. Contém-se, baixa a voz: – Há anos ouço falar deste banquete com o Messias, Haba. Há anos me preparo para a chegada do Mestre. Agora, cansei.

Uma pausa, e continua:

– Não agüento mais viver sem mulher. Não agüento, Haba. Todas as noites tenho sonhos... Ejaculo na cama. Perco meu sêmen, estou ficando fraco. E velho. Quero a filha do sacerdote para mim, Haba. E tenho certeza que ela também me quer. Os olhares que me lança... Está louca por mim, Haba. Louca. E eu louco por ela. Quero-a já. E estou disposto a qualquer coisa para isto.

Expõe seu plano. Descerá a montanha, procurará as tropas romanas que estão acampadas por perto. Revelará o lugar do tesouro dos essênios. Em troca, pedirá ao comandante uma parte das riquezas – e Naomi.

Habacuc ouve, horrorizado: mas será um massacre, exclama. Ninguém aqui sabe empunhar uma arma, só se fala em espadas de luz. Eliezer encolhe os ombros. Pouco me importa, diz, com voz surda. Estou decidido, quero aquela mulher, de qualquer jeito. Agarra-o pelo braço:

– Conto contigo, Haba? Olha que terás tua parte no tesouro. Serei generoso, prometo.

Habacuc olha-o, sem saber o que responder.

– Mesmo que não me ajudes – diz Eliezer, ameaçador – levarei a coisa adiante. Dentro de dois dias vou ao encontro dos romanos. Até lá, tens tempo de pensar.

Naquela noite Habacuc e Naomi deixam a Cidade Sagrada. Para trás, ficam as casas adormecidas. Sobre o catre, os olhos arregalados, Eliezer – morto, o punhal de Habacuc cravado no peito.

Caminhando de noite, ocultando-se de dia, chegam à costa. Encontram um grupo de refugiados que, como eles, quer fugir do país. É preciso fretar um navio; há um comandante grego que aceitaria a missão, mas por bom dinheiro. E nenhum deles tem nada. Habacuc ali discutindo com o grego, Naomi puxa-lhe pelo braço. Que é, pergunta ele impaciente, não vês que estou ocupado, tentando resolver este problema? Vem cá, diz ela sorrindo, tenho algo a te mostrar. Afastam-se, ela tira o saquitel que traz pendurado ao pescoço, abre-o: anéis, colares, tiaras, ouro, diamantes, rubis. Que beleza, maravilha-se Habacuc, onde conseguiste isto? Dá-se conta – e afoito, logo pergunta:

– E as sementes da Árvore do Ouro? Trouxeste as sementes da Árvore do Ouro? Com a Árvore do Ouro –

Interrompe-se: percebe, pela expressão dela, que acabou de cometer um erro. Tenta desculpar-se, mas é tarde demais. Agora, as coisas entre eles já não serão mais o que eram. Já não poderão se entregar um ao outro com a paixão de antes. A cobiça envenenou-lhes a vida. Como Adão e Eva depois do fruto da Árvore da Ciência do Bem e do Mal, não mais terão descanso.

O pequeno navio saiu de um ancoradouro perto de Yaffo numa noite escura, sem lua. Não muito longe, ardiam as fogueiras de um acampamento romano; os fugitivos podiam até ouvir os risos dos legionários, celebrando as últimas vitórias sobre os fanáticos rebeldes judeus. Levada por ventos favoráveis a embarcação deslizou rápida; ao amanhecer estavam longe da costa.

Dois dias depois, ao largo das ilhas, uma súbita calmaria fez murchar as velas. Os tripulantes e passageiros, sentados no convés, se olhavam, apreensivos. O que significaria aquela imprevista mudança de tempo? Ninguém sabia, nem mesmo o experiente comandante grego.

A noite caiu. Na escuridão, o navio oscilava docemente. Nenhum som; apenas o ranger do madeirame do barco. Naomi dormia, abraçada a Habacuc. Os outros aguardavam, inquietos.

De repente uma voz, de longe: *Habacuc, Habacuc!* Duas vezes. Acordados, os de bordo sussurravam, tomados de pavor: responde, Habacuc, responde. Mas ele sacudia teimosamente a cabeça. Só quando a voz chamou-o pela sétima vez é que ele se pôs de pé:

– Eu sou Habacuc! Quem me chama? Por que me chama?

– Teu crime não passou despercebido – respondeu a voz. – Por causa dos teus pecados e de outros, um deus morreu, Habacuc. Por castigo, teus descendentes vaguearão pelo mundo, até que a palavra dos Filhos da Luz seja ouvida. Entendido?

Entendido, murmurou Habacuc, lívido, a testa molhada de suor. Mensagem terminada – disse a voz. Fez-se silêncio; e então o vento recomeçou a soprar. Tranqüilizados por ver que a coisa não era com eles, os marinheiros içaram as velas.

Seis dias depois o barco chegava a Sefarad (mais tarde, Espanha). Ali, Habacuc e Naomi juntaram-se a uma pequena colônia hebraica. Prosperaram, graças às jóias que Naomi trouxera. Até o fim da vida Habacuc amargou os remorsos de ter deixado os essênios, de ter se afastado do Poço das Águas Vivas, de ter roubado de um pai a sua única filha, ainda que com o consentimento dela. De ter abandonado a terra de Israel. De ter matado um homem. De ter causado a morte de um deus. Mas, apesar dos remorsos, comia e bebia bem, tinha boa saúde; morreu com avançada idade. Seus filhos, netos e bisnetos viveram na Espanha em cidades tais como Toledo, cujo nome vem de *Toledoth,* cidade das gerações; sob o domínio dos romanos e depois dos visigodos, e depois dos mouros.

Entre estes viveu um famoso antepassado dos Mendes: Moisés ben Maimon, mais conhecido pela forma grega do seu nome: Maimônides.

Nascido em 1135, à época do domínio árabe na Península Ibérica, Maimônides foi educado por seu culto pai e por mestres muçulmanos. Desde muito cedo dedicou-se à filosofia. Escreveu obras em que se interrogava sobre o sentido da vida; isto o angustiava; mas, de maneira geral, era feliz.

Em 1148 os Omaiadas, que até então governavam a Espanha árabe, foram alijados do poder pelos fanáticos Almôadas. Seguiu-se a expulsão de judeus e cristãos. A família de Maimônides foi para o norte da África, radicando-se posteriormente no Cairo. Com a morte do pai, Maimônides e seu irmão David tiveram de se dedicar ao comércio de jóias. David adorava jóias, passava horas acariciando amorosamente os colares, os braceletes, os anéis. Era com dor que se desfazia dos preciosos objetos; por mim, suspirava, ficaria a admirá-las o dia inteiro:

– Quanto mais olho uma gema, mais maravilhas descubro nela. Há pedras que têm o calor do sol, outras o brilho enigmático da lua. Sinais, meu irmão; sinais do destino. E a Árvore do Ouro! Ah, se eu encontrasse a Árvore do Ouro!

A Maimônides, entretanto, as jóias deixavam completamente indiferente. Levava-as aos fregueses, nobres da corte do sultão Saladino. Enquanto estes, reclinados em almofadas de seda, examinavam a mercadoria, a mente de Maimônides perdia-se em divagações. O que vem a ser a condição humana? Qual a relação entre Deus e o Universo? Perguntavam-lhe o preço das jóias; perguntavam-lhe três ou quatro vezes antes que ele caísse em si e, confuso, respondesse – qualquer coisa: quantias absurdamente altas, ou insignificantes; o que fazia os nobres rirem às gargalhadas. Alguns, irritados, mandavam-no embora, dizendo que não queriam comprar nada de tal idiota. Por causa disto, David tinha de trabalhar cada vez mais. Era obrigado, inclusive, a fretar navios e a dirigir-se a Chipre, a Bizâncio, em busca de novos clientes. Numa destas viagens o barco naufragou e David morreu afogado. O corpo não foi encontrado.

Foi um duríssimo golpe para Maimônides, que durante dias ficou sentado na praia, olhando o mar e golpeando o peito, em desespero. Tiveram de levá-lo à força para casa. Trancado no quarto, começou a escrever sua obra-prima. "O Guia dos Perplexos." Procurava orientar-se a si mesmo e a outros sobre as grandes questões acerca da vida e da morte.

Havia, entretanto, preocupações mais urgentes. Com a morte do irmão ele agora era responsável pelo sustento da família. Que fazer? Não gostava do comércio de jóias, e sem David não teria, no ramo, a menor possibilidade de êxito. Resolveu dedicar-se à medicina, uma profissão respeitada e lucrativa. Além disto, próxima à filosofia. Secretamente Maimônides contava descobrir, nos humores destilados dos corpos doentes, no sussurro dos moribundos, nos delírios dos mentecaptos, respostas às perguntas que o inquietavam.

A medicina árabe atravessava então uma fase de grande esplendor com nomes tais como: Avicena! (ou Ibn Sina). Avenzoar! (ou Ibn Zuhr). Averroes! (ou Ibn Rushid). Deste último, Maimônides – ou Musa Ibn Maimun, como ficou conhecido – tornou-se o discípulo predileto.

Aprendeu a fazer infusões de ervas medicinais. Com uma faca afiada era capaz de extrair uma catarata em poucos minutos; examinava a pequena lente opaca, leitosa, semelhante às pérolas que seu irmão tanto estimava, e com um suspiro, jogava-a fora, a não ser que o doente quisesse guardá-la como recordação; neste caso, colocava-a num vidro com álcool.

Aprendeu a interpretar os sinais das doenças, de acordo com a melhor tradição hipocrática. Observava a urina e sabia dizer, pelo aspecto, pelo odor, pelo gosto, pelo depósito que deixava, se o doente ia melhorar ou morrer. Se a febre caía rápido, suspirava aliviado; mas se uma febrícula se prolongava por dias ou semanas, se ao cair da tarde as faces do doente se tingiam de vermelho, atemorizava-se, pois conhecia bem os disfarces da tísica. Como o José da Bíblia, interessava-se pelos sonhos; podia dizer que remorsos atormentavam a pessoa pela forma das figuras que apareciam em seus pesadelos. E tinha especial predileção pela patologia do raro, do exótico.

Tornou-se conhecido e respeitado. Estabeleceu-se em Fostat, perto do Cairo; pouco tempo depois podia escrever a seus familiares: "Devido à minha reputação como médico gozo de excelente conceito entre os poderosos. Minhas antecâmaras estão sempre cheias de clientes. Chego, desmonto do cavalo, lavo as mãos e ponho-me a atender doentes, que continuam a vir até o sol se pôr. À noite estou tão cansado que mal posso falar – mas feliz".

Ganhava muito dinheiro. As antigas dúvidas – aquelas, sobre o sentido da existência – ainda o atormentavam, mas não tanto. As vidas que salvava absolviam-no de suas culpas. Era... feliz. Feliz. Estava casado com uma linda mulher, meiga, compreensiva. É verdade que às vezes, depois de fazerem amor, Maimônides custava a adormecer; virava-se na cama, inquieto. Quando finalmente conciliava o sono, via-se mergulhado num mar profundo, diante do que tanto temia encontrar: o cadáver do irmão. Peixes entravam e saíam das órbitas vazias, crustáceos esgueiravam-se da boca. Preso ao pescoço, o saquitel com as pedras preciosas: pérolas, esmeraldas, rubis. Pega as jóias, sussurrava uma voz distante. Pancadas surdas começavam a ressoar no fundo daquele mar, pancadas que iam aumentando de intensidade e se tornando mais nítidas, até que acabavam por acordá-lo: batiam à porta. Alguém chamava-o para ver um enfermo.

Na comunidade judaica do Egito, o *Rambam* (abreviatura de Rabi Moisés ben Maimon) era verdadeiramente venerado. Procuravam-no não só por seus conhecimentos médicos, mas também por sua sabedoria. Sábio, eu? – dizia. – Mas se não passo do mais ignorante dos ignorantes. Não acreditavam; queriam conselho e consolo, as numerosas pessoas que se aglomeravam à sua porta.

Um dia veio procurá-lo um desconhecido.

Entrou embuçado num longo manto, que não tirou; recusou o vinho que lhe era oferecido por um criado e, quando Maimônides lhe indagou a que vinha, ignorou a pergunta e começou, ele, a questionar o médico: Musa Ibn Maimun não estava trabalhando demais? Não se cansava de atender a tantos doentes? Maimônides ia respondendo a estas questões, intrigado mas não zangado. Conhecia o suficiente a natureza humana para não se ofender com impertinências. Ademais, sabia que os doentes são às vezes desconfiados, pretendendo esclarecimentos antes de se entregar às mãos de um doutor.

Finalizado o interrogatório, o desconhecido emitiu uma surpreendente opinião: achava que o médico estava sobrecarregado, com uma clientela demasiado vasta. Não seria melhor, perguntava, ter menos pacientes? Uns dez, ou cinco – ou, melhor ainda, um único cliente que pagasse regiamente seus serviços? – Não creio –

respondeu Maimônides, cauteloso. – Um médico deve atender a todos que o procuram. Agora, se me permite, voltarei a meu trabalho.

Levantou-se. O homem levantou-se, arrojou de si o manto, revelando uma riquíssima vestimenta. Identificou-se: era ministro de Saladino; Musa Ibn Maimun estava sendo convidado para o cargo de médico particular do sultão.

Maimônides estremeceu. A proposta representava uma consagração, era sem dúvida o máximo a que um médico poderia aspirar; mas mesmo ele, médico de dignitários, hesitava em ter sob sua responsabilidade a vida de um senhor de impérios. O ministro percebeu sua vacilação: permita lembrar, disse, que o convite do sultão equivale a uma ordem.

O tom autoritário da voz, a arrogância do homem, irritaram Maimônides; teve vontade de dar-lhe uma resposta altiva – pois então me levem, mas morto –, mas deu-se conta que não poderia fazer tal coisa. Era responsável por sua família e também pela comunidade judaica do Egito, de quem era considerado, pelos árabes, um representante natural. Não devia, pois, tomar atitudes que colocassem outros em perigo. Está bem, disse, aceito o cargo. O ministro, satisfeito, expôs os detalhes da proposta: o médico se mudaria para o palácio do Sultão, onde residiria, com a família, em aposentos especiais. Teria todos os criados e auxiliares de que necessitasse, e bem assim livros, instrumentos, medicamentos. Mencionou o pagamento – uma quantia que impressionou o próprio Maimônides: em tanto me avaliam? O ministro sorriu: o sultão paga bem pelas coisas que quer, disse.

Por fim, mencionou a condição básica: Musa Ibn Maimun deveria ficar exclusivamente à disposição do soberano. Não poderia atender nenhuma outra pessoa – inclusive por causa do risco de que suas mãos transmitissem ao sultão moléstias de outrem. Levantou-se:

– Está tudo claro?

Suspirando, Maimônides disse que sim. Então vamos, comandou o ministro, tenho camelos à espera aí fora. Mas preciso de algum tempo, disse Maimônides, para resolver certos assuntos; há inclusive doentes à minha espera... Serão avisados, disse o ministro, impaciente. Chama a tua família e vamos logo.

E assim Maimônides é levado ao palácio: num camelo, escondido dos olhares do povo por um baldaquim ricamente debruado. Tão logo chegam, o ministro o conduz à presença do sultão.

É um homem corpulento, Saladino; olhar penetrante, gestos enérgicos, irradia vitalidade. Examina Maimônides de cima a baixo: com quem então, é este o médico? Bem-vindo, médico, bem-vindo. Respeitosamente, escolhendo as palavras, o ministro sugere que o sultão se submeta de imediato a um exame, já que terá de viajar breve. Bem-humorado, Saladino concorda. Todos saem do salão, ele fica sozinho com o médico. Maimônides interroga-lhe sobre os hábitos alimentares, sobre a exoneração intestinal, sobre o apetite sexual, sobre a forma das fezes e a força do jato urinário. Saladino responde a tudo, de boa vontade, mas com certa impaciência: nunca estive doente, médico, para que tanta pergunta? Maimônides, intimidado, passa ao exame clínico: poderia Vossa Excelência–

– Tirar a roupa? – O sultão ri, despe-se, deita-se sobre as almofadas.

Maimônides reconhece de imediato o excelente estado geral, mas atrapalha-se ao examinar o sultão, comete erros de principiante; contudo, bem pode notar que a testa está fresca, que as mucosas apresentam-se úmidas e coradas, que não há saburra na língua, que o pulso é regular; um pouco cheio, talvez, um pouco duro, mas ainda normal, considerando-se a idade. Não há doença, conclui, não há o que prescrever; e disto informa ao soberano. Não tens medo de perder o cargo?, pergunta Saladino, rindo. Riem os dois, médico e cliente. O riso do sultão é grosso, ele ri batendo com as mãos nas coxas, ri até ficar arquejante. Por fim pergunta se está tudo bem, se Musa Ibn Maimun sente-se satisfeito.

Maimônides fica sério de repente. Não responde de imediato. Pensa um pouco, olhos fitos no tapete. Finalmente diz – surpreso com a própria franqueza – que não está tudo bem. Sente-se honrado com o cargo de médico real, mas preferia atender muitos doentes, não um só.

– Eu não sou "um só" – diz Saladino seco. – Sou muitos. Sou todos. E agora vai. Estás dispensado.

Maimônides se retira.

Dias se passam, meses. Maimônides avista Saladino apenas

ocasionalmente. O sultão se recusa a ver o médico, alega que não tem tempo. Maimônides se vê obrigado a obter informações dos auxiliares mais chegados a Saladino: ele dorme bem? Come com disposição? Emite gases? Eructa? Anota as respostas num registro especial, com todo o capricho, fica horas meditando sobre o que escreveu, tentando deduzir das observações o estado dos humores, do pneuma, da pituita. Sobre sua mesa de trabalho acumulam-se livros volumosos, em latim, em árabe, em grego, em hebraico; são a suma do saber médico da época; trazem-nos os emissários de Saladino, que, para isso, viajam pelo mundo todo. Contêm descrições de doenças exóticas, de novos tratamentos. Maimônides não os lê. Para quê? Não tem como aplicar tais conhecimentos. Fica a olhar os livros, imóvel. Por vezes seus dedos se crispam; é um pulso que eles querem palpar, os dedos, o contorno de um tumor. Não há pulso, não há tumor. Não há nada.

À noite Maimônides fecha a sala de trabalho e se retira para seus aposentos. A esposa o espera. Desde que o marido se tornou médico do sultão ela experimenta sentimentos contraditórios. De um lado sente orgulho diante da inveja das amigas que a visitam e a quem conta, com afetada despreocupação, os mexericos da corte. Mas por outro lado está inquieta, percebe que o homem não se sente feliz. Prefere não falar a respeito, espera que seja apenas uma das depressões passageiras às quais Maimônides, um melancólico, está sujeito.

Afetando despreocupação, pergunta ao marido como foi o dia. Assim, assim, responde Maimônides. E o sultão?, ela pergunta. Vai bem, ele diz, e emenda: acho que vai bem. Parece que melhorou daquela dor de cabeça.

Ela tenta animá-lo; fala dos comentários elogiosos que a comunidade judaica faz a respeito do Rambam, seu representante máximo. Maimônides ouve em silêncio. Levanta-se, vai para o quarto. Fica sentado, folheando os próprios livros, quase sempre "O Guia dos Perplexos". Nesta obra, preconiza a aplicação da lógica aristotélica à própria religião judaica – o que deixa perplexos os judeus mais ortodoxos, aliás sempre desconfiados com as modas gregas: lógica, na religião? Como? E agora o próprio Maimônides se pergunta: de que me adianta a lógica, nesta situação? Pode haver algo mais profundo, algo que não esteja no plano da consciência a explicar o que acontece? Ou forças supra-individuais, leis históricas? Estas ruminações são interrompidas pela chegada da esposa, que vem lhe trazer um copo de leite: vai te deitar, ela diz, é tarde, amanhã tens de estar cedo na tua sala de trabalho.

No dia seguinte tudo recomeça.

Maimônides dedica-se a tratar doentes fictícios. A princípio é um apenas, um homem jovem, acometido de febres misteriosas; a este, Maimônides acrescenta uma mulher com icterícia, um tísico, um velho com um tumor no ventre. Gemem, chamam por ele. Imagina-se a examiná-los; por exemplo, mirando suas línguas; e tão intenso imagina, que dessas línguas vê a saburra, manchas de contornos lembrando (língua geográfica) mapas de países misteriosos. Curvando-se para a frente, aplica a orelha a peitos imaginários, ouve bater corações que nunca existiram – e se surpreende com os ritmos inusitados, ritmos que Ibn Sina algum descreveu. É música para ele, música das esferas. Deste enlevo desperta-o a voz da esposa:

– Moisés! O jantar!

Ouvindo-a, ele suspira. Tem direito ao pão quem não trabalha, quem nada faz de bom pelos outros? Contudo, não se trata de pão, mas de finas iguarias – de modo que ele se levanta e vai comer.

Uma vez o sultão concorda em recebê-lo. Fá-lo, contudo, de má vontade, deixando bem claro que atende a pedidos de seus ministros, já que não acredita nos médicos ou na medicina.

– Só quero me certificar que estás bem de saúde – diz Maimônides, como que a se desculpar.

Uma idéia ocorre a Saladino; os olhos brilham-lhe; sorri, maroto:

– Queres mesmo ver se estou bem de saúde, Musa Ibn Maimun? Pois vou te mostrar.

Pega o médico pelo braço, arrasta-o pelos corredores do palácio, até um pavilhão fechado por porta de ferro e vigiado por guardas armados. Maimônides está surpreso: é o harém, ali. Que pretende Saladino? O sultão empurra-o para dentro: vamos, médico, não precisas ter medo, não há leprosos aqui.

No salão, ao redor de um chafariz, vinte, trinta mulheres, vestidas em seda transparente, reclinadas em almofadas: conversam, cantam. Ao ver Maimônides calam-se, surpresas: um homem ali? E trazido por Saladino?

– Já vais ver como estou de saúde – diz o Sultão, tirando a roupa.

Olha ao redor, chama uma mulher: tu! Deita-te aqui! A moça obedece, Saladino atira-se sobre ela, possui-a. Levanta-se, chama outra mulher. Nova cópula, e depois uma terceira – após o que ele se põe de pé. Então, pergunta ao assombrado, constrangido Maimônides, estou bem ou não? Que dizes?

Maimônides não responde. Saladino veste-se. Os ministros não precisam mais se preocupar, diz, risonho. Não te parece, médico?

Maimônides concorda. Pede licença e se retira. Tranca-se em seu quarto: para chorar. Mais que perplexo, sente-se perdido. Irremediavelmente perdido. Nem Deus pode ajudá-lo.

Ele não pode sair do palácio. É proibido. Mas de uma pequena janela observa a cidade, a multidão que enche as ruas, o mercado. Criaturas pequenas, escuras, envoltas em trapos. O que sabe desta gente, do povo? Nada. Mas distrai-se fazendo diagnóstico a distância: aquele ali é sarnento... Aquela é clorótica... Aquele me parece que sofre de hidropisia. O ano é o 1192 da era cristã. A 6 de abril, Maimônides nota certa inquietação na cidade, uma agitação que vai em crescendo nos dias que se seguem; pelo pânico que as pessoas demonstram percebe que algo muito grave está acontecendo. Multidões deixam a cidade, as pessoas levando seus pertences. Figuras embuçadas surgem nas ruas, carregando cadáveres em macas; arrojam-nos às fogueiras que ardem por toda a parte. Há uma doença terrível por aí, Musa Ibn Maimun, confidencia-lhe o camareiro. E some: também ele foge da cidade.

É a cólera, deduz Maimônides, a *chole ra,* doença má, dos hebreus, a antiga praga do Oriente. É a cólera, e nada há a fazer, senão aquilo que o próprio Saladino – sem se dignar a consultá-lo – ordenou: queimar os cadáveres. Aliás, de nada adiantaria perguntar a Maimônides o que fazer. Ele não sabe. Ninguém sabe. A causa da doença é desconhecida, desconhecida a maneira pela qual se transmite. Maimônides suspira, fecha a janela, volta ao "O Guia dos Perplexos".

Na terceira semana da epidemia acorda no meio da noite com uma súbita e extraordinária intuição: a *doença vem da água.* A água do grande poço perto do mercado, do qual a maior parte da população se utiliza. Na escuridão do quarto ele vê nitidamente as profundezas do poço, os veios subterrâneos que o alimentam; a esta água cristalina mistura-se um líquido turvo: dejetos, as fezes abundantes dos coléricos. O ciclo mortífero se fecha.

Mal amanhece, corre a falar com o ministro: pede uma audiência com o sultão. O ministro quer saber qual o assunto. Maimônides diz que se trata da cólera; expõe-lhe suas idéias sobre a doença, afirma que pode livrar a população do flagelo – pelo menos pode tentar. O ministro ouve-o, cenho franzido, não diz nada. E então?, pergunta Maimônides. Esquece, diz o ministro, és o médico do sultão, nada tens a ver com as doenças da gentalha. Maimônides ainda quer argumentar, mas o ministro dá por encerrada a audiência, alegando que tem muito o que fazer. Prepara uma expedição militar: Saladino vai enfrentar os cristãos da Palestina.

Arrasado, Maimônides volta para seus aposentos. Reage, contudo; não se deixará abater. Passa a noite escrevendo sem cessar; é quase um tratado que ele redige sobre a cólera: causas, maneira de transmissão, tratamento. Mas já pela manhã, numa crise de desespero, atira o manuscrito ao fogo. A partir daí seu estado de espírito deteriora rapidamente. Passa a evitar a mulher, não quer mais falar com os filhos. Tem freqüentes crises de choro. Reza, reza muito, mas nem a religião lhe proporciona mais consolo. Pensa em terminar com a existência...

Uma noite batem violentamente à porta. Levanta-se, sobressaltado, vai abrir. É um guarda: Maimônides está sendo chamado ao palácio. O médico veste-se rapidamente, acompanha o homem. Atravessam os pátios internos do palácio, iluminados pela lua. O vento frio faz Maimônides se arrepiar. O que o espera, no palácio?

É levado ao Salão do Conselho. Todos os ministros estão ali, todos os dignitários da corte. E está ali também um mensageiro que acabou de chegar de Damasco, do acampamento de Saladino. Traz más notícias: o sultão está doente.

Maimônides interroga rapidamente o homem; pelo que ouve, convence-se: é grave, o caso com o sultão. Mandam que aprontem tudo para a viagem, partirá imediatamente para Damasco. Volta a seus aposentos, pega alguma roupa, seus instrumentos, alguns livros, coloca tudo numa bolsa, despede-se da mulher, junta-se à escolta que já o espera. Viajarão por mar até a Palestina; de lá seguirão a cavalo até o acampamento.

Três dias depois Maimônides chega a seu destino. Recebem-no os generais de Saladino; por seus rostos apreensivos o médico vê que sua chegada representa a última esperança. As informações são poucas. Saladino havia terminado sua campanha contra os cristãos liderados por Ricardo da Inglaterra. Embora derrotado duas vezes em Yaffo, estava negociando um tratado de paz altamente vantajoso. Retornando para Damasco, adoecera subitamente.

Levam Maimônides a uma grande tenda de campanha, onde há somente um leito. O homem que Maimônides vê ali, o homem gravemente doente que se agita às vezes em delírio, é Saladino.

Retira o manto que o cobre. Ali está o corpo enfermo: estranho, desconhecido país. É terror que Maimônides sente, o mesmo terror dos pesadelos em que vê o irmão morto. As mãos palpam desajeitadamente o ventre de Saladino; o doente geme, as mãos retiram-se precipitadamente. Vacilam, as mãos, não sabem se procuram o pulso, se percutem o tórax. Acalma-te, murmura Maimônides para si mesmo, pára de agir como louco; pensa, maldito, pensa.

Tenta coordenar os pensamentos, chegar a um diagnóstico. Há letargia, nota, há tremores; as carnes estão amolecidas, os olhos fundos, o ventre deprimido e sensível. O que é aquilo? Não sabe.

Mira o doente com rancor: é culpa dele, pensa. Tirou-me da clínica, encerrou-me no palácio, longe de meus pacientes. Perdi a perícia, o discernimento. Mas está pagando: condenou-se à morte, o cão muçulmano.

Sai. Vagueia sozinho entre as tendas dos soldados, chega ao poço, fica olhando a lua refletida nas águas escuras.

Alguém pega-o pelo braço. É o ministro:

– O homem está mal, Musa Ibn Maimun.

Uma afirmação, ou uma pergunta? Maimônides opta por não responder. O ministro olha-o; um olhar que deixa o médico inquieto. O que está por vir?

– Vou direto ao assunto, Musa Ibn Maimun – diz o ministro, em voz baixa, ominosa. – Não sei se podes curar Saladino ou não; mas ele não deve sobreviver. Não deve, entendes?

Interrompe-se: um grupo de soldados passa perto. O ministro espera que eles se distanciem, continua: este tratado com o rei cristão... Este tratado é ruinoso para nós. E para ti também, como judeu. O sangue de tua gente vai correr, Musa Ibn Maimun. Na Palestina, e em todo o lugar. Portanto, Saladino deve morrer.

Maimônides não diz nada. Quer se afastar, o ministro segura-o: lembra-te do que te falei, insiste. E acrescenta, ameaçador: é a vida de Saladino – ou a tua.

Maimônides volta à tenda do sultão. Os ministros e generais já se foram; apenas a velha ama de Saladino está ali, colocando compressas na testa do doente. Maimônides dispensa-a com um gesto, senta junto ao leito, e ali fica, mergulhado em profundas e tristes reflexões.

De súbito, nota que Saladino fita-o, os olhos bem abertos. É um olhar irônico, o do moribundo, um olhar que trespassa o médico: não sabes o que tenho, murmura. Claro que sei, diz Maimônides numa voz trêmula. É doença banal, uma congestão, um excesso de bile. Não é nada disso, diz Saladino, estás mentindo. Não há rancor em sua voz; pelo contrário, até uma certa ternura. Não sabes o que tenho, repete, e eu vou morrer. Hoje. Cala-te, diz Maimônides, angustiado, eu ainda nem comecei. – Não há nada a fazer, interrompe-o Saladino, numa voz agora fraca, dorida. E, mesmo que pudesses me curar, eles me matariam. Os ministros, os generais. Sei da conspiração, Musa Ibn Maimun. Sei de tudo.

Cala-se, esgotado. Ficam uns instantes em silêncio. Saladino estende a mão, pousa-o no braço de Maimônides. Mas tu, médico, diz com um sorriso, podes te beneficiar de minha morte. Basta que os convença que foste tu que a provocaste...

– Nunca! – Maimônides põe-se de pé, transtornado. – Eu nunca faria isto!

Rompe num pranto desamparado. Chora muito tempo. Saladino observando-o, em silêncio. Finalmente enxuga os olhos, suspira. Algo lhe ocorre, ele ri: aquela epidemia, Saladino, lembras?, aquela doença misteriosa? Pois descobri que a causa estava na água do poço. Na água, vê só! Quem diria, murmura Saladino. Suspira. Olha o médico e desta vez há uma súplica em seu olhar: não será cólera o que tenho, Musa Ibn Maimun? Aqui também há um poço... Será cólera? Quem sabe, diz Maimônides.

Ficam em silêncio de novo. Ao longe, o latido de cães, o canto de um soldado, triste como um lamento.

A água, diz Saladino, quem diria.

Começa a rir. Um riso incontrolável, que lhe sacode o corpo. Maimônides fita-o, surpreso. Depois começa a rir também. Riem os dois, gostosamente, perdidamente; Maimônides chega a rolar na cama de tanto rir; e ali fica, deitado ao lado de Saladino, ofegante; por fim, exausto, adormece.

Quando acorda, Saladino está morto. Maimônides abre as portas de par em par e manda que entrem os auxiliares para retirar o corpo. E vai, passando entre nobres e soldados, escravos e carpideiras.

Anos depois morria Moisés ben Maimon, o Maimônides, seus descendentes voltaram a Córdoba; na Espanha viveram em paz, gerando os filhos, embalando-os com canções em dialeto ladino:

"Duerme, duerme, mi angelico
Hijico chico de tu nación...
Creatura de Sión,
no conoces la dolor."

Mais tarde, dirigiram-se a Portugal. O nome da família foi mudado: Maimônides, Maimendes. Memendes, Mendes.

Os Mendes viviam ao norte de Portugal, na montanhosa região de Trancoso. Eram uma família abastada, temente a Deus; não esqueciam Sião, para onde contavam voltar um dia.

Em certa época tiveram a seu serviço Bandarra, o sapateiro-poeta, cujas visões expressas em líricos versos a todos comoviam e impressionavam. Mas Bandarra orgulhava-se, sobretudo, de ser excelente sapateiro. Artesão exigente, fazia questão de escolher o couro para as sandálias e botas que fabricava; com o correr do tempo nem isto lhe satisfazia – precisava examinar os bois, dos quais o couro seria tirado, enquanto ainda estavam vivos. Apalpava-os cuidadosamente, ouvia-lhes os mugidos. Fazia, aos escolhidos, pequenas preleções: vosso couro protegerá, das asperezas dos caminhos da vida, pés de homens de bem; artelhos ilustres vos serão gratos por calos evitados. Sereis evocados com carinho; um bom animal, dir-se-á de vós, uma criatura de Deus a nós deu seu couro. Após o que, Bandarra abatia o animal a golpes de uma pesada marreta feita com madeira duríssima de árvores da Terra Santa.

Aos cinqüenta anos, pressentindo que a morte não tardaria, decidiu confeccionar a obra-prima de sua vida, as melhores botas do mundo. Há tempo vinha se preparando para tal: criara um novilho de fina raça, alimentara-o no melhor pasto, massageava-o diariamente com excelente cerveja. O animal agora chegara ao ponto exato; um pouco mais, e os efeitos da idade far-se-iam sentir sobre a flexibilidade do couro. De modo que Bandarra já não podia, não deveria esperar mais. Antes de abater o novilho, contudo, retirou-se para as montanhas; lá passou três dias orando e alimentando-se de leite e ervas. Débil de corpo, mas fortificado em sua fé, voltou à aldeia. Trouxe o novilho à praça principal; ali, diante do povo reunido, fez ao animal a sua tradicional exortação; cuspiu nas palmas das mãos, pegou a marreta e desferiu tremendo golpe. Errou; por causa do jejum, talvez, errou. Em vez de abater o novilho, quebrou a estaca à qual estava amarrado. O animal fugiu.

Bandarra, praguejando, foi atrás dele. O novilho subiu pelo caminho das montanhas – e o ofegante Bandarra atrás. Finalmente o novilho chegou à beira de um abismo; não tinha como escapar.

Bandarra aproximou-se lentamente. Levantou a marreta; o olhar que o novilho lhe dirigiu então fê-lo estremecer; era o olhar de um ser humano, o olhar do condenado à morte; hesitou, mas foi só um segundo; em seguida desferiu seu golpe, tremendo golpe. O animal vacilou, mas não caiu; foi recuando, recuando, até que caiu no precipício. O sapateiro não pôde conter uma praga: o que sobraria do animal, depois de uma queda daquelas? Nada, decerto. Com muito trabalho, agarrando-se precariamente a pedras e arbustos, desceu até o fundo do abismo. Como temia, o animal estava praticamente estraçalhado, o couro ensangüentado, rasgado pelas pedras e pontas dos ossos quebrados; dali não sairia sequer uma chinela. No entanto, um olho estava intacto; um olho intacto o fitava irônico, com a mesma expressão que antes o perturbara. Sacando a faca, Bandarra extraiu aquele olho de seu soquete. Examinou-o cuidadosamente; algo havia de estranho ali... Movido por uma força invencível, espiou através da pupila dilatada. Teve então visões que muito o impressionaram. Terras desconhecidas; uma linda paisagem. Uma baía, um mar azul, ondas quebrando numa praia de areias muito brancas. Coqueiros. Aves coloridas, exóticas, em revoada no azul glorioso de um céu desconhecido. Nesta praia surgem de repente criaturas estranhas, homens, mulheres e crianças, de tez bronzeada, rosto pintado de cores berrantes, adornos de plumas nos longos cabelos; ajoelham-se – diante de quem? Do Messias? De um rei que ainda está por nascer? De um dos Mendes? Bandarra não pôde descobrir. A visão foi se esmaecendo, o olho voltando a ser o que era, o globo ocular de um novilho morto.

Perturbado, Bandarra voltou para a aldeia. Não sabia o que dizer a seus senhores, os Mendes. Como explicar o que tinha sucedido ao novilho? E as visões que tivera? A rigor, elas pertenciam aos Mendes, já que deles era o animal, e portanto o mágico olho através do qual espiara; mas acreditariam em suas histórias? Provável que não. No entanto, de algo sabia; da existência de terras distantes, e aparentemente ricas e dadivosas – o lugar, se não da Árvore do Ouro, pelo menos o de um futuro reino. E este segredo não era justo que o guardasse para si. De modo que, aos jovens Mendes, exortava a que se tornassem navegadores. Estudem a arte de velejar, recomendava, aprendam a ler mapas marítimos; um dia isto vos será útil.

Se foi por causa deste conselho, é difícil saber, mas o certo é que no final do século quinze surgiu um cartógrafo na família Mendes.

Chamava-se Rafael. Recebera este nome (do hebraico: *rapha,* médico, *el*, Deus, médico de Deus) em homenagem a seu antepassado ilustre, aquele que bem poderia ter sido médico de Deus, o grande Moisés ben Maimon. Este nome, aliás, se propagaria depois de geração em geração. Por que, se os judeus não costumam dar aos filhos o mesmo nome do pai? Simples: apenas um astuto disfarce, uma forma de enganar a Inquisição.

Nessa época estava preparado o cenário no qual atuaria o Santo Ofício ibérico. Na Espanha, Torquemada clamava junto a Fernando e Isabel pela expulsão dos judeus; em Portugal, onde um quinto da população era de origem judaica, as pressões neste sentido não eram menos intensas. Os judeus despertavam inveja e temor. Eles eram médicos e poetas, astrônomos e filósofos; mas eram sobretudo comerciantes e financistas.

Durante toda a Idade Média os judeus eram os únicos intermediários comerciais entre o Ocidente e o Oriente. Falavam todas as línguas importantes: o persa, o latim, o árabe, o francês, o espanhol, os idiomas eslavos. Saindo da Espanha e da França levavam para a Índia e a China peles, espadas e eunucos; voltavam com almíscar, aloés, cânfora: cravo e canela; tecidos orientais. Mas para comprar todas estas preciosidades – e mais, para montar as freqüentes expedições guerreiras – os senhores feudais precisavam de dinheiro. A usura sendo proibida aos cristãos, tal atividade foi reservada aos judeus, que, aliás, se prestavam às maravilhas para isto; se os barões não podiam pagar as dívidas contraídas, tudo o que tinham a fazer era desencadear um massacre.

Na Inglaterra, esta operação era simplificada pela existência do *saccarium judaeorum,* local onde os títulos judeus eram registrados – e gravados com uma taxa de dez por cento em benefício do tesouro real. Em caso de inadimplência, tudo que a nobreza tinha de fazer era queimar, solenemente, os títulos ali depositados.

À época das descobertas, o dinheiro tornou-se necessário para financiar as expedições marítimas. O que colocava um dilema para os financistas judeus: de um lado, a ascensão da burguesia representava a liberdade de expressão, de culto, a destruição das barreiras entre povos e regiões; de outro, esta liberalização permitia que novos banqueiros surgissem, os Fugger, os Medici: a usura já não era pecado, ao contrário, breve a acumulação de capital tornar-se-ia virtude. Uma época de crise: o velho agonizava, o novo ainda não havia nascido; e nesta encruzilhada da História, os judeus.

Os judeus e os inimigos dos judeus, prontos a se apossar de suas riquezas ou a impedir que as usassem para destruir o mundo feudal. É preciso, sustentava Torquemada, repelir a heresia: o mundo não é redondo, não há novos caminhos marítimos, os mapas são mensagens do demônio.

Rafael Mendes, o cartógrafo, tinha freqüentes discussões com o pai, calígrafo de profissão. O velho queria convencê-lo da superioridade da caligrafia, arte muito prezada naquele século XV. As letras, afirmava o velho, são símbolos bem definidos, codificados, têm o rigor da lógica. Mas, além disto, permitem exercícios de imaginação: no traçado das volutas, por exemplo, podes ver desde o bailado das chamas até a imagem da serpente; ou, se quiseres, os sinuosos caminhos do destino. Destino que muitas vezes está contido numa simples letra. No traçado do *A*, por exemplo, tu sobes, tu desces; de um golpe, tu cortas; e aí tens, em três movimentos, o resumo de uma vida. Como valorizar a palavra escrita, a não ser pela caligrafia? A caligrafia torna o escritor responsável por cada letra que traça; o esforço, a concentração, a dedicação necessária a esta tarefa obrigam-no a tornar-se sábio, prudente, comedido com o que escreve. A caligrafia repele eficazmente o vulgar; reserva aos poucos que os sabem valorizar os livros e suas belas iluminuras. Quanto aos mapas, prosseguia, o que são os mapas? Os mapas nada mais são do que linhas sinuosas, traçadas ao sabor do acaso; mesmo quando rigorosas, reproduzem apenas os acidentes geográficos, que não obedecem a nenhum desígnio humano. Mas eu, dizia, irritado, não acredito em mapa nenhum. Quando me mostram uma figura irregular e me dizem que aquilo é a ilha Terceira não acredito. Quem me garante que aquilo é a ilha Terceira. Agora: um *B* é um *B*, um *R* é um *R*.

Rafael Mendes, o cartógrafo, não respondia ao pai. Respeito? Não. É que sequer o ouvia. Flutuava no espaço, por assim dizer; e o que via lá de cima eram paisagens longínquas, misteriosas, fascinantes. Era a visão de uma baía; ondas quebrando numa praia de areias muito brancas. Coqueiros. Aves coloridas, exóticas. O azul glorioso de um céu desconhecido...

Como chegar a estes lugares, sem mapas? Não que o jovem cartógrafo desprezasse a caligrafia; ao contrário, desenhava caprichosamente as letras – mas nos mapas, ou nos globos ao modelo dos quais seu cliente, Cristóvão Colombo, imaginava o mundo.

Homem estranho, este Colombo. Pouco se sabia dele; diziam que era judeu, mas não se identificava como tal. De qualquer forma, tinha fama de competente navegador. Rafael conhecera-o por intermédio do mestre cartógrafo Abraão Zacuto, a quem o genovês encomendara mapas para uma expedição que estava preparando; não podendo dar conta da tarefa sozinho, Zacuto solicitara o auxílio do jovem Mendes. Oficialmente, Colombo ia em busca de um novo caminho marítimo para as Índias; mas, murmurava-se, a viagem tinha outros propósitos. Talvez o de descobrir terras novas... Enfim, algo de misterioso existia naquela história. Colombo pagava na hora os trabalhos cartográficos, apesar do alto preço. De onde tirava o dinheiro? Quem estaria financiando a sua cara e arriscada expedição?

São os da nação, dizia o velho Rafael, sombrio. Os de nossa

própria nação hebraica. Não gostava do tal Colombo, mas reconhecia-o insinuante, capaz de fascinar os ricos financistas judeus com seus planos de encontrar territórios povoados por descendentes das tribos perdidas de Israel: judeus de estranho tipo físico, altos e fortes, tez acobreada, que habitavam – isto incendiava as imaginações e despertava as cobiças – cidades de ruas calçadas de pedras preciosas: El Dorado! O país da Árvore do Ouro!

Com este fantástico país poder-se-ia estabelecer um rendoso intercâmbio comercial: manufaturas da metrópole em troca de metais preciosos e especiarias. E, para os judeus, seria um refúgio seguro em caso de perseguição. O velho Mendes não queria saber dessas estultices. Refúgio? Para quê? Se todos os judeus cuidassem de seus afazeres, dizia, como cuido de minha arte, ninguém nos incomodaria. O filho lembrava os massacres da época das Cruzadas, a de Ricardo Coração de Leão e as outras. Que Cruzadas, gritava o velho, isto já passou. E não me fala mais do Colombo. Colombo, Colombo! É todo o tempo, Colombo! Estava farto do tal Colombo!

– Quem é que pediu a ele para vir a Portugal nos incomodar? Por que não ficou na sua terra? Maldito Colombo! Que naufrague. Sim, que naufrague! Que peixes lhe devorem os olhos, que crustáceos lhe entrem pelas narinas! Que o devore a serpente marinha! Que o despedace Netuno com seu tridente! Que vá para o inferno! Que padeça por toda a eternidade, este homem que virou a cabeça do meu filho!

Dona Ana acalmava o marido, pedia-lhe que não magoasse Rafael, um rapaz sensível, de bom caráter, seu único deslize sendo aquela paixão pela cartografia. O velho aproveitava a deixa, investia contra os mapas:

– Os mapas vão te consumir a juventude, meu filho. Olha só: penínsulas te tiram o sono, arquipélagos te perturbam o juízo, baías te viram a cabeça. E, quanto a esta terra incógnita... Isto é como uma bela mulher, meu filho, que te atrai arrojando de si a túnica transparente. Tão logo te aproximes, porém, ela sumirá nas águas, como sereia. Deixa isto, vem para a caligrafia que não dá desgostos e que atravessará os séculos. Apesar (perturbação quase imperceptível na voz) destes experimentos que agora estão fazendo em Mogúncia, com blocos de madeira para impressão. Coisa de visionários; amigos do tal Colombo, decerto. Como aqueles outros que querem computar o tempo por meio de engenhocas mecânicas – o que têm eles contra a ampulheta, a clepsidra? Não percebem que a passagem das horas só pode ser avaliada pelo lento escoar da areia, ou da água, pela vela que o fogo consome, pela sombra que o sol produz? Mas não, têm de recorrer aos pesos que tombam, às espiras de metal que, à força contidas, raivosamente depois se expandem; e se pudessem fariam vibrar os próprios cristais, para medir minúsculas frações do tempo ao pulso deste nervoso, atormentado tremor. Não conseguirão nada, meu filho, te asseguro. Máquina nenhuma substituirá a mão do homem – e muito menos a do calígrafo. Trata de procurar a paz dentro de ti, não em mapas ou em países exóticos.

Estas arengas acabaram por abalar as convicções do jovem cartógrafo. Por que não viajas pelo Mediterrâneo, como todos os navegadores prudentes, perguntou certa vez a Colombo, que viera em busca de mapas. O genovês não respondeu; sorriu, pagou como sempre em dinheiro vivo. Já estava saindo, quando lhe ocorreu uma idéia. Tirou da bolsa uma caixa de marfim: isto é um jogo que eu mesmo inventei, disse. Proponho-te uma partida. Se eu ganhar, me devolves o dinheiro que te dei; se ganhares, te dou três vezes tanto; que dizes? Não sei, respondeu Rafael, tímido, não estou habituado a apostar. Pois então não estás habituado a viver, disse Colombo; na vida, caro Rafael, como nos negócios e na navegação, é preciso correr riscos. Então vamos lá, disse Rafael.

O jogo era uma espécie de xadrez; em vez de torre, havia minúsculas caravelas, que eram, depois do rei e da rainha, as peças mais importantes. Rafael aprendeu rapidamente as regras. Jogaram, ele perdeu. Colombo embolsou o dinheiro e se despediu, augurando melhor sorte ao cartógrafo.

Naquela mesma noite deixou a cidade do Porto e foi ter com suas majestades, Fernando e Isabel. Semanas depois, Rafael Mendes recebeu uma carta, trazida por um emissário: Colombo obtivera a aprovação dos soberanos para a expedição. Convidava Rafael Mendes a acompanhá-lo como cartógrafo oficial.

– Doidice – disse o calígrafo Mendes quando o filho lhe falou a respeito. – Tu estás louco, rapaz, completamente louco. Mas eu cuidarei de ti.

Não o levou a médico, porque não acreditava neles (depois de nosso antepassado Maimônides não apareceu médico decente na nação), e sim a um rabino. Meu filho está possesso, declarou. Uma alma penada encarnou nele e não o deixa em paz. Quer vaguear pelo mundo. É uma maldição, Rabi? Se for, peço que o livre dela.

O rabino pediu para ficar a sós com o jovem. Para aquele homem silencioso, de olhar manso e longas barbas brancas, Rafael Mendes contou tudo. Falou de seu amor pelos mapas; e falou de viagens e viagens audazes. Mencionou Eldad Ha-Dani, o misterioso judeu aparecido na Espanha no século IX e que se dizia remanescente de uma das tribos perdidas de Israel, a de Dan. Narrou a viagem do Rabino Benjamim de Tudela que, saindo de Navarra em 1159, chegou à Babilônia, às cidades de Tema e Teumira, habitadas pelos judeus rehavitas; a Bassora e a Susan; a Schiraz e a Samarkand. Como estes intrépidos, Rafael Mendes queria descobrir novos lugares; sobretudo, queria reproduzir em seus mapas os contornos de continentes desconhecidos, a Atlântida e outros. Enfim, queria ir com Cristóvão Colombo.

O rabino já ouviu falar do genovês. Sabe dos fundos que estão sendo secretamente destinados para financiar a expedição; uma companhia já está mesmo sendo organizada para explorar as riquezas que serão encontradas. Como na profecia de Isaías: "As ilhas me esperarão; e as naus de Tarshish trarão teus filhos; e com eles a prata e o ouro, para honra do Eterno". (Tarshish, o rabino sabe, é Tartessus, na Espanha.)

É sem dúvida uma nova era que se anuncia. Que dizer das espantosas descobertas dos alquimistas? E dos novos maquinismos, como o relógio, que o calígrafo Mendes tanto abomina? Ao rabino, que um dispositivo mecânico assinale o escoar inexorável do tempo parece a um tempo maravilhoso e terrível. Breve as pequenas e fechadas guildas e corporações serão substituídas por estabelecimentos com centenas, milhares de trabalhadores. Muito capital será necessário para isto, os financistas contam com o ouro e a prata das terras desconhecidas. O rabino sabe também que os senhores feudais observam com desconfiança tais movimentos; a Inquisição está bem informada, os judeus temem prisões em massa, execuções.

Sobre tudo isto pensa, enquanto observa o rapaz, o rosto iluminado, o olhar desvairado. Sim, o calígrafo tem razão: ele está possesso.

Rafael cala-se, os dois ficam em silêncio. Finalmente o rabino fala. Cautelosamente, escolhendo as palavras, ele dá seu conselho: não, Rafael Mendes não deve acompanhar Cristóvão Colombo. Melhor que fique ali no Porto, com sua família. Mapas pode desenhar quantos quiser, o rabino falará com o pai, pedirá sua tolerância; mas viajar, não. É arriscado. As tempestades, as serpentes marinhas, os selvagens dos países desconhecidos... Melhor que Rafael fique.

O rapaz não diz nada. Continua calado, de cabeça baixa, enquanto o rabino faz entrar o velho Mendes, calígrafo, e diz que está tudo bem:

– Ele não é um possesso. Mostra-se um pouco inquieto, apenas. Mas isto passa, é coisa da juventude. Já o aconselhei a respeito.

Gog, pensa o rapaz, mirando rancoroso o pai. É o Gog, o tirano que quer oprimi-lo. Só Colombo pode libertá-lo. Colombo é o seu Messias.

Em janeiro de 1492, o jovem Rafael Mendes foge de casa. Viajando de noite, ocultando-se de dia ele chega a Castela, e vai encontrar Colombo no mosteiro de La Rábida. Momento emocionante: Rafael, em lágrimas, implora ao genovês que o leve consigo. Colombo hesita. Já contratou todos os homens para a expedição, inclusive um cartógrafo, pois não tivera mais notícias de Rafael Mendes. Além disto, sabe da opinião do pai do rapaz à viagem, não quer confusões. Por fim, faz uma proposta a Rafael: que decidam no tabuleiro se ele vai ou não.

Em poucos lances, o jovem está sitiado. Enraivecido, atira longe as pequenas caravelas. Logo em seguida, porém, sorri: arriscou, perdeu, tem de aceitar de bom grado os desígnios da sorte. Despede-se de Cristóvão Colombo e volta para casa.

A 2 de agosto de 1492, Fernando e Isabel lançam um decreto: à meia-noite desse dia nenhum judeu terá o direito de permanecer em solo espanhol. Às onze da noite, os últimos tripulantes embarcaram nas três caravelas de Cristóvão Colombo, no porto de Palos. Entre eles, judeus, que esperam encontrar a liberdade e a riqueza num Novo Mundo...

Em 1497, Dom Manuel, rei de Portugal, decreta: os judeus são obrigados a se converter ao cristianismo.

Em 1536, é instalado o Tribunal do Santo Ofício da Inquisição, com a finalidade de vigiar os cristãos-novos no cumprimento de suas obrigações religiosas. A ascendência judaica é cuidadosamente investigada; para um cargo público somente é aceito "homem fidalgo de limpo sangue". As denúncias de práticas judaizantes eram estimuladas; podiam ser anônimas.

A confissão é obtida do réu mediante tortura. Usa-se o potro – espécie de cama, em que o prisioneiro é amarrado com cordas cuja tensão vai sendo progressivamente aumentada até cortar as carnes – e outros aparelhos deste tipo. O julgamento obedece aos preceitos de um regimento secreto, conhecido apenas do Inquisidor-Mor e de alguns funcionários do Santo Ofício; e a proclamação solene da sentença condenatória é feita em praça pública – o auto-de-fé, o primeiro dos quais realiza-se em Lisboa, em 1540.

Algumas vezes os réus são absolvidos; por vezes têm de usar o sambenito, veste de penitência; quanto aos revéis, as chamas se encarregam de purificá-los.

Dois cristãos-novos, Rafael Mendes, filho do cartógrafo de igual nome, e seu amigo Afonso Sanches são presos pela Inquisição, acusados de práticas judaizantes. Por falta de espaço na prisão ficam no mesmo cárcere. Diariamente são interrogados, Rafael primeiro e depois Afonso; ou primeiro Afonso e depois Rafael; a ordem em que são chamados é imprevisível, como imprevisíveis são os desígnios do Santo Ofício.

Rafael é conduzido pelos lúgubres corredores até o salão de teto abobadado em que se realizam os interrogatórios. Sentados atrás de uma grande mesa, sob um descomunal crucifixo, três inquisidores o aguardam. Ele deve ficar de pé ao centro do círculo vermelho ("a boca do inferno") pintado no chão. Seu olhar inquieto vai do rosto dos inquisidores para a porta lateral e daí para o crucifixo.

A pesada porta de madeira maciça dispõe de um pequeno orifício, por onde podem os denunciantes espiar. Eles não precisam falar. Quando querem confirmar uma acusação, fazem baixar, por meio de um sistema de cordéis e roldanas, a cabeça do Cristo crucificado. A visão da cabeça coroada de espinhos inclinando-se num rígido movimento mecânico enche Rafael de duplo pavor: é como se o próprio Cristo o incriminasse. Mesmo assim recusa-se a responder às perguntas. Juraram, Afonso e ele, não trair. E não trairão. Pelo menos enquanto tiverem forças.

Fazem o possível por manter alto o moral. Organizam um intenso programa de atividades. Acordam cedo; rezam com fervor. Segue-se um debate sobre temas como: cometeu Jonas um pecado ao recusar a missão do Senhor? Era realmente Maimônides um perplexo? A discussão é acalorada, mas sempre conduzida em termos corteses, e em voz baixa, para que os guardas não os ouçam. Ao veredicto, chegam de comum acordo: o vencido deve lealmente declarar-se derrotado.

Após o debate, rezam de novo, de pé, voltados para leste, para a amada e distante Jerusalém, balançam o corpo imperceptivelmente, murmurando as palavras sagradas: *Baruch ata Adonai...* Bendito sejas, Senhor.

Em continuação – e isto é mais alegre – os jogos. Xadrez, que os dois apreciam muitíssimo. Não têm tabuleiro, claro, nem peças, mas isto não os impede de disputar torneios: usam a imaginação. Rainha na quinta casa do bispo, diz Afonso, fazendo um trejeito de desgosto à palavra *bispo;* Rafael, concentrado, olha-o atento: o que estará tramando o adversário? Torre na quarta casa do rei, anuncia. Mas tu ainda tens uma torre? – Afonso, desconfiado. E eu te mentiria se não a tivesse? – replica Rafael. – Lembra-te, amigo: entre nós, só a verdade. Afonso aceita a ponderação, termina entregando a partida.

Por outro lado, sabendo que a atrofia dos músculos precede a decadência moral, eles não deixam de praticar exercícios físicos. Com trapos, confeccionam uma bola; no acanhado espaço da masmorra – dois por dois – disputam um jogo: a um cabe tentar fazer bater a bola na parede, o outro deve impedi-lo. A isto, Rafael deu o nome de *ludopédio.* Chutam furiosamente durante meia hora, uma hora, diante do olhar divertido dos guardas: são uns animais estranhos, estes judeus, dizem. Terminado o jogo sentam-se, exaustos.

Seguem-se momentos de melancolia – recordam as famílias, os amigos, choram juntos; e então, de novo, o interrogatório.

Os inquisidores estão particularmente interessados em Rafael. Sabem da ligação de seu pai com Colombo; querem ir fundo. Querem os nomes dos judeus que financiaram o genovês. Querem saber do ouro e das jóias. E querem também os alquimistas, os cabalistas, os inventores que projetam diabólicas máquinas capazes de fiar, de tecer, de imprimir livros. Querem saber que veículos são estes que podem se deslocar, como peixes de aço, sob os mares. O astuto Inquisidor-Mor tenta persuadi-lo a revelar por bem o que sabe; promete-lhe a absolvição e inclusive comissão sobre os bens apreendidos. Rafael mantendo-se em obstinado silêncio, o interrogatório termina, logicamente, com uma sessão de tortura.

Há uma sala especial para isto, equipada com mecanismos desenhados por um dos inquisidores, homem de grande engenho (parece judeu, comentam os outros, cheios de suspeita). O prisioneiro é deitado, nu, no potro. O carrasco aperta as cordas. O pobre-diabo grita de dor. O grito assusta um canário, colocado numa gaiola A, e o faz esvoaçar desesperado. Um gato, colocado no ponto *B,* abaixo da gaiola, salta, tentando alcançar o canário. Um cão tenta correr no encalço do gato; está preso, contudo; suas patas fazem mover uma esteira rolante, *C,* cujo movimento transmite-se, por um jogo de engrenagens, a um macete de madeira, *D,* que golpeia o prisioneiro na cabeça. Na realidade, como observa o inquisidor-inventor aos visitantes, é o próprio prisioneiro que se pune: quanto mais culpado, mais grita, mais o canário esvoaça, mais o gato pula, mais o cão corre, mais a esteira gira, mais o macete golpeia. Estivesse o acusado fortalecido por sua presunta inocência, o castigo seria menor.

O inquisidor faz uma analogia entre o dispositivo da tortura e a conspiração judaica. Em ambas as situações, explica, tem-se um sistema que atua, articuladamente, visando, num caso, o Bem; no outro, o Mal. Utilizar um sistema contra o outro é voltar o feitiço contra o feiticeiro; a cabala contra o cabalista; a pedra filosofal contra o alquimista. É a vitória, sublime ainda que sangrenta, dos bons contra os maus, do divino contra o demoníaco.

Rafael Mendes e Afonso Sanches saem da sala de torturas em estado lamentável. Não conseguem nem ficar de pé; os guardas têm de carregá-los até a cela, onde passam a noite gemendo. Só de madrugada é que às vezes conseguem dormir um pouco.

Uma vez Rafael Mendes é acordado brutalmente deste sono, desta migalha de sono. É Afonso que o sacode. Senta-se: o amigo fita-o de maneira estranha. Que foi?, pergunta assustado.

– Tu estavas rindo – diz Afonso, sombrio.

– Rindo? – Rafael, surpreso. – Rindo, eu, Afonso?

– Tu. Tu mesmo.

– Mas eu nem posso rir, Afonso. Dói-me horrivelmente a cara, tu sabes; tenho os beiços partidos pelas pancadas.

– Mas estavas rindo – insiste Afonso. – Às gargalhadas. A bandeiras despregadas. Davas barrigadas de riso. Chegaste a me acordar com teu riso.

– Estranho – murmura Rafael. – De que estaria eu rindo? De que poderia rir? Não há nada para rir nesta situação. Rir de quê?

– Pois é o que eu te pergunto – diz Afonso, e o tom de voz agora é francamente suspeitoso. – Rias de quê? Porque eu não vejo motivo para riso.

Rafael aventa uma hipótese: talvez tenha rido por causa de um sonho. Ao que Afonso põe-se de pé trêmulo, indignado:

– Sonho? Nunca vi ninguém rir em sonhos, Rafael Mendes. Sei de pessoas que falam dormindo, que andam dormindo – mas que riam dormindo, não! E que sonhos tão alegres tens neste lugar, podes me dizer? Porque eu, Rafael, só tenho pesadelos: mesmo nos sonhos continuam os inquisidores a me torturar. Contudo, prezo este sono, que me dá forças para resistir aos algozes. Ao passo que tu, não; tu desperdiças em risos preciosos instantes de repouso. E, o que é pior, não me deixas dormir.

Que lástima, diz Rafael compungido. E promete: não acontecerá mais, Afonso, podes ter certeza. O outro, no entanto, continua a mirá-lo com desconfiança:

– Ainda não me disseste do que rias.

– Não me lembro – responde Rafael. – Sinceramente, Afonso, não me lembro.

A chegada dos guardas interrompe a conversa. E não voltam mais a falar no assunto pelo resto do dia.

À noite, no meio do sono, Rafael é novamente acordado por Afonso.

– Estavas rindo de novo, Rafael! – Afonso, aos berros. – De novo! Rindo feliz, como uma criança contente!

Rafael senta-se. Agora é ele que está irritado:

– Pára, Afonso, pára com isto! Já passou dos limites, ouviste?

– Passou dos limites? – Afonso, transtornado. – Tu é que passaste dos limites! Quem pensas que és, afinal?

Rafael olha-o, sem compreender. Uma idéia passa-lhe pela cabeça: enlouqueceu, o pobre Afonso. O sofrimento, os golpes do macete deixaram-no de miolo mole. Uma enorme piedade apossa-se de Rafael. Aproxima-se, põe-lhe a mão no ombro: está bem, Afonso, eu ri, mas não vai se repetir, prometo.

Afonso repele-o:

– Tira a mão suja de mim, traidor! Afasta-te! Sabujo cristão, porco!

Está louco mesmo, conclui Rafael horrorizado. Não é o primeiro caso: muitos enlouquecem nas masmorras da Inquisição. Foi o que aconteceu com o prisioneiro que, antes dele, ocupava a cela. Condenado à morte, levaram-no à fogueira. Era um dia frio, e o velho, vendo as chamas crepitando, dirigiu-se aos juízes:

– Bondosos cristãos, agradeço-vos por terem acendido este fogo para me aquecer. Eu estava precisando mesmo. Sofro de reumatismo, o frio me faz mal...

Aproximou-se da fogueira, aqueceu as mãos, assobiando baixinho. Depois saudou os juízes, alegre, e dirigiu-se para a saída. Agarraram-no e jogaram-no às chamas.

Encolhido num canto da fétida cela, Rafael observa Afonso, que anda de um lado para outro, a resmungar:

– Aliou-se aos inimigos, este cão. Estão mancomunados para me quebrar o moral, para me pôr de joelhos diante da divindade deles. Mas, se pensam que vou me entregar, estão enganados. Lutarei até o fim. Eles não me conhecem.

– Chega! – Rafael põe-se de pé num salto. – Agora chega, Afonso! – Está desesperado com a gravidade da situação: não podem lutar entre si, não agora, que os inquisidores estão atentos ao menor sinal de fraqueza deles. É preciso chamar Afonso à razão: – Estás louco, amigo! Louco varrido! O que estás dizendo é insano. Sou Rafael Mendes, sou da tua nação, somos irmãos!

Num impulso tira o pênis para fora, mostra a marca da circuncisão:

– Vês? Tenho estampado na carne o sinal da Aliança Divina, Afonso! Como tu!

Afonso, impassível, mira-o fixo.

– Por favor – suplica Rafael –, acredita em mim, Afonso! Te confesso, não sei por que estou rindo. Deve ser uma fraqueza, uma... loucura.

Dá um passo à frente:

– É isso, Afonso. Talvez eu esteja ficando louco! Se assim é, preciso de tua ajuda. Não podemos nos hostilizar, Afonso. Devemos estar mais unidos que nunca. Por nossos maiores, Afonso. Por nossa nação, por nosso Deus, o Deus de Abraão, Isaac e Jacob.

Afonso considera-o, em silêncio. A Rafael ocorrem as palavras do Livro de Daniel: Foste pesado na balança... Afonso pesa-o, sem dúvida. E o que encontrará, na sua tresloucada medida?

– Está bem – diz Afonso, por fim. – Digo-te o que vou fazer: se tornares a rir, chamo os guardas. Digo que estás a rir da Inquisição, a zombar das chagas de Cristo; que tens segredos não revelados. E então, veremos: se estás unido a eles, nada te farão, mas então eu te matarei. E, se não estás do lado deles, te queimarão na fogueira. Portanto, trata de te conter e não rias.

Está clareando o dia. Um dia que Rafael passa torturado pela ansiedade: teme que Afonso de repente faça uma loucura, que chame os guardas. Ao cair da noite, resolve: não dormirá. Resistirá ao sono como tem resistido aos interrogatórios. Após a refeição – uma rala sopa, umas batatas podres – Afonso deita-se na enxerga, e põe-se a ressonar; Rafael, contudo, sabe que não está dormindo: finge. Ainda que vigiado pelo outro, o sono que sente é invencível, tem de lutar para não adormecer. Recorre a truques: arregala os olhos, belisca-se, coloca-se problemas: três pastores pastoreiam mil e trezentas ovelhas; o mais velho pastoreia duas vezes mais ovelhas que o segundo... É inútil: acaba adormecendo.

É acordado bruscamente: alguém o sacode. Esfrega os olhos: está rodeado de guardas. Apavorado, põe-se de pé. Afonso olha-o, sinistro.

– Afonso! – grita, desesperado. – Afonso, meu amigo, meu irmão, o que fizeste? Chamaste os guardas, Afonso!

– Eu avisei, diz Afonso.

Por ordem do Inquisidor-Mor Rafael é conduzido para a câmara de torturas. Durante duas semanas não sairá dali: é submetido dia e noite ao suplício: o canário está cansado de esvoaçar, o gato mal pula, o cão chega a tombar exausto sobre a esteira rolante. O próprio Inquisidor se encarrega de golpear o prisioneiro com o macete, aliás rachado:

– De que rias? Fala!

Mas Rafael não fala. O Inquisidor-Mor acaba se convencendo: trata-se de um caso perdido. O judeu está possuído por Satã, resistirá até o fim. Manda queimá-lo, para escarmento dos demais.

Nesta mesma noite, porém, alguém abre a porta da cela. É um dos guardas. Faz sinal a Afonso para que se cale: fui mandado pela gente da nação, sussurra. E mostra na palma da mão uma estrela-de-davi em ouro, que Afonso reconhece de imediato: é o amuleto de seu irmão.

Os dois pegam o desfalecido Rafael, carregam-no ao longo dos corredores até uma passagem secreta que dá para o rio, onde um barco os espera. A bordo, Rafael Mendes recupera os sentidos; Afonso explica-lhe o que está acontecendo. Rafael abre os lábios partidos num doloroso sorriso: Afonso sorri também, Rafael ri, Afonso ri, os dois riem, riem; de vez em quando Rafael pára, gemendo de dor; mas logo em seguida recomeçam a rir, o barqueiro pedindo-lhes que fiquem quietos pelo amor de Deus. Por fim Afonso consegue parar; enxugando os olhos, diz, ofegante, que tem algo a contar:

– Nos dias em que fiquei sozinho na cela, descobri uma coisa muito importante, Rafael: tu disseste a verdade. Não rias.

Hesita e prossegue:

– Eu é que sonhava que tu rias. Aconteceu-me várias vezes: eu adormecia, acordava com teu riso. Mas era sonho, Rafael. Sonho.

– Tudo é sonho, irmão – murmura Rafael. – Tudo é sonho. Vai ver que o lugar para onde vamos, este remoto país, também é sonho.

Da caravela que o levou ao Brasil, Rafael Mendes lembraria o ranger do madeirame, o zunir do vento na cordoalha, os gritos dos marinheiros; a escuridão e o mau cheiro do porão onde tinham de ficar confinados, foragidos que eram. E os ratos. Ratos enormes que os atacavam e que eles repeliam a pontapés. Semanas durou este suplício. Só quando se aproximavam do Brasil é que o capitão lhes permitiu subir ao convés. Emergiram para a luz, barbudos, macilentos, esfarrapados, mostrando as gengivas inchadas do escorbuto num sorriso patético.

Os marujos desconfiavam dos estranhos, os oficiais debochavam deles. *Sta fermo, Moïse!* – gritava o imediato, um genovês chamado Bartolomeo, que se dizia parente de Cristóvão Colombo; aludia, talvez, ao Moisés bíblico, ou ao outro, o Ben Maimon. Afonso e Rafael nada respondiam; debruçados sobre a amurada, olhavam o mar esverdeado. Passavam os dias assim.

Subitamente, o tempo mudou. O vento, que até então era favorável, parou de soprar e uma estranha calmaria imobilizou o barco. Aves negras voejavam sobre a caravela e um enorme peixe nadava ao redor deles, mostrando às vezes o dorso escuro, semelhante a um rochedo. É o castigo divino que cai sobre nós, murmuravam os marinheiros, por estarmos levando dois hereges, dois descendentes dos assassinos de Cristo. A tensão crescia e uma noite Rafael e Afonso acordaram com gritos e tinir de espadas. Era o motim! Oficiais e marinheiros lutavam entre si como demônios; Bartolomeo jazia no convés, o sangue borbulhando da garganta cortada. Salvem-se, gritou-lhes o capitão, joguem-se ao mar. Sem hesitar, Rafael e Afonso saltaram sobre a amurada, mergulharam no oceano. Nadaram toda a noite, boiando às vezes para descansar. Estás aí, gritava Rafael, no escuro. Estou, dizia Afonso, e tu? Eu também, respondia Rafael. Então vai nadando, animava-o Afonso, vai nadando. Rafael ia nadando. Temia afogar-se, temia morrer, temia ter os olhos devorados pelos peixes e as narinas invadidas por crustáceos. Ia nadando.

Raiou o dia, um belo dia; avistaram pássaros – o que os animou: diriam estar perto da terra. De fato, pouco depois, ajudados pela correnteza, davam a uma praia de areias muito brancas, cheia de coqueiros. Estenderam-se na areia e adormeceram. Um sono bruto, sem sonhos. Quando acordaram, estavam rodeados de índios.

Uns trinta. Nus, os corpos pintados de urucum, fitavam impassíveis os dois homens. Sobressaltados, Rafael e Afonso se puseram de pé. Rafael tremia tanto que seus dentes chocalhavam; foi Afonso que demonstrou presença de espírito. Tirou do bolso o espelho que, vaidoso, levava sempre consigo. Os índios aproximaram-se, interessados. Ao verem refletidos na superfície polida uns rostos pintados, uns olhos arregalados – riram. Riram deliciados, como crianças. Qualquer fúria assassina que porventura tivessem alimentado desfez-se naquele instante. Amigos! – dizia Afonso e os índios repetiam: amigos, amigos!

Amigos, mas não se entendiam. Nem por mímica. Os índios acabaram cansando, tomaram o rumo da taba. Rafael e Afonso foram atrás.

A tribo estava comendo. Rafael e Afonso tentaram mostrar por gestos que estavam com fome; mas foi só quando Afonso ofereceu a fivela de seu cinto é que os índios lhes deram comida: peixe, milho, mandioca, frutas. Uma refeição abundante, a sugerir a facilidade com que ali se podia obter alimentos. Acho que nesta terra, disse Afonso, o que se plantar, dará.

(Mais tarde Rafael lembraria o brilho nos olhos de Afonso, quando dizia estas palavras. No momento estava mais interessado na comida.)

À noite foram levados para a oca. Homens, mulheres, crianças ali dormiam, em redes ou deitados no chão de terra batida. Rafael e Afonso estenderam-se no chão, adormeceram em seguida.

Pouco depois – mas isto já estava se tomando regra na atribulada existência de Rafael! – foram acordados. Quatro índios sacudiam-nos; faziam-lhes sinais para que os seguissem.

Saíram da oca, meteram-se no mato. Caminharam muito tempo por uma estreita picada, chegaram a uma clareira. À porta de uma choça, diante de uma fogueira, estava acocorado um índio velhíssimo. À chegada dos portugueses levantou-se, examinou-os com os olhinhos piscos. A um sinal seu os índios da escolta se retiraram. O velho abriu os braços:

– *Bruchim habaim* – disse, sorridente.

– Ouviste? – disse Rafael assombrado. – Ele falou em hebraico!

– Em hebraico? – perguntou Afonso, que não era muito versado na língua da nação. – E o que disse?

– Que somos bem-vindos. Mas como é que ele fala o nosso idioma? – Rafael não se recuperava do assombro.

– Pergunta a ele – disse Afonso.

Rafael dirigiu-se ao velho em hebraico. E ouviu uma interessante história.

Há muitas e muitas luas, contou o velho, um dos filhos do

Rei Salomão desentendeu-se com o pai. Queria ter acesso ao harém. O rei não consentiu, alegando que uma daquelas mulheres, não se sabia qual, era mãe do jovem; se tivesse relações com ela, cometeria o grave pecado do incesto. Ressentido, o rapaz passou a conspirar contra o pai, conseguindo sublevar uma parte da guarda do palácio. No momento em que iam matá-lo, Salomão transformou-se num pássaro multicor e saiu voando. Voltou depois, em sua forma humana, seguido de numerosos soldados. Os rebeldes foram dominados e julgados pelo próprio rei. Salomão determinou que fossem colocados, com suas mulheres e filhos, num navio sem leme, para que vagassem à deriva: sábio castigo para quem havia perdido o rumo.

– Depois de muito tempo, o navio veio ter a estas praias. Somos descendentes daqueles hebreus. Por termos fitado o sol nossos olhos ficaram assim estreitos, e nossa tez bronzeada. Muitos entre nós já não falam o hebraico; mas, em cada geração, um é encarregado da guarda da Torá, trazida de Jerusalém.

Fez-lhes sinal para que entrassem na choça. E ali, à luz fraca de uma lamparina, eles viram os rolos da lei.

Rafael acariciou com devoção o pergaminho, muito danificado pelo tempo, pela umidade; as letras estavam quase apagadas, mas mesmo assim ele pôde ler algumas frases do texto sagrado.

Conversaram muito tempo, porque o velho tinha curiosidade em saber como viviam, na Europa, os descendentes dos hebreus. Quando amanheceu ele apagou a lamparina e disse: agora vamos lá fora urinar.

Urinaram, Rafael observando – disfarçadamente. De fato, o velho era circunciso, mas tinha o membro deformado. Aqui fazemos o *brith milá* com uma concha, explicou constrangido. Perdemos a lâmina ritual... E nos falta a antiga habilidade...

Acocorou-se junto à fogueira quase apagada, fechou os olhos, começou a salmodiar baixinho uma desafinada melopéia, já não em hebraico, mas sim na língua dos índios: era agora, de novo, um velho aborígine, feio e desdentado. Rafael e Afonso voltaram à taba.

Afonso veio a casar com a filha do cacique, uma beldade a quem chamava carinhosamente de Pombinha, devido, segundo explicou a Rafael, aos peitinhos redondos, durinhos. Quanto a Rafael, continuava fiel à esposa que deixara em Portugal. Trabalhava na terra e orava junto com o velho patriarca índio.

Afonso aprendeu a língua dos indígenas. Gostava deles, mas se irritava com sua preguiça: temos de fazer esta gente trabalhar, dizia Rafael. Seu plano era plantar cana-de-açúcar. Vale ouro, repetia, o açúcar na Europa é ouro. Sim, ponderava Rafael, mas quem vai comprar a colheita? Para esta pergunta Afonso não tinha resposta. Calava-se, mas via-se que não deixaria o projeto de lado.

O acaso ajudou-o: um navio português apareceu na baía. Rafael, com medo da Inquisição, queria que se escondessem; mas Afonso foi a bordo, numa piroga. Voltou muito excitado: estabelecera um trato com o capitão. Plantariam cana; em sua próxima viagem o navio traria um engenho, desmontado; poderiam fazer açúcar ali mesmo. Ficariam ricos!

Esta expectativa não era desarrazoada.

De fato, desde o século XV, segundo Cá da Mosto, era o açúcar "artigo de luxo, usado na cozinha dos ricos". Da cana pilada ou esmagada, escorria denso e espumoso caldo o qual, cozido três ou quatro vezes, dava origem ao açúcar cristalizado. Que doçura. E que dinheirama proporcionava! Mas era indústria que requeria muito capital, coisa para genoveses e florentinos; Cesaro, Spinola, Lomeltini, Paulo di Nigra, este amigo de Colombo (do mesmo Colombo que levou à Hispaniola mudas de cana e que em 1494 escreveu aos reis de Castela que a planta ali prosperava, sua qualidade em nada ficando a dever às das plantações do Velho Mundo); coisa para cristãos-novos, capazes de, através de suas conexões, obter o capital necessário. Por intermédio do capitão, Afonso estava mandando uma carta a Fernão de Noronha, sogro do almirante Pedro Álvares Cabral, pedindo-lhe, "em nome dos interesses da nação", que lhe providenciasse as peças do engenho e algum capital, pois "o açúcar daqui breve será maior riqueza que o mesmo pau-brasil, de tanta fama".

– Para que procurar a Árvore do Ouro que ninguém sabe onde está? – bradava. – Com a cana-de-açúcar ficaremos ricos!

Os índios, porém, não queriam saber de plantações – a não ser para o próprio consumo. Afonso tentava em vão explicar-lhes que o esforço seria recompensado: muitos espelhos, e ainda miçangas, fivelas. Os índios riam dele. Furioso, Afonso tornou-se o algoz da tribo. Armado de chicote, perseguia os selvagens, tentando obrigá-los a trabalhar. O terror imperava na aldeia, tanto mais que Afonso – o cacique tinha morrido, de desgosto decerto – era agora o chefe absoluto. Um dia, o velho da Torá mandou chamá-lo. Foi, com a esperança de obter o apoio do ancião para assim convencer os índios. Voltou espumando de raiva. O velho não só se recusara a ajudá-lo, como ainda o prevenira de que não maltratasse os índios: não faz parte de nossa fé, dissera. – Nossa fé! – vociferava Afonso. – Como se eu e aquele bugre velho fôssemos da mesma fé!

Deu para bater na mulher. Uma noite, Rafael, dormindo em sua palhoça, sentiu junto a si um corpo quente. Era Pombinha; chorava, a pobre, abraçava-se a ele. Rafael tentou convencê-la a sair, sem resultado. A noite inteira a moça ficou ali, Rafael lutando contra o desejo – não queria trair o amigo.

De madrugada acordou com o berros de Afonso:

– Vem! Sai para fora, cão!

Rafael rastejou para fora da oca. Diante dele, no terreiro, estava Afonso, nu, todo pintado de urucum, como um índio, empunhando uma borduna:

– Vem que eu quero te matar, traidor!

Os índios, imóveis, contemplavam a cena. Uma criança chorava. Pelo amor de Deus, disse Rafael, não faz uma coisa destas, Afonso. Eu–

– Vem lutar, bastardo!

Rafael estremeceu; o sangue subia-lhe à cabeça. Voltou à oca, trouxe de lá a borduna.

– Pronto? – berrou Afonso.

Rafael estava pronto. As bordunas chocaram-se no ar. A luta durou pouco: cego de raiva, Afonso errava os golpes, tropeçava. Terminou caindo. Rafael esmagou-lhe a cabeça.

Os índios comeram o corpo do judeu Afonso Sanches, fugido da Inquisição. Rafael Mendes deixou a aldeia na manhã seguinte, quando a caravela apontava no horizonte e os índios se preparavam para a guerra. Despediu-se de Pompinha e do velho da Torá, que lhe deu um fragmento do livro sagrado. Levando mantimentos para muitos dias de jornada, desceu para o sul.

Acabou chegando a uma vila; ali estavam seus patrícios, os portugueses. Receberam-no com desconfiança; ele contou a história do naufrágio, de um longo cativeiro entre os índios. Deixaram-no ficar. Dedicou-se ao comércio, chegou a prosperar. Mais tarde, mandou buscar em Portugal a mulher; fixaram residência em Olinda. Naquela cidade, Rafael tornou-se amigo de Bento Teixeira. Cristão-novo, Bento julgava imprescindível para a nação hebréia o conhecimento do latim e da aritmética, matérias que, como professor, lecionava:

– Com o latim, amigo Rafael – explicava –, os cristãos dominaram o mundo... Transformaram a língua de seus antigos algozes na arma da vitória. Além disto, latim é o idioma do Santo Ofício, um código no qual temos de estar iniciados, para nosso próprio bem... Quanto à aritmética, é fundamental; as quatro operações são tão importantes quanto os quatro elementos, ar, fogo, água e terra. A aritmética é a linguagem das finanças, um idioma tão universal quanto o latim, meu irmão. Precisamos de ambos para a defesa de nossa nação – até o dia em que possamos fazer ressurgir a nossa antiga grandeza, a grandeza de Salomão. Aliás, esta é uma profecia que faço, uma profecia de paz: como a fênix, haveremos de ressurgir de nossas próprias cinzas.

Fênix? Rafael Mendes não gostava de tais comparações. Fênix era coisa de gregos, dos mesmos gregos que haviam subjugado o povo judeu até o advento dos Macabeus. Bento Teixeira, bem-humorado, explicava que aquilo era apenas uma metáfora, uma licença poética.

Foi o primeiro poeta do Brasil. Considerava sua obra-prima um longo poema chamado *Prosopopéia,* dedicado ao capitão Jorge de Albuquerque Coelho, governador da capitania de Pernambuco. Cantando as glórias da família Albuquerque, pretendia não só homenagear o Brasil, "linda e acolhedora terra, filha de Sião", como também captar as simpatias do governador, o que, sem dúvida, seria de extrema valia para os da nação. Era sua intenção sensibilizar Jorge de Albuquerque Coelho para os sofrimentos do povo eleito. Deu uma cópia do poema a Rafael Mendes. Este não achava muito boa a idéia de fazer versos; para ele, os da nação tinham era de ficar quietos; tinham de se mover em silêncio, como peixes nas profundezas do oceano. Contudo, prometeu ler e dar sua opinião.

Na noite de 20 de setembro de 1593, estando já deitado, chamou a mulher, e leu-lhe uns versos da *Prosopopéia:*

"O' sorte tão cruel como mutável,
Por que usurpas aos bons o seu direito?
Escolhes sempre o mais abominável,
Reprovas e abominas o perfeito,
O menos digno fazes agradável,
O agradável, menos aceito.
O' frágil, inconstante, quebradiça
Roubadora dos bens e da justiça!"

Feito o que, perguntou:

– Fala-me: entendeste algo desta lengalenga? Sabes o que querem dizer estas palavras?

Ela não respondeu.

– Segundo certo poeta – continuou Rafael Mendes –, nestes versos estão descritos os sofrimentos da nação. Concordas?

A mulher continuava em silêncio.

– É isso – suspirou Rafael Mendes. – Estamos condenados à perplexidade, mulher. Boa-noite.

Adormeceu e não tornou a acordar. Morreu naquela mesma noite, silenciosamente, sem incomodar ninguém.

No dia seguinte chegava a Pernambuco Heitor Furtado de Mendonça, enviado do Santo Ofício. Tiveram assim início as investigações visando descobrir os suspeitos de heresia. Em 1595, Bento Teixeira foi preso e enviado a Lisboa. Julgado, foi forçado a abjurar de sua heresia num auto-de-fé público. Morreu tísico em 1600.

Em 1601, o editor Antonio Alvares publica em Lisboa, com o *imprimatur* da Santa Inquisição (conseguido sem dúvida pelos Albuquerque), a *Prosopopéia* de Bento Teixeira. Na página de rosto, as armas da família Albuquerque; no fim do poema a inscrição, em latim, mas tirada dos Cantares de Salomão, *Fortis est ut mors dilectio,* o amor é forte como a morte; e um emblema: a fênix renascendo das próprias cinzas. Naquela mesma época, a fênix aparecia como emblema em um outro lugar: na sinagoga judaico-portuguesa de Amsterdam, *Neveh Shalom (Os Profetas da Paz),* mandada construir por marranos fugidos da Inquisição.

A mãe de Rafael Mendes, nascida em 1591, temendo a Inquisição, fez batizar o filho como cristão. Mas Rafael Mendes sabia que era da nação. E sabia que tinha de manter em segredo a sua identidade. O que tinha acontecido à imprudente cristã-nova Branca Dias? Na igreja, quando a hóstia era consagrada, Branca Dias murmurava: *Há cães acorrentados.* Foi presa, julgada e condenada pelo Santo Ofício. Rafael Mendes não se deixaria trair pelas palavras. Falava pouco, só o necessário. Tinha o apelido de "Silencioso". Ia à igreja, ajoelhava-se, rezava, comungava. Não acreditava em nada daquilo. Mas não queria se incomodar.

Por outro lado a esposa, a irascível Ana, cristã-nova também, mas no fundo judia fervorosa, obrigava-o a praticar, em segredo, a religião hebraica. Às sextas-feiras tinha de tomar banho e vestir camisa limpa; e no Yom Kipur era obrigado a jejuar. Tão logo a refeição era servida, Ana dispensava os criados, despejava o conteúdo das travessas em alforjes de couro que depois eram queimados. Para não despertar suspeitas, deixava uns restos nos pratos e talheres; mas naquele dia não tocavam em comida, para desgosto de Rafael Mendes, que apreciava sobremodo um bom assado. Mas fazia o que a mulher mandava, sem discutir, porque não era de se incomodar com nada. Administrava seu estabelecimento comercial, jogava xadrez com um amigo, Vicente Nunes, pescava de vez em quando: pequenos peixes. E não muito mais queria da vida.

Vicente Nunes, também cristão-novo, pensava diferente. Era um homem de ambições; um engenho de açúcar, por exemplo, era pouco para ele. Cogitava de grandes negócios, queria ir longe. Tinha bons contatos; entre eles, Diogo Dias Querido, de Amsterdam, comerciante judeu nascido no Porto, e que residira no Brasil, fugindo para a Holanda à chegada do Santo Ofício. Lá, Querido dedicava-se à importação e exportação. Era dos que mais apoiavam a idéia de uma expedição da Companhia das Índias Ocidentais ao Brasil.

Em dezembro de 1629, Vicente Nunes revelou a Rafael Mendes um extraordinário segredo: estava seguramente informado de que breve os holandeses desembarcariam em Pernambuco. Não mais precisariam temer a Inquisição; os batavos, tolerantes, permitiriam liberdade de culto. Além disto, garantia Vicente, fariam grandes investimentos no Brasil, principalmente na indústria do açúcar. Associados aos holandeses, poderiam conquistar os mercados europeus. Recife se transformaria numa nova Amsterdam: uma cidade rica, de belas ruas em que burgueses bem vestidos e bem nutridos desfilariam com suas famílias.

Algumas providências se faziam necessárias, e para elas Vicente Nunes precisava da colaboração do "Silencioso". Em primeiro lugar, Rafael Mendes deveria mandar dois empregados de confiança ao encontro dos holandeses, para guiá-los. Além disto, deveria obter os serviços de um tal Calabar, homem astuto, grande conhecedor da região, e que de vez em quando aparecia na loja de Rafael.

– Mas – disse Rafael Mendes, perplexo – estás me pedindo para colaborar com os invasores!

Por que não, retrucou Vicente Nunes, esta é uma colaboração que no devido tempo será recompensada. Rafael Mendes refletiu durante alguns minutos.

– Muito bem – disse por fim –, vamos decidir isto numa partida de xadrez.

Chamou um criado, pediu vinho, disse que não queria ser incomodado, fechou a porta. Apanhou o tabuleiro.

– Entendo – disse Vicente Nunes – que, se eu ganhar, ficarás a meu lado.

Rafael Mendes sorriu.

– Todo jogo – disse – tem uma incógnita. Este tem duas: o resultado e a minha decisão. Os perplexos têm direito ao enigma.

Vicente Nunes perdeu a partida. Rafael levantou-se:

– Estou contigo – disse, solene – para o que der e vier.

A despeito da encarniçada resistência, os holandeses conquistaram Recife. Vicente Nunes impava de orgulho. Fez-se circuncidar em público; durante a operação berrou como um louco; logo depois, ainda envolto em panos sangrentos, exibia aos irmãos da nação o prepúcio que a seguir seria enterrado no solo de Nova Amsterdam. Exortando os cristãos-novos a retornarem à fé de seus antepassados, anunciou que ele e sua mulher Philipina estavam mudando de nome: naquele momento passavam a se chamar Abraão e Sara – o patriarca e a mãe do povo.

Rafael Mendes assistia à cena. Calabar também estava lá, com seu sorriso enigmático.

Por insistência de Ana, Rafael Mendes foi circuncidar o filho, já então um menino crescido. Contudo, por precaução, decidiu conservar-lhe o nome: Rafael Mendes. Mas isto é um paradoxo, protestou Ana. O paradoxo, replicou o marido, é um direito dos perplexos. E mais não falou, o "Silencioso". Anos depois expirou, quietamente como vivera.

Dois amigos, Rafael Mendes (filho do comerciante do mesmo nome) e Joseph de Castro viviam na cidade de Recife, a Nova Amsterdam – ou, como dizia Rafael, a Jerusalém do Novo Mundo, a cidade onde as glórias da fé mosaica podiam ser proclamadas numa belíssima sinagoga, toda ornamentada em jacarandá e ouro.

Trabalhavam juntos. Dedicavam-se ao polimento de lentes, ofício que tinham aprendido com um mestre holandês e no qual eram pioneiros no Brasil. Joseph era o mais dedicado: chegava à oficina ainda de madrugada, só saía a altas horas da noite, trabalhando muitas vezes à luz de velas. Rafael exprobava-lhe tal imprudência: estás estragando os olhos, dizia, o bem mais precioso que Deus nos concedeu. Joseph não lhe dava ouvidos. Era um homem teimoso, irascível.

Quase não tinha amigos. E não encontrava mulher que o aturasse, apesar dos esforços da esposa de Rafael, ativa casamenteira. Não saía de casa, não ia a festas; e mesmo em alegres celebrações – Purim, por exemplo, a festa da Rainha Esther – não sorria, como todos, à lembrança do castigo infligido pelo Rei a seu cruel ministro Haman, algoz dos judeus da Pérsia e precursor, de certo modo, da Inquisição.

Lia muito. Apreciava os filósofos da nação; conhecia toda a obra de Michel Eyquem de Montaigne, de quem citava frases: "Sou tão aferrado à liberdade que, se me proibissem o acesso a qualquer recanto das Índias, já isso bastaria para que vivesse até certo ponto descontente"; e prezava sobremaneira o rebelde Uriel da Costa, que pregava um judaísmo de livre consciência. Com Baruch Espinosa, à época residindo em Amsterdam, correspondia-se em holandês. Estudando na escola *Árvore da Vida* e na *Academia da Coroa da Lei,* Espinosa conhecera a obra de Maimônides e muito contente ficara ao saber que Joseph era sócio de um descendente do autor de "O Guia dos Perplexos". Discutiam tudo, desde o pecado original ao polimento de lentes, que era também a ocupação de Espinosa; o filósofo orgulhava-se dos óculos que fabricava, mas, dizia, é um absurdo falar da imperfeição dos cegos, já que, em essência, todo o homem vê. De Espinosa, Joseph adquiriu a paixão pela liberdade e o horror à superstição. Continuou a lhe escrever mesmo depois que o filósofo, um livre-pensador, foi excomungado pela comunidade judaica de Amsterdam, após um longo e escabroso processo, cuja sentença final assim dizia: "Pela decisão dos anjos e julgamento dos santos, excomungamos, expulsamos, execramos e maldizemos Baruch Espinosa... Maldito seja de dia e maldito seja de noite; maldito quando deita e maldito quando levanta; maldito quando sai, maldito quando regressa... Ordenamos que ninguém mantenha com ele comunicação oral ou escrita, que ninguém lhe preste favor algum, que ninguém permaneça com ele sob o mesmo teto ou a menos de quatro jardas; que ninguém leia algo escrito ou transcrito por ele". O próprio Espinosa reproduziu, numa carta, o texto de sua excomunhão; comentando-o para Rafael, Joseph zombava: aqui estou, lendo algo escrito e transcrito por Espinosa; cometo um grave pecado, mas como poderia eu saber que cometo este pecado sem ler a carta de Espinosa?

Tais paradoxos, tais ardis da razão, eram bem ao gosto de Joseph, que conhecia os trabalhos dos antigos cabalistas do Languedoc, seu pai sendo descendente do famoso Isaac, o Cego. Quanto ao esotérico, havia lido "A Demonomania dos Feiticeiros", de Jean Bodin, um tratado sobre as virtudes dos números e o poder das estrelas; bem como as profecias de Michel de Nostredame, Nostradamus, ambos da nação. Mantinha ligações com gnósticos, rosa-cruzes e pedreiros-livres.

Sabia da existência da Árvore do Ouro. Poderia encontrá-la quando a quisesse. Mas não achava justo obter ouro de forma que considerava predatória. Já a alquimia era diferente. Conseguir o precioso metal negociando com a natureza oculta do azougue, manejando diligentemente fornos e retortas, parecia-lhe mais justo. Embora não o tivesse tentado, julgava-se capaz de fazê-lo, como se julgava habilitado a fabricar, tanto o homúnculo como um gigante de barro, a quem um justo poderia instilar vida. Combinando lentes confeccionara um aparelho que lhe permitia ver minúsculos seres, de formas as mais variadas, vivendo nos lugares mais imprevistos:

na água estagnada, nas fezes, nas entranhas dos peixes; no seu próprio sêmen, colhido num vaso mediante fantasias – um pecado pelo qual Onan tinha sido severamente castigado, e ao qual Joseph acrescentava o da heresia: não me consta, dizia com uma risota, que tais criaturinhas tenham sido contadas entre as que habitavam o jardim do Éden, nem entre as que Noé levou para a Arca.

Também combinava lentes para fazer telescópios, à maneira de Galileu Galilei. Em noites estreladas subia ao terraço da casa e lá ficava, perscrutando os céus brasileiros através da complicada armação tubular. Procurava o planeta para onde tinha fugido o Profeta Elias em seu carro de fogo. Sabia que periodicamente Elias voltava à terra para buscar justos, homens ou mulheres. Uma comunidade se constituíra assim, como a Nova Atlântida, de Francis Bacon. Nesse lugar, perdido na abóbada celestial, as pessoas tinham a pele rósea e os olhos úmidos de emoção. Ninguém passava fome nem frio. Nem bebê, acrescentava, mordaz, era circuncidado: toda dor estava proibida. As pessoas falavam diretamente com Deus; bastava-lhe fechar os olhos e, pronto, estavam em comunicação direta com o Senhor. Também se comunicavam entre si sem falar – telepatia –, um princípio que Joseph pretendia aproveitar um dia em seus esforços para substituir precários serviços postais de então.

Os habitantes deste reino encantado deslocavam-se no espaço em veículos de metal brilhante, e nas profundezas da água em peixes de aço. Não trabalhavam. Máquinas faziam tudo por eles; inclusive cultivavam a terra. Produziam-se lá melancias com mais de metro de diâmetro e espigas de trigo com grãos do tamanho de olhos de novilhos. E os escravos, perguntava Rafael, o que fazem? Escravos, dizia Joseph, irritado, não há tal coisa. Ninguém escraviza ninguém, ninguém maltrata ninguém. No planeta de Elias reina o amor.

Estranho, pensava Rafael, que Joseph falasse de amor: um homem tão solitário e azedo. Como se adivinhasse este pensamento, Joseph confidenciou-lhe um dia sua certeza de que no longínquo planeta estava a mulher de sua vida. Ainda não aparecera no campo do telescópio, embora ele suspeitasse que um rosto esfumado entrevisto num grupo de jovens que cantava em coro... Àquela distância, impossível dizer.

Ninguém entendia por que, não sendo astrônomo, passava

Joseph tantas horas ao telescópio. Que história é esta de procurar a beleza em outros mundos? – perguntava-lhe o pintor holandês Frans Post, um de seus poucos amigos. O artista deslumbrava-se com a paisagem brasileira, tão serena e ao mesmo tempo tão rica. Mesmo cego eu aqui seria capaz de pintar, dizia, entusiasmado com o sucesso que seus quadros faziam. Por que não te contentas com o Brasil? Não me entendes, respondia o amargurado Joseph. Há um único lugar no Universo em que eu poderia ser feliz... E este lugar está fora de meu alcance. Tudo que posso fazer é esperar que o Profeta Elias me leve para lá em seu carro de fogo.

– Mas – perguntava, exaltado – será que o Profeta virá aqui? A intriga e a corrupção reinam no Recife. A gente da nação vendeu-se por açúcar!

Rafael sorria a tais comentários, mas não deixava de se inquietar com o tom de rebeldia e sobretudo com as implicações destas afirmativas, nitidamente heréticas. Procurava convencer o amigo a abandonar suas extravagantes idéias. Por que não se contentava Joseph com bem exercer o ofício de fabricar lentes? Há tanta gente por aí precisando de nós, dizia, tanto míope, tanto vesgo, tanto velhinho quase cego. E pagando bem, acrescentava. Joseph não lhe dava atenção. Desprezava as coisas materiais, não queria palácios com fontes murmurantes nem concubinas vestidas de seda. Não queria anéis, nem pulseiras, nem colares, nem ouro, nem diamantes. Não quer nada, dizia a mulher de Rafael, irônica, quer apenas semear o ódio; quer nos trazer dor e desgraça, como se já não bastasse o que sofremos com a Inquisição.

Instava com o marido para que se separasse do sócio. Rafael resistia. Em primeiro lugar, reconhecia em Joseph um óptico competente. Além disto, gostava dele, não queria abandoná-lo – seria talvez precipitar um homem, que já era esquisito, no fundo do poço, nas águas pútridas da loucura. E, por fim, reconhecia um quê de verdade nas palavras de Joseph, ainda que fosse esta uma verdade incômoda. Verdade por verdade, preferia a verdade bíblica, a verdade que o rabino de Recife apregoava com voz tronitruante na prédica das sextas-feiras. Aquilo sim era uma boa verdade, amarga umas vezes, doce outras, mas sempre nutritiva, reconfortante. Em torno de uma verdade assim podia a comunidade se unir, sem que por isso necessitasse romper com os holandeses, que respeitavam a ética do

Antigo Testamento e eram, como os judeus, um povo de comerciantes. Desta verdade Rafael Mendes tirava forças para enfrentar o riso escarninho do maligno Joseph.

Também pela administração holandesa Joseph era encarado com suspeição, devido a um atrito com o comandante militar batavo. Este ouvira falar maravilhas do telescópio de Joseph; com aquele instrumento, dizia-se, mesmo um observador pouco atento poderia descobrir um veleiro português ainda atracado na cidade de Porto. Chamado a prestar esclarecimentos, Joseph não quis confirmar nem desmentir as alegadas qualidades de seu invento; e tampouco se dispôs a fazer uma demonstração para as autoridades militares. O comandante ficou furioso. Sabia de critãos-novos que continuavam mantendo contato com os portugueses, o que aliás deixava-o intrigado: o que queriam os judeus com seus antigos algozes? Por que estariam conspirando juntos? Que interesses estavam em jogo? Terras? Privilégios na exportação de açúcar? Uns pérfidos, concluía o holandês, vendem-se por trinta moedas; não fosse por sua habilidade tradicional – no comércio, nas finanças, na lapidação de diamantes, no polimento de lentes –, deveriam ser crucificados como fizeram com Cristo. Na lista dos suspeitos ao governo batavo, Joseph de Castro passou a figurar em primeiro lugar.

O conflito latente entre a comunidade judaica e Joseph estourou quando ele publicou um livreto chamado "As Criaturinhas do Açúcar", que assim começava:

"A cotação do açúcar está em alta na Europa. É artigo de luxo: paga-se 18 gramas de ouro por uma arroba de açúcar. Porque a vida dos europeus é insípida; o açúcar adoça-lhes a boca, torna-os alegres, e ajuda-os a engordar. É bonito, ser gordo. Os holandeses, por exemplo, gostam de rostos rechonchudos e corados, de ventres prósperos, de traseiros generosos; assim os retratam Rembrandt e Hals. Nas mesas batavas, vergadas ao peso de finas e variegadas iguarias, sucedem-se, às carnes e aos peixes regados por ricos molhos, as caldas, os suspiros, os doces, as frutas cristalizadas... O açúcar dá-lhes a energia de que precisam para conquistar terras onde será plantada mais cana, que lhes dará mais açúcar, que lhes aumentará as forças... Uma espiral que leva à dominação do mundo. Mas tu, sonhador, tu não te preocupas com isto. Desprezas os bens materiais. Por isso te digo: mira fixo um cristal de açúcar. Observa como brilha! Parece um diamante. Continua olhando. Nota como cresce a teus olhos, se expande e se arredonda, transforma-se numa bola, num grande globo de cristal. Dentro deste globo vês cenas extasiantes". No globo, o leitor perceberia curiosas criaturinhas; com o auxílio de uma lente as identificaria como "seres humanos em miniatura, que se alimentam exclusivamente de açúcar. São judeus; Jeová castigou-os por seu orgulho, reduzindo-os a proporções insignificantes".

Mais adiante Joseph falava de um nobre que tinha mandado construir uma cidade inteira, toda de açúcar: casas de açúcar, um castelo de açúcar, com torrinhas de açúcar; as vidraças das janelas eram finas, translúcidas lâminas de açúcar. Se um hóspede deste castelo queria desfrutar melhor da paisagem, tudo o que tinha a fazer era lamber uma vidraça até que se dissolvesse; avistaria então suaves colinas de açúcar, nas quais pastavam boizinhos de açúcar. Até um lago havia na cidade, de leite açucarado; criava-se uma variedade de carpa especialmente adaptada. Muito dóceis, estes peixes deixavam-se capturar até pelo pescador mais bisonho, atraídos que eram pela antiga canção *Si la mar era de leche;* ao corte, a carne destes peixes era esbranquiçada, pálido e doce sendo seu sangue.

A coisa que o nobre mais temia era que uma chuvarada (como a do dilúvio: castigo de Jeová por seu capricho) dissolvesse aquele encanto, levando toneladas de açúcar para rios barrentos e para os verdes mares bravios. Para evitar este perigo, um gigantesco guarda-chuva branco estava permanentemente aberto sobre a cidade.

A sátira causou revolta na comunidade judaica do Recife. Várias centenas de exemplares do opúsculo foram queimados em praça pública; um grupo, furioso, apedrejou a casa de Joseph, obrigando-o a procurar refúgio na casa de um padre cujos óculos consertara. A partir de então passou a ser insultado em plena via pública, as crianças cuspindo quando ele passava. A mulher de Rafael ameaçou deixá-lo se o marido não rompesse com o lunático. Rafael achou que era tempo de agir.

Procurou os notáveis da comunidade, pediu-lhes que perdoassem Joseph. Ele não sabe o que diz, argumentou, mas no fundo é boa pessoa, precisa de compaixão, de ajuda. Reuniram-se, os notáveis e o rabino, para deliberar. Depois de várias horas de reunião a portas fechadas, chamaram Rafael e anunciaram sua decisão: absolveriam Joseph de Castro de seus crimes, desde que se submetesse à humilhação pública. Deveria entrar na sinagoga vestindo roupas de luto, com uma vela negra na mão. Declararia perante a comunidade estar sinceramente arrependido. Receberia trinta e nove chicotadas; ficaria prostrado à porta do templo para que todos, saindo, pisassem nele.

Rafael ouviu-os, horrorizado. Não pôde conter-se: caiu de joelhos diante dos homens, implorou-lhes que fossem menos severos. Inútil: a sentença estava lavrada.

Aturdido, Rafael saiu da sinagoga. Não sabia o que fazer. Precisava falar com Joseph, mas não encontrava ânimo. Tenho de me acalmar, murmurava. Tenho de conversar com ele com toda a tranqüilidade, como se nada tivesse acontecido.

Ao cair da tarde dirigiu-se à oficina. Joseph polia uma lente, assobiando baixinho. Aflito, gaguejando, narrou o ocorrido, falou da proposta que os chefes religiosos tinham feito:

– Aceita, Joseph! Por favor, aceita! E faz isto por teu amigo! O outro não respondeu. Terminou o polimento, guardou a lente numa caixa forrada de veludo. Só então olhou para Rafael. Sorriu. Sem uma palavra, levantou-se, saiu.

No dia seguinte não veio trabalhar. Alarmado, Rafael foi procurá-lo em casa. A porta estava aberta. Entrou: ninguém. No quarto, como de hábito, livros e papéis espalhados por toda parte. De Joseph, nem sinal.

Retornou à oficina. Passou o dia inquieto, trabalhando mal. Não sabia o que pensar sobre o desaparecimento de Joseph. No fundo, desejava que tivesse fugido; que, por temor à comunidade, talvez, tivesse viajado para a Bahia ou para o Rio de Janeiro. Com o que os problemas dele ficariam resolvidos; os dele e os do próprio Rafael.

À noite ele retornou à casa de Joseph. Ninguém. Subiu ao terraço. Não, Joseph não estava ali. O telescópio, no entanto, continuava no lugar, a estrutura metálica apontando para o céu. Uma idéia absurda ocorreu a Rafael: será que o Profeta Elias?... Espiou pela ocular. Não viu nada. Nem mesmo a lua que brilhava, enorme, no céu.

Dois dias depois o cadáver de Joseph deu à praia, olhos comidos pelos peixes, crustáceos saindo das narinas. Foi enterrado no cemitério judaico em Recife, mas ao pé do muro, como suicida.

Rafael ficou sendo o único óptico da cidade. Cobrava altos preços, e aos que reclamavam respondia com zombarias: não me façam chorar, sou de açúcar, posso me derreter.

Durante algum tempo a mulher insistiu com ele para que vendesse o telescópio de Joseph ao comandante holandês. E fariam bom dinheiro, ganhariam prestígio. Rafael não dizia nada. Um dia, num acesso de fúria, atirou o aparelho pela janela, ameaçando fazer o mesmo com a mulher. Ela parou de incomodá-lo e daí por diante ele viveu relativamente feliz. Seu filho, Rafael Mendes, já não teve a mesma sorte: com a derrota dos holandeses, os judeus voltaram a ser perseguidos, e ele foi indiciado num inquérito, sob a suspeita de ter em seu poder os livros de bruxaria do falecido Joseph de Castro. Tempos difíceis aqueles. O preço do açúcar tinha caído em 33 por cento em menos de uma década; à insegurança religiosa associava-se a insegurança financeira. Rafael Mendes resolveu fugir.

Dois cristãos-novos, Felipe Royz e Rafael Mendes fogem para o Maranhão. Temem as represálias que os da nação sofrem, agora que os holandeses foram expulsos de Pernambuco. E Felipe Royz além disto tem um objetivo: quer matar André Vidal de Negreiros que, por sua bravura na luta contra os batavos, foi designado governador do Maranhão. Vidal de Negreiros insultou-o: à vista de todos acusou-o de colaborar com os holandeses; chamou-o de cão traidor e de marrano sujo. Este plano, porém, fica esquecido logo que chegam a seu destino. É que, no Maranhão, Felipe Royz, ajudado pelos da nação, torna-se colono. Plantando tabaco e cana, logo esquece os planos de vingança, mesmo porque Vidal de Negreiros pouco fica no Maranhão; chegado em 1654, já no ano seguinte se vai, em busca do ouro das Gerais.

O culto Rafael Mendes torna-se professor; nesta condição, trava amizade com o Padre Antonio Vieira. Desconfia que o jesuíta também seja da nação, por causa do olhar inquieto e meio desvairado, mas sobretudo porque Vieira é um ardente defensor dos judeus, a quem gaba o espírito empreendedor. Já em 1649, apoiou a criação de uma Companhia de Comércio tendo como acionistas banqueiros da nação; anda às turras com o Santo Ofício; e é malvisto por causa dos índios, a quem defende: "No Estado do Maranhão não há outro ouro, nem outra prata, mais que o sangue e o suor dos índios. O sangue se vende nos que cativam e o suor se converte em tabaco, no açúcar..." Royz censura Mendes por sua amizade com o jesuíta; vê na menção ao tabaco e açúcar referência às suas próprias plantações, onde emprega índios:

– Por que não? Para que servem os bugres, se não para trabalhar? Ou achas melhor que andem por aí pintados de urucum, matando gente e comendo carne humana?

Rafael Mendes não responde. Não quer polêmica; concorda com o Padre Vieira, que escravizar índios não faz parte da ética da nação, mas sabe o que Royz responderá – que os jesuítas, em suas reduções, também se utilizam da mão-de-obra indígena; e se Mendes ponderar que esta conduta obedece a propósitos religiosos, o amargo Royz debochará dele: salvação das almas? Salvação dos bolsos, isto sim. Não, Mendes não quer discutir tais controversas questões. De outra parte o Padre Vieira tem inimigos bem mais poderosos que o inofensivo Royz; atinge-o o longo braço da Inquisição; em 1661, ele é obrigado, por interferência do Santo Ofício, a retornar à Europa. Dois anos depois, chega ao Maranhão o Padre João Felipe Bettendorff, comissário do Santo Ofício; vem com a missão de descobrir bígamos e sodomitas, feiticeiros e criptojudeus. Alargam-se as propriedades dos jesuítas, aumenta o número de índios sob a custódia dos religiosos e cresce o atrito com os colonos. Entre eles, um é particularmente exaltado; Manoel Beckman, o Bequimão, dono de engenho, vereador. Cristão-Novo? Talvez. Seu tio, o rico mercador lisboeta João Nunes de Santarém, serviu como mediador entre portugueses e holandeses e era conhecido como cristão-novo; o sogro, João Pereira de Cáceres, era, muito provavelmente, da nação. Cristão-novo, decerto. Se tinha de matar um boi em sua fazenda, amarrava o animal a uma cruz; e, referindo-se ao curral, falava em *sacrário*.

Estas histórias, e outras, haviam contribuído para criar em torno à figura do Bequimão uma aura de mistério, que a muitas pessoas fascinava; entre elas Maria de Freitas, a *Maria-Arde-lhe-o-Rabo*.

Esta mulher (cujo apelido era devido a sua real ou suposta predileção pelo coito anal) era conhecida como feiticeira. E disso até se vangloriava: sou bruxa, feiticeira e tudo o mais que de mim disserem, afirmava com orgulho. Orgulho falso; na verdade era apenas uma feiticeira frustrada. A começar por seu nome; quatorze letras. Por que quatorze? Seria pronunciado com mais respeito e temor o nome de Maria de Freitas, se tivesse treze letras. Mas não, com quatorze letras nascera e com quatorze morreria. Ao governador solicitara que seu nome fosse trocado: Maria d'Freitas. Vidal de Negreiros rira: como eliminar o *e*, como colocar apóstrofo diante de um nome começado por consoante? Além disto, a providência não seria inteiramente satisfatória, o apóstrofo pode ser, a qualquer momento, considerado como uma letra; os céticos sem dúvida tirariam proveito disso: "Feiticeira? Só se for com apóstrofo!"

Mulher ignorante, Maria de Freitas nunca fora realmente iniciada nas artes de magia, branca ou negra. Tudo o que sabia era de ouvir falar. Com boa vontade aplicava-se ao trabalho; mas nada conseguia de útil, de prático. Confeccionava em cera a efígie de uma vizinha odiada; espetava nela uma centena de compridos alfinetes, alguns de ouro; em vez de morrer, a vizinha até engordava. Do mesmo modo, seu mau olhado sobre as plantações dos mais só fazia a cana e o tabaco crescerem viçosos. Levitar? Nada. Voar pelos céus com vassoura? Nada. Galopava com a vassoura, saltava, projetava-se cheia de fé para o alto – lá vou eu! – apenas para cair, cair fragorosamente, miseravelmente. Tentava prever o futuro observando vísceras de animais; onde outros viam a previsão do tempo, a marcha de exércitos vitoriosos, a cotação do açúcar da Bolsa de Londres ou Amsterdam, ela via apenas a moela de um galo; um galo preto, de boa caça, abatido de acordo com os preceitos rituais; mas – moela, nada mais que moela. Que podia fazer com a moela, senão comê-la? Comia-a, cozida.

Nunca era convidada para os sabás das bruxas; nada conseguia em suas tentativas de se comunicar com os mortos, apesar de repetidas visitas a cemitérios em noites de sexta-feira. De boa vontade se entregaria aos íncubos e outros demônios; ansiava, aliás, pelo grotesco pênis deles, que imaginava grande, avermelhado. Rolando na cama, murmurava, ardente: venham, demônios, venham me possuir, venham, que sou gostosa de traseiro. Não apareciam; muito menos o Diabo, a quem almejava beijar o rabo, o *osculum obscenum* sendo o grande sonho de sua vida. Invocava-o em vão: "Eko, eko, Azarak! Eko, eko, Zamelak! Eko, eko, eko". Nada, aquilo que mais desejava – a marca do diabo estampada em sua carne – não aparecia jamais. Às vezes notava algo, uma mácula, uma tumefação; mas não, era apenas um furúnculo, uma pereba qualquer. Marca do diabo? De jeito algum.

Culpava o Maranhão por seus fracassos; isto aqui é uma província, não há condições para um bom trabalho, ninguém é sério; e citava o Padre Vieira, para quem o *M* de Maranhão significava *murmurar, motejar, maldizer, malsinar, mexericar, mentir.*

Mas, por outro lado, sua escrava Gracia Tapanhuna, uma negrinha tonta, conseguia tudo o que ela, Maria, tanto almejava – e sem o menor esforço. Previa chuva; o céu estando azul, debochavam dela; daí a pouco escuras nuvens se aproximavam, um aguaceiro caindo então. Dava sorte a jogadores, fazia engravidar mulheres estéreis, colocando-lhes tão-somente a mão no ventre; e era capaz de secar a perna de um gordo com apenas um olhar de viés. Quando queria, elevava-se no ar, um palmo ou mais, e tinha relações sexuais com demônios pelo menos duas vezes por semana, aos sábados e domingos, e ainda nos dias santos de guarda. Ah, Dona Maria, se a senhora soubesse como é bom, dizia a respeito, revirando os olhos.

Tais êxitos mortificavam profundamente *Maria-Arde-lhe-o-Rabo*. Vontade tinha de pedir conselho a Gracia Tapanhuna; mas afinal se tratava de uma escrava, não podia se rebaixar. Se tivesse de fazer uma união seria com Manoel Beckman, o Bequimão. Achava que o cristão-novo tinha poderes secretos; de que outra maneira, aliás, explicar sua ascensão sobre os maranhenses? Conhecia a cabala, decerto; os segredos dos essênios, os trabalhos de Michel de Nostradame, os de Jean Bodin. Beckman poderia, se quisesse, transformá-la numa feiticeira de escol, numa bruxa muito maligna. Maria de Freitas tornar-se-ia a reencarnação de Lilith, a primeira mulher de Adão, fêmea insaciável, maga de extraordinários poderes.

Mas o Bequimão simplesmente ignorava a sua existência. Absorto em seus pensamentos, passava por ela na rua, mal a cumprimentava; isto apesar do olhar ardente que lhe dirigia. Sim, porque Maria de Freitas queria o judeu não apenas como mentor, mas também como amante; queria entregar-se a ele, não só para obter desta conjunção carnal mágicos poderes, como também para gozar, gozar muito. Porém, como consegui-lo, se os filtros amorosos que preparava não passavam de uma malcheirosa cocção do sangue e das partes de animais repelentes? Aquilo não fazia o menor efeito.

Uma noite, transtornada pelo desejo, ousou bater à porta de Bequimão. Preciso falar contigo, sussurrou, quando ele veio atender; em particular. Beckman, embaraçado, ponderou que não era hora; mas ela insistiu. Dirigiram-se então ao curral, onde ela, deixando cair as roupas, abraçou-o, fremente:

– Sou tua, mago! Possui-me!

Bequimão olhava-a, espantado e ultrajado; friamente, ordenou-lhe que se vestisse e que nunca mais o procurasse.

A humilhada Maria jurou vingar-se. Para isto, utilizou-se da ingênua Gracia Tapanhuna; a seu pedido, a escrava denunciou Bequimão ao Santo Ofício. Disse o que todos sabiam, que Manoel chamava o curral de *sacrário,* que para matar um boi amarrava-o a uma cruz; mas acrescentou que o vira realizar a cerimônia de lava-pés com seus escravos.

– Lavou os pés dos negros? – perguntou, incrédulo, João Felipe Bettendorf, que lhe colhia o depoimento.

– Dos negros – confirmou Gracia.

O rosto do comissário se fechou; lavar os pés dos negros, como Cristo lavara os pés dos apóstolos! Aquilo era grave, era uma afronta à religião, só possível por parte de um herege, de um judeu. Beckman foi indiciado.

A inquirição de Beckman pelo Santo Ofício durou dois anos, de 1678 a 1680. Dela encarregou-se o Padre Antonio de Affonseca, de quem Gracia Tapanhuna, aliás, fora escrava.

As acusações eram sérias, e envolviam toda a família Beckman. O processo foi suspenso por ordem do rei de Portugal, que tinha Manuel na conta de homem honrado; mas daí em diante, ele passou a contestar abertamente o governador Sá e Menezes e a política da coroa portuguesa. Dizia que os colonos passavam privações, que não tinham mão-de-obra; os fretes eram caros, os gêneros alimentícios escassos, as taxas elevadas. Enquanto isto, os jesuítas estavam isentos do imposto de exportação; e a Companhia de Comércio do Maranhão e do Grão-Pará tinha o monopólio (estanco) da importação, do comércio e da venda de escravos, isenção de impostos e foro especial. Estão chupando nosso sangue, bradava Bequimão a quem quisesse ouvir, estes estrangeiros estão chupando nosso sangue. Rafael Mendes ouvia-o perplexo: estrangeiros? Mas se nem brasileiro Beckman era, tinha nascido em Portugal. E o que pretendia, com aquela gritaria toda? Já não lhe bastava ser cristão-novo, já não lhe chegava ter a Inquisição nos calcanhares?

Tentava acalmá-lo, ponderando que as coisas se conseguiriam por bem. Tu não passas de um covarde, respondia-lhe o Bequimão, só sabes dar conselhos, e de conselhos não preciso, preciso de aliados. E os conseguiu: tinha apoio de pelo menos sessenta das personalidades mais influentes do Maranhão. Seu irmão Thomaz, poeta e trovador como o sapateiro Bandarra, era um entusiasta propagandista de suas idéias.

A 24 de fevereiro de 1684, irrompeu o levante chefiado por Manoel e Thomaz Beckman. O governador foi intimado a não reagir; uma junta foi formada, denominada "Junta dos Três Estados" – nobreza, clero e povo. Beckman era um dos representantes da nobreza. Foram abolidas as leis restritivas ao comércio; a Companhia de Jesus deveria retirar-se do Maranhão.

Esta decisão foi lida a Bettendorf, reitor do Colégio da Companhia de Jesus pelo próprio Beckman: "Eu, Manoel Beckman, como procurador eleito do povo, justamente alterado pelas vexações que padece por terem vossas paternidades o governo temporal dos índios das aldeias..."

O padre Bettendorf ouviu-o em silêncio. No fundo, gostava de Beckman; existia entre os dois homens uma admiração recíproca. Nada contestou quando o Bequimão, depois de garantir que os bens da Companhia de Jesus estariam seguros, ordenou que os religiosos partissem de imediato para Pernambuco. Vamos ver o que acontecerá, disse, com um pálido sorriso.

O governo revolucionário durou quinze meses; e, desde o início, ficou claro que não receberia qualquer apoio. O Senado do Pará, cuja adesão seria vital, decidiu-se pela fidelidade à Coroa; o mesmo aconteceu com a Capitania de Santo Antonio de Alcântara.

O Maranhão ficou isolado, bloqueado. A Junta exortava o povo a preparar-se para o longo cerco, para as privações que teriam de suportar: a vitória final será nossa! Todo o poder à Junta!

Beckman acredita nisso; acredita firmemente na revolução, num futuro glorioso. Caminhando de um lado para outro, agitado, expõe a Rafael Mendes suas idéias. Antevê um mundo melhor, um mundo de justiça e fraternidade. Nesse mundo ninguém passará fome ou frio. As plantações, os engenhos, os navios serão de todos; cada um trabalhará de acordo com suas possibilidades e receberá aquilo de que necessitar. A ciência progredirá; as idéias de Copérnico, de Galileu, serão desenvolvidas. Máquinas farão todo o trabalho; as pessoas se deslocarão no espaço em veículos aéreos. E a nação, ousa Rafael perguntar, como ficará?

– Mas estou falando da nação! – brada Bequimão impaciente. – Estou falando também da nação. Estas são as idéias da nação, dos profetas da nação, de Isaías e dos outros. A nação? Todos serão a nação!

Rafael Mendes nada responde, volta para casa. A mulher e os filhos reclamam: passa-se necessidade, agora. Com o bloqueio, até comida começa a faltar.

Um dia é procurado por Maria de Freitas. Ela vem às escondidas; quer falar a Rafael de algo muito importante. Vão os dois para o curral; ali Maria de Freitas revela: Bequimão está enfeitiçado. Caiu sob o domínio de Ursula Albernaz, uma bisca que Maria conhece bem: estiveram juntos no degredo, antes de virem para o Maranhão.

– Bruxa. Bruxa de muitos poderes. Virou a cabeça dele, tenho certeza.

Pode até adivinhar a intriga que está por trás. Ursula quer um lugar na Junta de Governo. Pretende oficializar suas bruxarias; se possível criará até o Ministério da Feitiçaria para ser entregue a um mago qualquer, seu preposto.

– Mas – acrescenta Maria de Freitas – posso libertá-lo. Tudo o que preciso é dormir uma noite com ele.

Rafael Mendes mira-a, incrédulo. O Bequimão não resistirá aos meus encantos, insiste a mulher; e, para prová-lo, deixa cair as roupas.

Rafael olha-a. Já não é jovem; tem o rosto enrugado, os seios murchos, a bunda caída. Os sinais de uma passada beleza se desfizeram. Tudo o que resta são pelancas. Se é daquilo que dependem para fazer Beckman recuperar a razão... Suspira. Também ele está velho; tem um filho de vinte anos, uma filha de dezenove. E Beckman já tem quase setenta. Promete a Maria de Freitas que falará com o amigo, para arranjar um encontro furtivo.

– Manda-me avisar, então – diz Maria de Freitas, despedindo-se. – Mas não digas nada a Gracia Tapanhuna. Não confio nela. E cuidado com Ursula Albernaz.

Sai, mas volta em seguida: algo lhe ocorreu:

– Se eu conquistar o Beckman – diz, com um sorriso malicioso – e se me tornar a feiticeira-mor desta capitania, serás recompensado, Rafael Mendes. Pelo menos uma vereança te arranjo, podes ficar seguro.

O constrangido Rafael tenta cumprir a promessa; diz a Beckman que Maria de Freitas quer dormir com ele. Beckman lança-lhe um olhar de tal censura que Rafael até se assusta: compreende que agora está lidando com um homem animado por idéias fixas, com um fanático.

O poder de Beckman cresce, e também sua ira, sagrada ira, segundo diz: quer eliminar todos os resíduos da corrupção, todo o luxo, toda a ostentação; deseja que os maranhenses vivam como viviam os índios, de maneira simples, pura, inocente. E assim propõe à Junta cortar gastos supérfluos e proibir às mulheres em geral as fitas e às mamelucas, os mantos de seda. Reagem indignadas as mamelucas: como? Não podemos mais usar seda? E o que vamos usar, então? Penas de aves, como as bugras? Beckman é vaiado na rua: queimem este cão judeu infame, gritam-lhe. Depois do entusiasmo inicial reina agora a discórdia entre os partidários do movimento. Dos membros da Junta, Beckman confia apenas no representante do povo, o negro Francisco Dias Deiró. A situação é séria: o bloqueio cria problemas para comerciantes, para os senhores de engenho. E as idéias exóticas de Bequimão causam espécie; murmura-se que o judeu está louco, completamente louco. Como se isto tudo não bastasse, um grave incidente vem acirrar os ânimos.

Chega da Guiné um navio da Companhia do Comércio, trazendo duzentos negros, o que precipita um conflito. Pela posse dos escravos – a mão-de-obra está escassa, devido ao bloqueio – trava-se luta feroz; em plena rua, dois comerciantes disputam um crioulo a golpes de espada, terminando por matar o pobre-diabo. Para evitar tais despropósitos, a Junta resolve sortear os escravos. Nos bilhetes de sorteio, alguns escrevem chistes, ditos picantes, impropérios; o que gera novas discussões, novas brigas.

Chega então o novo governador Gomes Freire de Andrade. Assume, prometendo restabelecer a lei e a ordem. Voltam os jesuítas; é restaurado o estanco. Manoel Beckman está escondido; seu afilhado Lázaro de Melo denuncia-o. É preso junto com vários outros líderes da Junta. Rafael Mendes é detido também, por simpatizante. Colocam-no no mesmo cárcere que o Bequimão.

E ali estão, os dois amigos, Rafael Mendes e Manuel Beckman, na escura masmorra, aguardando o interrogatório. Rafael Mendes hesita; há muito quer esclarecer uma dúvida quanto a Beckman, mas não sabe se é o momento. Por fim, resolve perguntar de qualquer maneira:

– És mesmo da nação, Beckman?

O outro olha-o, surpreso – e desconfiado. Também hesita, antes de responder.

– Da nação? Nada disto. Sou cristão pela graça de Deus.

– Mas – diz Rafael –, quando os do Santo Ofício te acusaram de judeu, tu não o negaste.

– É verdade – responde Beckman. – Eu não o neguei.

– E por quê? – insiste Rafael. – Por que, pode-se saber?

Beckman fica em silêncio; por fim, diz que não pode responder de imediato; precisa tempo para pensar.

– Quanto tempo? – pergunta Rafael Mendes.

– Algum tempo.

– Muito tempo?

– Não. Muito tempo, não.

– Mas olha que o nosso tempo pode ser pouco – adverte Rafael.

– É. O nosso tempo pode ser pouco – suspira Bequimão. – Mas não adianta me apressar. Preciso de tempo.

Rafael olha ao redor. Estão num cárcere escuro, úmido; a água pinga do teto. Rafael aponta para cima:

– Estás vendo aquela goteira? A água pinga dali a um ritmo regular. Portanto–

– Como sabes que o ritmo é regular? – interrompe o Bequimão.

– Estabeleci numa relação com as batidas de meu coração. É uma gota para cada duas batidas.

– E quem diz que bate regular teu coração?

– Quem está fazendo as perguntas sou eu – replica Rafael.

– És da Inquisição? – Bequimão, irritado.

– Não. Mas sou judeu. E tu?

– Me dá tempo – pede Bequimão.

– Quanto tempo?

– Algum tempo.

– Daqui a vinte e quatro mil gotas – diz Rafael, levantandose – voltarei à questão.

E começa a contar: uma, duas, três, quatro... E sua voz se arrasta; em dez mil apenas murmura; e em quinze mil já não consegue falar, conta em silêncio. À gota número dezoito mil quatrocentos e doze, diz Beckman:

– Pronto. Estou pronto.

– E então? – Rafael, exausto. – Por que te deixaste acusar de judeu?

– Porque para eles – replica Beckman – sou judeu; para eles quero ser judeu.

Rafael Mendes deixa-se cair sobre o catre. Rindo: então és judeu, exclama, alegre. Claro que és judeu.

– Sou judeu? – Beckman, perplexo.

– És judeu.

– É verdade! – grita Beckman. – É verdade! Estou perplexo: sou judeu! Digo ao Santo Ofício que sou judeu, mesmo não o sendo: sou judeu! Sou judeu, Rafael Mendes! Sou judeu, pela graça de Deus! Sou judeu como Jacob que lutou com o anjo, sou judeu como Jonas!

Mas Rafael já não o ouve: cansado, adormeceu.

Chega o dia da execução. Toda a população da cidade vem à praça para assistir ao enforcamento, inclusive Rafael Mendes, que para isto foi posto em liberdade. Junto a ele está Maria de Freitas, invocando sem cessar todos os demônios – quer salvar o homem que ama. Mas nada consegue, não desce do céu um carro de fogo para que nele possa Beckman fugir; não racha a terra, não se faz noite de súbito, não sopram os ventos, não saem as baleias do mar. Desesperada, volta-se para Ursula Albernaz, para Gracia Tapanhuna:

façam alguma coisa, salvem-no! Ursula Albernaz sorri; o Bequimão já não lhe interessa, investirá agora pesado em Gomes Freire. Gracia Tapanhuna também não quer se arriscar, não gosta de Beckman, ele nunca lhe lavou os pés.

Quanto a Rafael Mendes, assiste a tudo perplexo. Por que não fugiu, o Bequimão? A população te-lo-ia ajudado, o próprio padre Bettendorf manifestou seu repúdio à delação. Quer morrer, este homem? Como Cristo? Mas, se é da nação, por que morrer como Cristo? Se quer mudar o mundo, por que se entrega a seus algozes?

Rufam os tambores. Vai ter início a cerimônia. O carrasco começa enforcando um boneco preto, vestido de trapos; simboliza Francisco Dias Deiró, que, foragido, não pôde ser julgado. A multidão ri, quando a grotesca figura balança da corda. Chega a vez de Beckman. Não quer a venda; pediu também que lhe deixassem as mãos livres. Retira do baraço o boneco, beija-o, deposita-o cuidadosamente no piso do cadafalso. Coloca a corda em seu próprio pescoço; voltando-se para a multidão anuncia que pelo Maranhão morre contente. Pelo Maranhão? – Rafael Mendes, perplexo. Por que só pelo Maranhão? E pela nação, não morrerá? E pela humanidade? A estas perguntas Beckman já não poderá responder: abre-se o alçapão, ele cai violentamente; agilmente o carrasco trepa-lhe aos ombros para apressar a asfixia. Neste momento, Maria de Freitas dá um grito; arroja de si as roupas, atira-se ao chão, e ali fica, gritando, rolando de um lado para outro. Ao acudi-la, Rafael Mendes nota que tem na nádega uma mácula avermelhada, em forma de flor: *Maria-Arde-lhe-o-Rabo* conseguiu enfim a sua marca do diabo. Poucos dias depois morreu, não sem antes contar a Rafael Mendes um segredo: a Árvore do Ouro existia, e estava no Brasil:

– Ao sul, Rafael. Vai para o sul.

Rafael não foi em busca da Árvore do Ouro, mas durante muitos anos a idéia perseguiu-o como uma obsessão. Velho, ele já não podia empreender a árdua jornada. Chamou seu filho, e contou-lhe o ocorrido, dizendo:

– Não tenho riquezas a te legar. Deixo-te este segredo; faz com ele o que te aprouver.

O jovem Rafael não acreditou muito no que o pai lhe dissera; mas a história desperta a ambição de seu amigo Álvaro de Mesquita.

– Vamos lá, amigo Rafael – disse, os olhos brilhando de cobiça. Vamos em busca da fortuna.

Embrenharam-se nas matas da Bahia. Avançavam em meio à vegetação espessa, pistola numa mão, facão na outra, coração aos pulos: temiam as onças, temiam as cobras, temiam os índios, os demônios, os fantasmas, os agentes do Santo Ofício. Enquanto um dormia, o outro vigiava: no trigésimo quarto dia da jornada, porém, o cansaço os venceu e eles acabaram adormecendo ao mesmo tempo, numa clareira atapetada de folhas de cacaueiro.

Quando acordaram, estavam rodeados de negros. Uns trinta deles, de tangas, armados de lanças e cacetes. Rafael e Álvaro puseram-se de pé, ainda atarantados – e logo viram que seria inútil qualquer tentativa de resistência: tinham caído nas mãos de escravos fugidos.

– Sois prisioneiros – disse o que parecia o chefe, em muito bom português.

Não estavam para brincadeiras, os captores: amarraram-lhes as mãos com embiras, obrigaram-nos a caminhar, espicaçando-os com as lanças. Depois de várias horas de marcha forçada por uma estreita picada chegaram, quase ao anoitecer, a uma grande clareira. Ali, cercada por uma alta paliçada de paus a pique, estava a aldeia dos negros. Rafael e Álvaro foram levados diretamente a Zambi.

Zambi de Palmares. Um negro forte, de olhar sombrio. Esperava-os sentado numa tosca cadeira de troncos, ornamentada com dentes de animais e penas de aves exóticas. Postura de rei; como rei, lhes dirigiu a palavra, altivo. Perguntou-lhes o que faziam no mato. Rafael e Álvaro hesitaram, trocaram olhares. Por fim, Rafael resolveu dizer a verdade: que eram judeus, que estavam fugindo da Inquisição.

Zambi considera-os, atento. Faz suas conjeturas, vê-se, seus cálculos. Dois brancos? Podem ser dois traidores. Mas, se estão fugindo da Inquisição, dos portugueses, podem ser dois aliados, dois soldados. Dois trabalhadores. No mínimo, dois reféns para serem usados em caso de necessidade. Astuto, não revela seus pensamentos. Queimem-nos vivos, ordena a seus homens, em português. E acrescenta: já que a Inquisição pode queimar brancos, nós também podemos, e com mais forte razão. Ao ouvir o veredicto, Rafael e

Álvaro se atiram no chão, chorando. Álvaro chama pela mãe, Rafael protesta perante seu Deus, diz que não é justo – fugiram da Inquisição, enfrentaram as feras do mato e agora vão perecer de morte inglória – e por qual crime? Por crime nenhum, por nenhuma falta. Não é justo, não é justo!

Zambi os observa com maldisfarçada satisfação: não lhe desagrada humilhar brancos.

– Levantem-se – comanda, enérgico.

Tentam se erguer, não conseguem, prostrou-os o desespero. Os guerreiros pegam-nos pelos braços, obrigam-nos a ficar de pé. E de pé eles ficam, apoiando-se um no outro choramingando.

Zambi fica a olhá-los. Estranhos seres, esses judeus. Conheceu alguns, inclusive – isto ainda na África – um judeu negro, um andarilho que, vindo da costa oriental, atravessara todo o continente, condenado que estava, por alguma obscura maldição, a vaguear sem destino. Tinha um ar altivo que muito impressionou o moço Zambi; assim como o impressionou a história que o homem lhe contava:

– Sou descendente de Menelik, filho do Rei Salomão e da Rainha de Sabá. Meu ilustre antepassado, negro, nascido na África, viveu na corte de Salomão desde os treze anos – época em que se tornou *bar-mitzvah,* iniciado na religião judaica – até os vinte e cinco, quando então o pai mandou-o de volta. De Salomão, Menelik havia ganho de presente uma cópia das Tábuas da Lei, que conseguiu, mediante astucioso estratagema, trocar pelas verdadeiras Tábuas da Lei, que trouxe para a África. Desta forma, nós, os negros, nos tornamos os verdadeiros guardiães da palavra divina.

E concluía:

– Temos direitos, meu irmão. E devemos fazer valer nossos direitos pela força – ou pela astúcia.

Lição que calou fundo no jovem Zambi, e que ficou nele unida a uma admiração pelos judeus. Paradoxal admiração, porquanto há entre eles traficantes de escravos, que Zambi, naturalmente, odeia; mas impressiona-o a força deste povo, a sua persistência, o apurado instinto de sobrevivência que os leva a se introduzir na sociedade por todos os poros possíveis, por minúsculos que seja, para, uma vez dentro do corpo social, ocupar espaços, tornando-se indispensáveis e progressivamente incômodos; até que são expulsos, o ciclo então recomeçando noutro lugar.

Não, Zambi não matará os prisioneiros. Em parte porque os considera irmãos de infortúnio; em parte porque lhe repugna derramar o sangue de homens indefesos – brancos ou não, judeus ou não. Enquanto decide o que fazer, eles ficarão sob severa vigilância. E, para fazer jus à comida que receberão, trabalharão nas fortificações – de sol a sol, como todos os habitantes do quilombo.

Dura tarefa. Abater árvores na floresta, desbastá-las dos ramos, trazer as toras de arrasto pelo carreiro enlameado; armar as paliçadas, escorá-las; escavar trincheiras, construir muros de pedra – em três dias Álvaro e Rafael estão exaustos, as mãos cheias de bolhas. À noite, Rafael cai na dura enxerga e ferra no sono, sob o olhar divertido de seu guarda: desse aí não se precisa cuidar, ele não tem força para fugir.

Álvaro, não. Apesar de cansado, não vai dormir. Acompanhado por seu guarda, passeia pelo quilombo, cumprimenta um, cumprimenta outro, puxa conversa. A princípio desconfiados, os negros acabam por se acostumar com ele. E é assim que Álvaro trava amizade com M'bonga, um dos principais assessores de Zambi. Na cabeça deste homem, bondoso mas ingênuo, Álvaro vai metendo certas idéias...

É preciso, diz, conceber o quilombo não como um reduto de foragidos, mas sim como o embrião de uma verdadeira república, organizada e forte. Claro, alguma coisa neste sentido já existe em Palmares; há divisão de trabalho, uns estando encarregados de plantar, outros de confeccionar utensílios de madeira, de argila. Pode-se, contudo, ir mais além; pode-se *progredir.* Pode-se, por exemplo, construir *máquinas.* Máquinas capazes de substituir o braço humano no trabalho pesado, de cortar árvores, de arrastá-las, de abrir buracos no chão. Máquinas que farão tecidos, utensílios domésticos e também – muito importante – armas. Máquinas que se deslocarão nos ares, ou nas profundezas do oceano, como grandes peixes de aço. Máquinas que construirão edifícios; e que, dentro destes edifícios, transportarão pessoas dos andares mais baixos para os mais altos, e vice-versa. As máquinas farão tudo; os quilombos passarão então o tempo todo cantando e dançando ao som de atabaques e agogôs. Prazer será a palavra de ordem.

Verdade? – pergunta M'bonga, os olhos brilhando. Verdade,

garante Álvaro. Mas, adverte, não é fácil realizar este sonho. Não basta contar com bons guerreiros e com fortificações. É preciso dispor de um governo capaz de manter intercâmbio – principalmente comercial – com outras repúblicas. É preciso integrar-se ao sistema financeiro mundial. É preciso moeda.

– Moeda? – M'bonga franze a testa. Sabe o que é, sem dúvida; mas não pensava que fosse importante; pelo menos não em Palmares, onde o dinheiro não é conhecido, tudo sendo de todos, nada precisando ser comprado.

Moeda, sim. Álvaro descreve entusiasmado a moeda que imaginou, uma bela peça de ouro com o valor numa face e na outra, efígies dos heróis de Palmares: Zambi e seu ministro das Finanças, M'bonga.

– Ministro das Finanças? – M'bonga cada vez mais espantado, jamais sonhou com tais glórias, nem sabe o que faz um Ministro de Finanças. Ah, sim, diz Álvaro, um Ministério das Finanças é imprescindível em qualquer país que se preze. E quem mais indicado para ocupá-lo do que M'bonga, o criador da moeda de Palmares?

(M'bonga: nome adotado pelo escravo fugido João de Deus ao ingressar no quilombo de Palmares; nome de origem africana; nome pronunciado com unção pelo próprio portador. M'bonga!)

Esta moeda passará à História. Esta moeda figurará, em museus, ao lado do cruzado, do dobrão, do escudo. E o que é preciso para se ter moeda? – pergunta M'bonga, a esta altura entusiasmado. Não pouca coisa, adverte Álvaro. Um sistema financeiro: Casa da Moeda, bancos. Mas disto, homens experientes em finanças, como o próprio Álvaro, podem se encarregar. Porém, tudo isto será inútil se não houver o lastro da moeda, aquilo que lhe dá validade, substância. O ouro.

– Ouro?

– Ouro. Sem ouro, nada feito. Nada de moeda, nada de bancos... Nada de ministro.

Hum, faz M'bonga, ouro. Queda-se em silêncio, a pensar. Cauteloso, hábil, Álvaro interroga-o a respeito. Haverá por acaso algum ouro nas redondezas? Umas poucas pepitas que sejam, num riachinho murmurante? Ou numa Árvore? M'bonga solta uma gargalhada. Ouro? De onde tirariam ouro, uns pobres negros? E que história é essa de ouro em árvore? Loucura.

Não, ouro não há. Mas a idéia de Álvaro, isso de moeda, fascinou-o. Verá o que pode ser feito. Falará com Zambi, o chefe tem confiança nele, M'bonga salvou-lhe a vida mais de uma vez.

Acompanha Álvaro à palhoça que foi destinada aos prisioneiros, despede-se. Álvaro entra. Estamos à beira de grandes acontecimentos, amigo! – diz, radiante, a Rafael, mas este não quer saber de nada: quer dormir.

No dia seguinte acorda-os M'bonga, radiante: já falou com Zambi. Ainda que relutante, o chefe aprovou a idéia. M'bonga já é ministro das Finanças (embora esta nomeação deva ainda ficar em segredo – Zambi teme as lutas intestinas pelo poder). Álvaro pode dar início à tarefa de planejar o sistema financeiro.

– Quanto ao ouro – diz M'bonga, depois de uma ligeira hesitação – Zambi não falou nada. Mas isto nós providenciaremos. No devido tempo, providenciaremos.

Quando ele sai, Rafael volta-se para o amigo:

– Que história é essa? – pergunta, intrigado. – O que está acontecendo?

Álvaro explica rapidamente. Mas isso é loucura, protesta Rafael. Cala a boca, rosna Álvaro, é a nossa oportunidade de salvar a pele.

– E de ficarmos ricos! – Brilham-lhe os olhos. – Ricos, Rafael!

Está convencido de que M'bonga o engana, que se faz de tolo; que sim, que há ouro por ali, quem sabe uma mina, quem sabe a Árvore do Ouro. Se não, porque teriam os negros fugido de seus senhores, deixando casa (ainda que senzala) e comida (ainda que simples rações), garantidas, indo para o mato? Há coisa, aí. Há ouro.

Antes que Rafael possa dizer alguma coisa, M'bonga retorna. Traz papel e material de escrever, tudo apreendido como botim das tropas portuguesas.

– Pronto! – diz, triunfante. – Podem começar a trabalhar.

Rafael já não tem alternativa. Não pode abandonar Álvaro à própria sorte, por mais mentecapto que o considere.

Lançam-se à tarefa. A princípio dedicam-se à redação de leis e decretos fiscais: logo, porém, dão-se conta de que há providências mais imediatas. É inútil uma legislação se não há governo, se os poderes não estão estruturados. Uma perturbadora transformação se processa em Rafael Mendes à medida que se aprofunda no trabalho. Dá-se conta que não é um simples aglomerado de escravos fujões, o quilombo; uma nação pode estar nascendo ali, e a ele, por misterioso desígnio, coube a honra de testemunhá-lo. Estará à altura de seu papel histórico? Álvaro debocha de suas inquietações: o negócio é enganar os negros; tomar-lhes o ouro e cair fora.

– Mas que ouro? – pergunta Rafael, perplexo.

– O ouro que eles vão arranjar.

– Como?

– Pela venda de produtos primários, ora.

– Mas quais produtos primários? – Rafael cada vez entende menos. Os habitantes do quilombo vivem da mão para a boca, o que plantam e o que caçam mal dá seu sustento.

Álvaro ri: não é desses produtos primários que está falando.

– *Eles* é que são o produto primário.

– Eles, quem?

– Eles. Os negros. Os escravos.

Explica: negros não faltam, ali no quilombo, nem faltarão – ele já observou que é alta a fertilidade das mulheres; talvez porque, sentindo-se livres, os negros copulem mais. Então, trata-se apenas de estabelecer conexões com traficantes de escravos (ele conhece um nas Antilhas, cristão-novo como eles, e como eles fugido da Inquisição), entregar uma certa quantidade de negros, possivelmente jovens, e receber o pagamento em ouro, do qual parte ficará com os ministros, a título de comissão, e parte será utilizada como lastro para a moeda a ser criada.

O assombro de Rafael se transforma em indignação: então, queres que esta pobre gente volte à escravatura? Queres que eles vendam os filhos em troca de ouro? Mas eles nem precisam de ouro! Eles vivem felizes! Não grita, diz Álvaro, friamente. Precisam de ouro, sim. Se M'bonga, chefe deles, diz que precisam de ouro, de moeda, é porque eles precisam de ouro, de moeda. E, se precisam, devem sacrificar uma geração para que a outra goze dos benefícios de uma sã estrutura financeira.

– É uma questão de opção – arremata.

Rafael olha-o, amargurado. Conhece Álvaro desde criança; brincaram juntos, juntos fizeram o *bar-mitzvah*. Sempre o julgou um homem bom; um pouco patusco, mas de qualquer forma honesto, trabalhador. E agora vem ele com a história de vender os negros que lhes deram acolhida! Uma vileza, no mínimo. Ocorre-lhe uma idéia: não terá Álvaro enlouquecido? Perdido a razão, devido às vicissitudes por que passaram? Não. Não parece louco. Está calmo, bem articulado, sabe o que está dizendo. Não está louco, não. Infelizmente não. Talvez esteja enfim se revelando, botando as manguinhas de fora, arrojando de si o manto casto da virtude e aparecendo como a fera peluda que é.

– Não posso aceitar uma coisa destas – diz Rafael, levantando-se. Põe-se a caminhar de um lado para outro. Álvaro observa-o. Já tomou uma decisão, nota-se. É o que ele diz:

– Já tomei minha decisão, amigo Rafael. Vou apresentar esta sugestão ao Zambi, quer tu me apóies, quer não. Podemos mencionar nossas divergências. Ele que escolha entre nós o seu conselheiro.

Levanta-se, sai. Rafael hesita; acaba por segui-lo, praguejando. No caminho, Álvaro pára; pega o amigo pelo braço:

– Espera aí: me ocorreu uma grande idéia. Uma idéia que concilia os meus planos com os teus escrúpulos.

Explica: em vez de vender os negros, eles apenas simularão a venda. Receberão o dinheiro do traficante, mas na hora em que este quiser levar os escravos, terá uma surpresa; encontrará guerreiros bem armados, dispostos a resistir. Não lhe restará outro recurso senão o de bater em retirada para as Antilhas.

– Então? Que me dizes?

A alternativa parece melhor a Rafael. Terão de enganar um da nação – mas, enfim, trata-se de um traficante de escravos, um pecador; é apenas roubar de um ladrão.

Apresentam a proposta a M'bonga. No início, ele faz algumas restrições à idéia; acha perigoso enganar brancos. Mas, reconhece, de nada vale a força do leão sem a astúcia da raposa; se é preciso mentir para dar um futuro a seu povo, ele mentirá. E convencerá Zambi a fazer o mesmo.

De noite há festa: homenagem a uma divindade negra. Comem cabrito assado, milho, abobrinha, tomam a forte aguardente preparada no quilombo. Em pouco tempo estão todos alegres, cantam e dançam. Álvaro persegue as jovens negras, belisca-lhes os trazeiros. M'bonga desvia os olhos, finge não ver.

De repente, estrondo de canhões. Estão sendo atacados! Sob intensa fuzilaria, os negros correm de um lado para outro. Zambi berra, tentando inutilmente organizar a defesa. Rafael pega Álvaro pelo braço, quer levá-lo para um lugar seguro. O amigo se solta dele, corre em direção ao portão do quilombo, abre-o:

– Esperem! – grita. – Esperem, brancos de merda! Não me estraguem a mercadoria!

Um tiro atinge-o no peito, ele abre os braços, e cai, morto.

A Rafael só resta fugir, e ele foge.

Chega à cidade de Cachoeira, no Recôncavo. Ali, em 1705, vem a conhecer Bartolomeu Lourenço de Gusmão que está concluindo o Seminário dos Jesuítas, em Belém. Tornam-se amigos; o jovem seminarista procura-o freqüentemente, para conversar. O que não surpreende Rafael: é um futuro jesuíta, sim, mas não era o também inaciano Vieira, amigo dos judeus? Os padres não são todos iguais; ademais, Rafael já ouviu dizer que Bartolomeu é da nação. O que, de novo, não o espanta. Diziam o mesmo de Vieira.

Bartolomeu é um moço falador, entusiasta. Estuda muito; leu – escondido – as obras de Bacon, de Copérnico, de Galileu, a *Utopia* de Thomas Morus; é versado em magia; de alquimia sabe algo; conserta relógios, construiu uma prensa manual, tem planos para aperfeiçoar engenhos de açúcar. Mas o seu maior sonho, o grande ideal de sua vida, é voar. Voar como os pássaros brasileiros, a colorida arara, o gárrulo periquito, o grotesco urubu. Mas – como voar? Em balão, naturalmente; um balão suficientemente grande para transportar pessoas, carga. Deste balão – que já batizou de Passarola – tem esboços e mesmo um protótipo. E acaba confessando a Rafael Mendes por que o procurou: é à nação que ele quer doar a sua Passarola, aos cristãos-novos. Um refúgio seguro para as perseguições é o que ele imagina: a *Nova Sião*. Trata-se de uma gigantesca plataforma de madeira, medindo vinte léguas de comprimento, por outro tanto de largura. Sobre esta plataforma serão construídas casas, escolas, oficinas, uma sinagoga; haverá reservatórios que acumularão a água da chuva. Em grandes caixas cheias de terra serão cultivadas hortaliças e plantadas árvores. Haverá lugar para a criação de animais e até um pequeno lago para a piscicultura. Cento e vinte Passarolas farão com que esta monumental estrutura se eleve no ar, até a altura de légua e meia, mais ou menos; e, ao sabor das correntes aéreas, percorrerão o Brasil, de norte a sul, de leste a oeste. Lá em cima, os judeus estarão mais próximos a Deus; poderão orar, nada se interpondo entre eles e o céu. E, debruçando-se sobre a amurada, poderão apreciar, lá embaixo, a magnífica paisagem brasileira, a verdejante floresta, os rios caudalosos, os campos imensos; pairarão sobre as cidades e vilas, bem acima do ódio e da intriga, da mentira e da corrupção. E, se quiserem, um dia poderão descer sobre o planalto central e aí, nessa imensa solidão, fundar uma cidade que a seu gosto governarão. E é possível até que os ventos o empurrem sobre os mares; é possível que cheguem à Palestina, à montanha dos essênios ou à dourada Jerusalém, o sonho milenar sendo então realizado, e a *Nova Sião* tornando-se desnecessária.

– Então? – pergunta, entusiasmado. – O que dizes?

Rafael Mendes fita-o, perplexo.

– És da nação? – pergunta por fim.

Gusmão hesita.

– Sim. Digamos que sou da nação. Sim, sou da nação.

Agarra o braço de Rafael:

– Preciso que me ajudes. Convence teus amigos. Diz a eles que é uma oportunidade sem par.

Rafael reluta; no fundo aquilo tudo lhe parece absurdo e não será uma armadilha do Santo Ofício para descobrir os criptojudeus? Será Bartolomeu Lourenço de Gusmão um inocente útil ou mesmo um espião? Promete pensar a respeito. Dias depois é procurado por Pedro Telles.

Este Pedro, todos sabem, não é boa bisca: já foi traficante de escravos, já foi mascate, vendedor de jóias, soldado mercenário. Está sempre envolvido em falcatruas, e, embora seja da nação, os cristãos-novos o evitam, ainda que não possam deixar de convidá-lo para os cultos secretos, nos quais, aliás, demonstra um fervor incomum (fingimento, segundo uns; coração muito culpado, segundo outros).

Pedro Telles ouviu falar da Passarola e está interessado. Tem planos para o invento: quer usá-lo para a captura de bugres e negros:

– Já imaginaste? Será um sucesso, Rafael!

Com a Passarola passaria sobre uma aldeia, capturaria – até com o laço, se fosse o caso – os índios mais fortes e fugiria rápido como o vento (exato: como o vento). Com a Passarola, ele poderia contrabandear escravos... transportar riquezas... levar informações como a cotação do açúcar, por exemplo, de Portugal para as colônias.

– E, falando em ouro, poderemos até descobrir a Árvore do Ouro. Tudo que precisamos fazer é voar sobre a floresta até avistar na copa de uma árvore o brilho do metal.

Rafael Mendes olha-o estupefato. Não tinha pensado nessas possibilidades; a verdade é que as idéias de Pedro Telles são até inteligentes. Claro, repugna-lhe fazer sociedade com um indivíduo de tão má reputação; mas, por outro lado, não será uma oportunidade de ganhar bom dinheiro? Rafael Mendes é um homem pobre, tem mulher e filhos a sustentar. Promete que falará com o inventor a respeito. A conversa tem de ser postergada, porque o Gusmão está recebendo as ordens sacerdotais; mas uns dias depois Rafael consegue encontrar-se com o inaciano a sós e expõe-lhe as idéias de Telles.

Gusmão recusa indignado: usar seu invento para a captura de índios? Jamais! Magoa-o o fato de que Rafael tenha sido o portador de tão indecorosa proposta.

– Tens razão – diz o constrangido Rafael. – É mesmo uma proposta indecorosa.

É o que ele diz a Pedro Telles: que Gusmão não aceita. Telles, porém, não desistirá tão facilmente. Se não através de Rafael Mendes, por outros meios conseguirá seus propósitos...

Semanas depois chega à vila uma bela jovem. Procura o Padre Bartolomeu Lourenço de Gusmão. Apresenta-se; chama-se Bárbara Santos, e quer falar-lhe em particular – de certos pecados, tão terríveis que nem no recinto sagrado da igreja pode mencioná-los. Pede que o padre a receba em seus aposentos particulares. Bartolomeu ingenuamente acede, sem saber que essa Bárbara não passa de uma cortesã do Recife que Pedro Telles mandou buscar. Sente-se até orgulhoso: é sua primeira confissão. A meretriz não tem a menor dificuldade em seduzi-lo; depois, enquanto Gusmão, embriagado, dorme, foge com os planos da Passarola, que entrega a Telles. O cristão-novo contrata um mestre – e operários e começa a construir o balão. Despudorado como é, não se preocupa sequer em manter segredo sobre o empreendimento; manda até imprimir um folheto oferecendo o balão, para expedições guerreiras, transporte de mercadorias, viagens de recreio, e, naturalmente, para a captura de índios ou negros fujões.

Ao ler o folheto, Bartolomeu Lourenço de Gusmão solta um grito e tomba ao solo, como que fulminado por um raio. Durante três dias fica inconsciente, sem comer ou beber.

Rafael Mendes, dedicado amigo, cuida dele – não se afastando um minuto sequer do quarto.

Aos poucos, Gusmão vai se recuperando. Mas é um homem agora muito diferente; tornou-se calado, taciturno. Uma única vez dirige a palavra a Rafael Mendes; pergunta-lhe para quando está marcado o vôo inicial do balão que Telles está construindo.

– Para o fim desta semana – responde Rafael, inquieto. O que estará o padre tramando? Logo descobre: naquele mesmo dia Bartolomeu Lourenço de Gusmão vai ao agente do Santo Ofício e denuncia Pedro Telles como criptojudeu e feiticeiro. Telles é preso e mandado a Lisboa, onde a Inquisição, depois de um julgamento sumário, o executa.

Bartolomeu Lourenço de Gusmão recupera seus planos; apresta-se a viajar para Lisboa. Antes de embarcar mostra a Rafael uma carta que levará em mão ao Rei de Portugal. Nela exalta as vantagens comerciais e guerreiras da Passarola; inclusive na supervisão das colônias: "Evitando-se o desgoverno das Conquistas... poderia V. M. mandar vir o precioso delas".

A caça aos judeus prosseguia. Rafael Mendes foi obrigado a deixar a Bahia, dirigindo-se ao Rio de Janeiro.

Estabeleceu-se como comerciante no Rio de Janeiro. Dois caminhos: o Velho, por Paraty, e o Novo, mais curto, ligavam a cidade às regiões mineiras, com o que o Rio havia se transformado num centro de importação e de comércio de artigos de toda a espécie, vindos de Lisboa: sal, azeite, vinhos, sedas, damascos, pelúcia, armas, pólvoras, espelhos, vidros. Tudo isto era revendido nas Minas com lucros fabulosos. Uma arroba de carne verde, que custava duzentos réis no Rio, chegava a seis mil réis nas Gerais; um cavalo de dez mil réis era revendido por cento e vinte mil réis.

Breve, Rafael Mendes estava rico. Árvore do Ouro? – escreveu em seu diário. – Para quê? Isto aqui é melhor que qualquer Árvore do Ouro. Junto com os da nação continuava praticando o culto; às escondidas, claro, mas ninguém os incomodava. Um único desgosto tinha: seu filho, Rafael Mendes, não mostrava a menor vocação para o comércio. Queria dedicar-se ao teatro. E, para o cúmulo das desgraças, tinha se associado a um Diogo Henriques, indivíduo rebelde, exaltado, a quem a comunidade judaica do Rio de Janeiro temia por seus pronunciamentos imprudentes. Diogo Henriques achava que só através do teatro poderiam os judeus exercer seu papel de consciência das nações, dizendo coisas que *em tolas parecendo, seriam grandes e poderosas verdades.* Para isto, dizia, ao invés de as pessoas irem ao teatro, o teatro é de que deveria ir às pessoas. Tinha um projeto neste sentido: a cidade deveria ser toda reconstruída, ao redor de uma praça central onde ficaria o teatro, aliás pequeno, porque se resumiria apenas a um palco fechado, onde os atores representariam. Deste local se irradiariam, a todas as casas da cidade, tubulações, às quais mediante complexo jogo de espelhos levariam a imagem aos domicílios. Assim, sem sair do lar, as pessoas veriam o espetáculo, através desta espécie de periscópio.

Rafael Mendes ponderava timidamente que o empreendimento custaria muito dinheiro; ao que Diogo replicava, irritado: não me venhas com essas coisas de judeu. Acabou concordando, contudo, com a construção de um teatro convencional. Para isto, Rafael Mendes teve de pedir dinheiro ao pai; toda a fortuna do velho Mendes foi gasta no empreendimento.

Em 1738, o teatro está pronto para ser inaugurado. A peça de estréia será *Folias nas Gerais,* uma comédia satirizando a febre do ouro, de autoria do próprio Diogo. Não há muita expectativa quanto ao espetáculo – ninguém leva a sério o Dioguinho Maluco. Os atores principais são Rafael Mendes e a própria esposa de Diogo, Isabel.

É linda, essa mulher. Linda, sensual e provocadora. Desde o início Rafael Mendes sente-se inquieto ao lado dela; quando, de acordo com o roteiro, tem de abraçá-la, sente que ela lhe corresponde com uma intensidade inesperada. O que quer dizer isto? Rafael logo descobre. Uma noite estão ensaiando, os dois. Diogo os observa; mais nervoso e crítico do que de costume, irrita-se a todo instante, diz que aquilo não é teatro, é uma idiotice melosa, o que estão fazendo; por fim levanta-se e sai do teatro. Isabel ri, dá de ombros. Que se vá, diz, ficamos melhor sem ele – não é, Rafael?

Vai até o camarim. Volta nua, o corpo reluzindo à luz das velas da ribalta. Rafael possui-a ali mesmo, no palco. E desde então sucedem-se os encontros furtivos; amam-se até mesmo na praia, sobre a areia úmida.

Toda a cidade sabe do caso; Diogo, porém, nada diz. Um dia chama Rafael e Isabel, informa-lhes que os planos serão mudados. Apresentará uma peça baseada em textos de Antonio José da Silva, o judeu, dramaturgo que, nascido no Rio de Janeiro, foi levado ainda criança para Lisboa junto com o pai, prisioneiro do Santo Ofício. Ao ouvir esta notícia, Rafael estremece; é que Antonio José da Silva está, ele mesmo, sendo julgado pela Inquisição em Lisboa e tudo indica que será condenado. É o que pondera a Diogo; este, porém, não cede; já tomou sua decisão, não voltará atrás. Isabel quer saber que papel fará. Diogo sorri:

– Nenhum. É um monólogo. Serei o único ator.

Há qualquer coisa em seu tom de voz que deixa Rafael Mendes inquieto. O que estará Diogo tramando?

A notícia sobre a mudança de programa do teatro causa vivo interesse, para isto contribuindo sem dúvida os mexericos sobre os conflitos de bastidores. Desta forma, todas as entradas são vendidas; o monólogo é, de antemão, um sucesso.

Chega a noite da estréia. O teatro está lotado; há expectativa em todos os rostos, senhoras e senhoritas cochicham atrás dos leques.

Rafael Mendes não esconde a preocupação; nervoso, mal consegue ficar sentado. Diogo quis que ficassem na platéia, Isabel e ele: assim vocês poderão, ao mesmo tempo, ver o espetáculo e sentir a reação do público. Isabel parece calma; cantarola baixinho, cumprimenta um e outro.

Abre-se a cortina. Ali está Diogo, seminu, amarrado num potro, a cama em que os algozes do Santo Ofício torturam suas vítimas.

– Amigos! – grita. – Sabeis que cordas me prendem? São as cordas da traição! As cordas que neste mesmo momento cortam as carnes de Antonio José da Silva, o grande artista brasileiro, prisioneiro do Santo Ofício! Achais justo, isto, brasileiros? Achais justa a perfídia? Revoltai-vos, brasileiros! Abaixo a Inquisição! Abaixo a tirania portuguesa! Abaixo a imoralidade! Abaixo os adúlteros!

A confusão se generaliza: vaias, apupos de um lado, aplausos de outro. No conflito que se segue o teatro é praticamente destruído, várias pessoas saindo feridas.

Diogo Henriques é preso. Rafael Mendes tem de deixar o Rio. Fá-lo cheio de remorsos por abandonar o pai, velho, doente e arruinado. Vai para as Gerais, como outros que "ao cheiro das minas querem lá ir buscar sua vida" nas palavras de D. Luís da Cunha. Não que acredite muito na Árvore do Ouro; não. Mas tem uma dívida com o pai e quer saldá-la; em ouro se possível. Nunca o conseguirá.

Em 1773, José de Carvalho e Melo, Conde de Oeiros e Marquês do Pombal, obteve do Rei de Portugal um decreto que abolia a distinção entre cristãos-novos e cristãos-velhos. Rafael Mendes, contudo, não acreditava muito em leis; temia que o Santo Ofício voltasse, e com força redobrada. Resolveu manter em segredo sua identidade.

Em Minas comerciou com ouro, prosperou. Constituiu família; teve muitos filhos e netos. Um destes, chamado – naturalmente – Rafael Mendes, fixou residência em Vila Rica, isto já no último quartel do século XVIII. Foi ali que conheceu o Alferes Joaquim José da Silva Xavier, o Tiradentes. Conheceu-o como dentista. Sujeito que era a cáries e abcessos, Rafael foi procurá-lo.

O alferes sentou-o numa dura cadeira de braços, amarrou-o. O que é isto, perguntou Rafael Mendes, sobressaltado, mas Tiradentes acalmou-o: não te assustes, amigo. É para teu bem.

Examinou-lhe a boca.

– Hum... Mau hálito... Gengivas péssimas. Dentes cariados. Um, pelo menos, tenho de arrancar. Um molar. Está podre. Minado até a raiz.

Abriu uma caixa forrada de veludo vermelho, pegou o boticão.

– Estás pronto?

Rafael estava pronto. Pelo menos pensava que estava pronto: a extração revelou-se extraordinariamente difícil, o dente parecia preso no osso. Tiradentes puxava com toda a força, a cara apoplética, a barba negra salpicada de sangue:

– Vem! Sai para fora, cão!

Um puxão mais violento, e no instante seguinte Tiradentes mostrava, na ponta do boticão, o molar extraído:

– Tinha raízes tortas – explicou – por isso custou a sair. Olhou fixo o pobre Rafael Mendes que, pálido e trêmulo, enxugava o suor da testa.

– O que tem raízes tortas deve ser arrancado. Concordas?

– Concordo – disse Rafael, cuspindo a saliva tinta de sangue. Não sabia de que o outro estava falando, mas não se achava em condições de discutir. Assobiando baixinho, Tiradentes lavava as mãos. Enxugou-as cuidadosamente, aproximou-se de Rafael, que continuava sentado, amarrado. Tornou a fixar nele o olhar penetrante.

– És da nação? – perguntou, em voz baixa.

O coração de Rafael deu um pulo. Não sei do que estás falando, gaguejou. Tiradentes sorriu:

– És da nação, sim. Mas não te apavores: sou amigo. E tenho algo a te dizer... Muito importante.

Ergueu a voz:

– Tenho em minha casa uma bela coleção de molares, amigo Rafael. Todos arrancados por mim. Gostarias de conhecê-la?

Naquela noite, embuçado numa capa, Rafael Mendes dirigiu-se, ainda tonto, à casa de Tiradentes. Caminhava com dificuldade pelas ruelas estreitas, escorregando nas pedras que uma chuvinha fria tornava escorregadias. Bateu à porta como combinado: quatro vezes, em rápida sucessão. O próprio Tiradentes abriu. Já estava à espera. Conduziu-o a uma sala nos fundos da casa. Num armário, colocados em caixinhas forradas de veludo ou em recipientes de pedra-sabão estavam os molares.

– Este é o teu – mostrou Tiradentes. – Um dos mais interessantes. Molar, Rafael Mendes. O dente da mó, o dente que tritura. Não tem o bordo cortante do incisivo, mas também não é canino, o dente do cão. É um dente digno, que faz seu trabalho decentemente e sem pressa, nos lugares mais recônditos desta nossa boca. Me compreendes, Rafael Mendes?

Bateram à porta. Tiradentes abriu: era a criada, uma velha de aspecto sinistro. Trazia uma garrafa de vinho e dois cálices, que colocou sobre a mesa. O alferes ficou em silêncio enquanto ela estava ali. Tão logo saiu, agarrou Rafael Mendes, sussurrou-lhe ao ouvido:

– É uma espiã. Tenho certeza.

Alto:

– Com os caninos há que tomar cuidado. Te atraiçoam quando menos esperas.

Pé ante pé aproximou-se da porta, abriu-a violentamente: ninguém.

– Ah.

Fez Rafael sentar, sentou diante dele.

– Tenho uma revelação a te fazer – disse, os olhos brilhando. – Estou com a nação.

Serviu o vinho, ergueu o cálice:

– Saúde!

Súbita desconfiança:

– Não te sabe estranho, este vinho?

Volta ao assunto:

– Estou com a nação, sim. E, em minha família, até diziam que somos cristãos-novos. Judeus convertidos à força pela Inquisição. – Toma mais um gole de vinho. Pensativo: – Não sei... Até que ponto será verdade? Bom, não importa. Se não sou da nação, é como se fosse. É como se fosse, Rafael Mendes! – Subitamente exaltado: – Pela humilhação, pelo achincalhe! Nos tratam como cães, os da metrópole! Levam nosso ouro, nossa prata, nossas pedras preciosas!

Põe-se de pé, vibrando de indignação:

– Chega, Rafael Mendes! Está na hora de dar um basta a esta situação!

Agitado, caminhando de um lado para outro, expõe seu plano. Quer um país livre, uma república em que todos tenham seus direitos, vai mais longe: antevê um mundo melhor, um mundo de igualdade, liberdade e fraternidade. Neste mundo ninguém passará fome nem frio.

A ciência progredirá. As idéias de Copérnico, de Galileu serão desenvolvidas; provar-se-á a existência de outros mundos. O homem já não será o centro do universo, nem o rei da criação; não passa, afinal, de um bom selvagem, de um mamífero, de um macaco que aprendeu a falar, sim, mas que em compensação ficou com uma mandíbula fraca e péssimos dentes:

– O que existe de cáries por aí, amigo Rafael!

(Mesmo as cáries, porém, serão tratadas com equipos engenhosos.)

Não haverá escravos. Máquinas farão todo o trabalho. As pessoas se deslocarão no espaço em pássaros metálicos e nas profundezas do oceano no ventre de peixes de aço, uma idéia que as gerações futuras agradecerão ao profeta Jonas. Não será necessário procurar o ouro nos córregos ou nas entranhas da terra; os botânicos criarão, em seu laboratório, aquilo que é lenda ou raridade, a árvore cujas raízes são capazes de procurar o precioso minério, solubilizando-o, absorvendo-o, transportando-o na seiva e finalmente depositando-o em frutos ou favos. O mesmo poderá ser feito com a prata, o estanho, o mercúrio, o chumbo.

– Sou dentista, Rafael Mendes. Trabalho em espaço limitado. A boca muitas vezes parece-me uma caverna escura e úmida como estas grutas que por cá temos. Os dentes correspondem às estalactites e estalagmites; quanto à língua, é o monstro cego, lerdo e viscoso que muitos afirmam já terem visto nas galerias subterrâneas. Nas bocas trabalho todo o dia, e não é agradável, te asseguro: o hálito... À noite, porém, ergo os olhos para o céu, as estrelas me falam de um futuro radioso... Que dizes disto?

– Interessante – resmunga Rafael Mendes. Irritado: a mandíbula dói-lhe terrivelmente, a visão dos molares fez-lhe mal.

– Não se trata de um sonho utópico – prossegue Tiradentes. – Estamos trabalhando ativamente para isto... Nós, meus amigos e eu. Somos um grupo coeso, disciplinado, mas capaz de audazes vôos de imaginação. Somos patriotas, dispostos a derramar nosso sangue, se preciso for, para libertar esta terra do jugo português. Somos Inconfidentes.

Pára para ver o efeito de suas palavras. Rafael leva o lenço à boca, examina-o: sujo de sangue.

– Perdão... Este sangramento...

– Malva – diz Tiradentes, não sem certa impaciência. – Bochechos de malva. Mas não me disseste o que pensas do plano.

Sem esperar resposta, continua falando na conspiração. Há gente importante envolvida: Thomás Antonio Gonzaga, Claudio Manoel da Costa, o Coronel Joaquim Silverio dos Reis. Já têm até a senha: *tal dia faço meu batizado.*

– Batizado – esclarece – pode incluir a circuncisão. A vitória de nosso movimento significará uma total liberdade de culto. Vivemos novos tempos. Olha o que está acontecendo na França, olha o que aconteceu na América do Norte. E lê os escritos de Locke, de Rousseau, de Voltaire. Acabou a opressão! Cada um deve ter o direito de fazer o que lhe apraz. Se resolveres te circuncidar – em público, que seja – ninguém tem nada com isso.

Uma pausa, e prossegue:

– Direito, isto inclui a propriedade. O nosso ouro é nosso. Necessitamos dele... Para nossa independência, para o nosso progresso. Mas, como te digo: só teremos êxito com a adesão de muita gente. Precisamos estar unidos. Olha o que aconteceu com o Bequimão, miseravelmente traído. Olha o que aconteceu na guerra dos Emboabas; gente da nação de um lado, gente da nação de outro, matando-se pelo vil metal... Está certo? Não, não está certo, assim como não está certo contrabandear escravos pelo caminho de Paraty... A justiça deve estar acima dos interesses, Mendes. Então, te pergunto: posso contar contigo?

Rafael Mendes mal o ouve, tamanha é a dor que está sentindo. Resmunga uma resposta qualquer – que vai pensar, que dará a resposta em uns três ou quatro dias –, pede licença para se retirar.

Os dias que se seguem são de grande sofrimento para Rafael Mendes. A inflamação resultante da extração do dente tomou-lhe conta do rosto todo; surge febre alta. O médico da família, chamado, examina-o, manifesta sua perplexidade: não sabe o que tem o doente. Há letargia, há tremores; as carnes estão amolecidas, os olhos fundos. A febre indica um provável envenenamento do sangue, mas o paciente não melhora com a aplicação de ventosas.

Em seu delírio, Rafael Mendes vê Tiradentes, preso, ser julgado. O Tribunal funciona num vasto salão abobadado. Atrás de uma pesada porta, provida de um orifício, fica o delator – quem? Quando este quer confirmar uma acusação faz baixar, por meio de um sistema de cordas e roldanas, a cabeça de um Cristo crucificado. De repente, esta cabeça cai, rola pelo chão, vem ter aos pés de Rafael. Ele levanta-a do chão; a cabeça já não é mais de madeira, não é a cabeça do Cristo, é a cabeça ensangüentada de Tiradentes. Horrorizado, Rafael deixa-a cair. No delírio, debate-se na cama: quer se levantar, quer avisar o alferes de que está sendo traído. A custo conseguem contê-lo. Salvem Tiradentes, ele grita, desesperado, mas ninguém sabe do que está falando.

Durante quase duas semanas Rafael Mendes esteve entre a vida e a morte. Então a febre caiu rápido, sobreveio uma sudorese benfazeja, ele começou a melhorar. Veio o dia em que, ainda muito fraco, saiu para um passeio. Na praça principal deteve-se, estarrecido. A visão da cabeça decepada de José Joaquim da Silva Xavier, espetada numa vara, arrancou de seu peito um fundo suspiro. Então, não era delírio. Então, não era sonho.

Desgostoso com o sucedido a Tiradentes, Rafael Mendes deixa Minas: não quer mais saber de ouro, nem de grutas, nem de julgamentos. Dirige-se para o sul, para São Paulo.

A escolha não se deve ao acaso. Ali sempre gozaram, os da nação, de grande prestígio, desde os tempos do meirinho de campo João Ramalho, a quem cabia fiscalizar todo o comércio com as regiões de colonização espanhola. Os da nação tinham engenhos e navios; o controle da Alfândega e o monopólio de cobrança de impostos. E eram médicos e astrônomos, boticários e mercadores; operavam uma rede de comércio que se estendia por todo o continente. Os cristãos-novos também financiavam, junto com outras, expedições destinadas ao apresamento de índios, visando suprir a falta de mão-de-obra, ou a descoberta de ouro e pedras preciosas. Quando Rafael Mendes chega a São Paulo, porém, tal atividade está em declínio. Ele não consegue sequer encontrar os da nação.

Uma noite vem a conhecer, numa sombria taverna, um velho loquaz, chamado Bento Seixas, que o convida para um trago. Bebem, embriagam-se. Rafael Mendes conta sua história, acaba por revelar que é da nação. Com o que o rosto do velho se abre num sorriso:

– Irmão!

Também ele é de sangue hebreu, também é da linhagem dos profetas: Jeremias, mais especificamente. E, sendo de nobre estirpe, tem um sonho: quer restaurar o templo de Jerusalém com esplendor superior ao dos gloriosos do Rei Salomão. Para isto, Bento Seixas, que é descendente de bandeirantes, pretende organizar uma expedição como a de seus antepassados.

– Para apresar bugres? – estranha Rafael, e com razão; já não se usam mais índios como escravos, todos agora querem os negros.

– Apresar bugres? – Bento Seixas, impaciente. – Claro que não!

A este infame tráfico tem restrições morais: como pode o Povo Eleito envolver-se com a escravidão?

Não, não se trata disto; nem das ilusórias esmeraldas que atraíam seus ascendentes; o que ele quer é – Rafael estremece ao ouvi-lo – a lendária Árvore do Ouro. O segredo de como encontrá-la lhe foi confiado por um tio, no leito de morte. Apesar de este tio ter sido um homem estranho, um solitário que evitava a todos, inclusive a família – ou justamente por isso –, Bento Seixas tem certeza de que o roteiro, que tem gravado na memória, levará certamente à árvore mágica. Um único problema: é cego. Rafael Mendes não tinha ainda notado, no ambiente mal-iluminado, os olhos vazios de expressão; mas tão logo o velho fala a respeito ele se dá conta: é mesmo cego.

É cego e não tinha em quem confiar – até encontrar Rafael Mendes. A este agora propõe, entusiasmado: vamos encontrar a Árvore do Ouro, irmão! Vamos devolver à nossa gente a grandeza do passado!

Mesmo bêbado, Rafael Mendes reluta em aceitar a proposta, que lhe parece meio maluca. No fim acaba concordando: ficar em São Paulo ou embrenhar-se no mato, que diferença faz? Sim, será o guia de Bento Seixas.

Partem em segredo, só os dois, com mulas e provisões. A princípio vão animados, entoam canções da nação: "Si la mar era de leche..." Depois dos primeiros dias de marcha começam a surgir os primeiros problemas, uma surda animosidade, mais de Rafael em relação a Seixas (este velho maluco pensa que sabe das coisas, não sabe nada, fui um tolo em segui-lo), expressa em respostas desabridas.

– Há um morro à nossa esquerda, Rafael Mendes?

– Não. Não há um morro à nossa esquerda. Por que haveria de existir um morro à nossa esquerda? Coisa mais estúpida, um morro à nossa esquerda.

– Mas não há nenhum morro à vista?

– Depende do que Vossa Mercê chama de morro. Há à nossa frente uma elevação do terreno, algo que poderia ser chamado de colina ou morro, conforme a visão de quem observa. Mas como Vossa Mercê não tem visão...

– É morro! É o morro! – Curiosamente, o velho parecia não perceber a ironia; e como esperar ironia de um sócio, de um irmão da nação? Não podia saber das dúvidas de Rafael em relação ao empreendimento; assim como não podia saber de seus ocultos rancores, alguns resultantes de desilusões recentes (julgamento, execução e esquartejamento de Tiradentes), outros de traumas arcaicos (desmame precoce pela mãe; depois, ama-de-leite impaciente; e a partir daí, permanente sensação de jamais poder chegar a tesouros ocultos). – Agora diga-me, querido Rafael, é um morro relativamente alto, com uma rocha no topo lembrando um profeta de braços abertos?

– É um morro relativamente alto – diz Rafael, seco. – O uso da palavra *relativamente* por Vossa Excelência permite que eu concorde. E rocha há uma, no topo. Não sei se lembra profeta de braços abertos. Digamos que sim. A que profeta se refere Vossa Excelência? Ao admirável Jonas ou ao desprezível e lamuriento Jeremias? Na verdade, porém – quer saber Vossa Excelência? –, a tal pedra não me lembra nada.

– Nada, Rafael Mendes?

– Nada.

– Nada, nada?

– Nada, nada.

– Nadinha?

– Nadinha. Nada!

Estranho, murmura o velho. Não lembra nada. Aos poucos começa a se dar conta de que algo se passa; Rafael Mendes não está colaborando, não está colaborando nem um pouco.

– Há uma macega à nossa direita?

– Sei lá. – Rafael Mendes dá de ombros, e agora o velho Seixas percebe – pelo tom de voz – que o sócio está dando de ombros.

– Espera um pouco, Rafael! Estás dando de ombros!

– Desde quando – retruca Rafael – cego vê alguém dando de ombros?

– Sinto, mofino! Sinto que estás dando de ombros! Debochas de mim, frívolo peralta! Olha que te pego!

Saca a espada e põe-se a desferir golpes a torto e a direito. De uma distância segura, Rafael o observa:

– Mais para a direita! Mais! Ih, ainda está longe! Mais para a frente! Mais!

Ao cabo de alguns minutos, o velho, exausto, deixa-se cair no chão. Rafael, então – ou por ter um instante de lucidez, ou por sentir remorsos, ou ainda, unicamente para prolongar o sofrimento do ancião por mais dias –, aproxima-se:

– Vamos, irmão. Não te apoquentes. Continuemos nossa jornada. Lembra-te do templo de Salomão.

Bento Seixas deixa-se conduzir, macambúzio. Logo, porém, a discussão recomeça:

– Há um riacho à nossa frente?

– Há um riozinho.

– Riozinho! Qual a diferença entre riacho e riozinho?

– Nas Gerais chamaríamos a isto de riozinho. Vós, paulistas...

– Nas Gerais! O que sabeis vós, os das Gerais? Aquele alferes, aquele pobre tolo...

– Não fales mal dele, Bento Seixas! – Agora é Rafael quem se zanga. – Não fales mal daquele homem, ouviste?

– Falo! Falo mal de quem eu quiser.

Em represália, Rafael Mendes oculta-se atrás de uma árvore. Fica o velho a procurá-lo:

– Rafael Mendes! Não faz isso! Não brinca, irmão! Isto é crueldade! Rafael Mendes, está escurecendo, sinto nas carnes o frio da noite, se eu me perder não me acharás, Rafael! Socorro! Ai, Senhor, tende piedade de mim!

Rafael volta, o velho abraça-se a ele chorando: me perdoa, irmão, se te feri falando mal de Tiradentes. Nunca mais farei isto! Respeitarei teus sentimentos!

Reconciliam-se. No dia seguinte, porém, já estão brigando de novo:

– Há um coqueiro meio torto à nossa frente?

– Há um coqueiro, mas não é *meio* torto. É *bem* torto.

– Idiota!

– O coqueiro mais torto que já vi em minha vida!

– Celerado!

– Nem Jeová, se quisesse, conseguiria fazer um coqueiro tão torto.

– Herege!

– Tortíssimo.

Começa a chover. Chove, como à época bíblica, durante quarenta dias e quarenta noites. Barro, mosquitos, rios caudalosos para atravessar. Os animais, atacados por uma doença misteriosa, vão morrendo um a um. Bento Seixas está tão fraco que Rafael Mendes tem de carregá-lo. Mas, à medida que avançam, renasce a amizade entre eles; e, a quatrocentas léguas de São Paulo, fazem um pacto solene, considerando-se mutuamente irmãos. Rafael já não tem mais dúvidas quanto à missão: crê firmemente que encontrarão a Árvore do Ouro. E que reconstruirão o templo. Um dia:

– Há uma cascatinha à nossa esquerda?

– Sim, há uma cascatinha à nossa esquerda.

– E uma colina pedregosa à nossa direita?

– Sim, há uma colina pedregosa à nossa direita.

– Sobre nossas cabeças voejam seis pássaros negros?

– Sim, sobre nossas cabeças voejam seis pássaros negros.

– E para trás ficou um longo trajeto? E toda a amargura?

– Sim – as lágrimas deslizam pelo rosto de Rafael Mendes. Para trás ficou realmente um longo trajeto. Mas toda a amargura?...

– Irmão! – grita Bento Seixas, o rosto irradiando alegria. – Irmão, chegamos! À nossa frente, deve estar a Árvore do Ouro! Não há uma árvore à nossa frente?

– Bem... – Rafael Mendes não sabe como dizê-lo. – Há uma árvore. Mas não só uma. Há muitas árvores, Bento Seixas. Dezenas de milhares de árvores, em fileiras, como se fossem guerreiros em formação... E não são bem árvores, parecem mais uns arbustos, com umas frutinhas.

Agora é Bento Seixas quem está perplexo:

– Não... De acordo com o roteiro, deveria haver aqui uma clareira, e, no meio dela, a pequena Árvore do Ouro. Milhares de arbustos, dizes?

Ocorre-lhe:

– Café!

– Quê? – Rafael Mendes, surpreso.

– Café! – O desespero de Bento Seixas é algo de cortar o coração. – Essa coisas que estão plantando agora, esse veneno tropical! Só pode ser isso!

Atira-se de bruços no chão, rasga as vestes, arranca os cabelos.

– Ai, meu Deus, que injustiça! Ai, Senhor, por que fazes isto com teus filhos? Por que nos abandonaste?

De repente, põe-se de pé.

– Não há de ser nada! – grita, subitamente animado. – A Árvore do Ouro ainda pode estar aí, Rafael, no meio do cafezal!

Rafael pega-o pelo braço:

– Vem, Bento Seixas – diz, suavemente. – Vamos voltar, irmão.

O velho desvencilha-se dele.

– Não! Não voltarei sem o ouro! Prefiro morrer aqui, Rafael!

Avança, tateando, até os pés de café, começa a apalpá-los com as mãos trêmulas:

– Este não é... Este também não é...

Rafael Mendes empreende o trajeto de volta. Uma única vez olha para trás e lá está o velho, no meio da vasta plantação:

– Este não é... Este também não é...

Rafael Mendes prossegue viagem para o Sul. O que quer agora é uma terra virgem, um lugar que não tenha ouro nem café, mas que esteja também livre de intrigas e traição. É assim que, após meses de jornada, chega ao território que depois seria o Rio Grande do Sul. Na vastidão do pampa, onde o minuano, vento purificador, sopra livre, uma idéia vai se formando em sua mente. Irá para a região das Missões; procurará os remanescentes das antigas reduções jesuítas e os reunirá, para com eles formar uma nova república guarani, reparando assim uma clamorosa injustiça histórica. Não teme o fracasso deste empreendimento; conta com o auxílio da nação. Sim, porque – este é um detalhe importante – converterá os índios ao judaísmo; e à cidade que será fundada dará o nome de Nova Jerusalém. Homens fortes bronzeados reconstituirão, em meio à mata, o templo de Salomão; e oficinas, laboratórios, universidades serão criadas para, juntamente com o cultivo da fé, desenvolver o amor à ciência e à arte. É o que pensa, enquanto percorre, a pé, os caminhos do pampa, tremendo de frio com o minuano que lhe penetra até os ossos. Não importa: melhor o frio da liberdade que as fogueiras da Inquisição. É um frio bom, este. E o vento, como que o purifica; pode, por último, contar ainda com o calor do ideal que o inspira.

Vai ter às terras do Coronel Picucha, famoso por degolar seus inimigos, usando a cabeça deles como bola de ludopédio.

Olhos vigiam-no de entre as árvores; é agarrado pelos homens do Coronel e levado à presença deste, sob suspeita de ser ladrão de gado. O caudilho, contudo, simpatiza com ele; talvez pelo ar de nobreza arruinada, pela discreta altivez de Rafael; talvez por estar remotamente ligado à nação, a voz do sangue sussurrando-lhe ao ouvido. Liberta-o, dá-lhe o cargo de preceptor da filha. Quando a menina se transforma em garbosa moçoila, Rafael se apaixona por ela. É correspondido. A moça engravida. Fogem, com medo da ira do Coronel. Perambulam pelo pampa numa grande carroça, semelhante às dos ciganos: uma verdadeira casa sobre rodas, com portas, janelas com cortinas de renda e a chaminé sempre fumegando. Filhos nascem, o tempo passa. A família termina por se fixar em Viamão, próximo à estrada do Mato Grosso, que liga a vila a Porto Alegre. Ali adquirem terras...

Rafael Mendes já é adolescente quando rebenta a Guerra dos Farrapos. Dizendo que vai guerrear, o pai parte. Não se sabe se vai mesmo ou se está mentindo, o certo é que não retorna.

Pouco sabe desse pai. Parece que era um bom homem, silencioso mas amável. Tinha ocultas inquietudes, dormia mal, sonhava com guerreiros e profetas. Contava histórias: a da Árvore do Ouro e outras. Dele, Rafael guardará a imagem de um homem esquisito, mas carinhoso, que o tomava nos braços e que o embalava com uma canção em ladino, língua de remotos ancestrais:

Duerme, duerme, mi angelico
Hijico chico de tu nación...
Criatura de Sión,
no conoces la dolor.

Sim, Rafael Mendes sabe que é da nação; mas de judaísmo, quase nada conhece: algumas preces, alguns rudimentos de hebraico, e é só.

Sofre da nostalgia do pai, que mal recorda. Sofre da nostalgia do mar, que nunca viu. Quer rever este pai, quer ouvir as histórias que contava; e quer ser marinheiro, quer navegar para lugares distantes e misteriosos, Angola, Egito, Palestina: quer avistar praias de areia branca, coqueiros, aves exóticas. A este homem estranho, seu pai, quer dizer que volte para a casa, que a mamãe o espera.

Neste duplo propósito, é ajudado pelo acaso. David Canabarro, o chefe farrapo, prepara uma expedição à cidade de Laguna; reúne voluntários para a frota da República Rio-Grandense. Rafael Mendes pede permissão à mãe para se juntar aos guerreiros; ela não quer, já perdeu o marido, teme perder também o filho, num naufrágio ou numa batalha. Mas Rafael insiste, ameaça ir de qualquer maneira; suspirando, a pobre mulher acaba dando seu consentimento ao que considera um louco projeto do filho.

Bornal a tiracolo, faca na cintura, Rafael Mendes parte para o sul. Vai para as bandas do Capivari, onde, ouviu dizer, estão os Farrapos.

Numa manhã de nevoeiro chega a uma várzea, alagada das últimas chuvas. Divisando ao longe umas árvores, Rafael Mendes vai até elas. Um bosquete estranho; umas árvores baixas, outras muito altas. Ao chegar mais perto, nota, surpreso, que estas últimas não são árvores. Estão recobertas de folhagem, mas não são árvores: são mastros de navios fundeados no Capivari.

– Alto lá!

De entre as árvores aparecem homens maltrapilhos, barbudos, armas em punho. Rafael Mendes levanta os braços, assustado; treme tanto que seus dentes chocalham. Amigo! – diz. – Sou amigo! Mas não estão para brincadeiras, os captores; amarram-lhe as mãos, levam-no à presença de Garibaldi.

Aí está o lendário rebelde de quem todos falam, o herói que veio da Itália para ajudar os Farrapos contra o governo imperial. Um homem de barba, cujos olhos muito claros o fitam, entre desconfiados e divertidos. Manda soltar o prisioneiro. Num impulso de gratidão Rafael Mendes quer beijar-lhe as mãos; Garibaldi repele-o, bruto:

– *Fermo! Stà fermo!*

Rafael Mendes se imobiliza, assustado. Mas quem és, afinal? – pergunta Garibaldi. O rapaz conta sua história, que o chefe rebelde escuta, mirando-o fixo.

– É um idiota – diz por fim. – Deixem que se vá.

Mas Rafael Mendes não quer ir: por favor, general, deixe-me ficar com vossa senhoria. Tenho fortes razões, preciso encontrar meu pai. Ele nos deixou, a mim e à minha mãe, para se juntar aos Farrapos. Quero lutar junto a ele, quero levá-lo de volta quando a guerra acabar.

– Além disto – acrescenta, depois de uma pequena hesitação –, quero ser marinheiro.

– Marinheiro? – Garibaldi ri. – Nem sabemos se poderemos navegar, filho. Os legalistas estão em cima de nós.

O rapaz insiste: sou forte, posso ajudar bastante; me dê esta oportunidade, general. Garibaldi está indeciso, e mais indeciso fica ao saber que o jovem não tem nenhuma experiência de mar. Uma idéia lhe ocorre: jogas xadrez? – pergunta. Sim, responde Rafael, surpreso, jogo xadrez.

– Pois então vamos jogar uma partida – diz Garibaldi. – Se ganhares, te juntas a nós, se perderes, levarás trinta e nove chicotadas e te mandaremos embora.

Garibaldi pode ser um bom estrategista, mas é péssimo em xadrez. Apesar de medíocre jogador, Rafael Mendes derrota-o facilmente. E consegue o que quer: Garibaldi põe-se de pé, declara em tom solene que, a partir daquele momento, Rafael Mendes é marujo da frota da República Rio-Grandense. Os homens confraternizam com ele, oferecem-lhe pinga e chimarrão.

A toda esta alegria segue-se, contudo, uma decepção: o pai de Rafael Mendes não está entre os comandados de Garibaldi. Nem ninguém ali ouviu falar dele. Homem que cantava *duerme, duerme, mi angelico?* Ninguém sabe. Mas, acrescentam, não é impossível que ele esteja em outro destacamento. Talvez o encontre na longa jornada que têm pela frente. Porque não será tão já que navegarão. Para burlar a vigilância dos legalistas, Garibaldi tinha concebido um plano fantástico: levar os dois navios da frota, o *Seival* e o *Farroupilha*, por terra, até Tramandaí, muitas milhas ao norte; de lá, por mar, seguirão até Laguna, em Santa Catarina, onde atacarão os desprevenidos imperiais.

Trata-se de um empreendimento de extraordinária complexidade. O *Seival* é um barco de doze toneladas, o *Farroupilha* é ainda maior. Para começar, portanto, tiram dos barcos os canhões, a munição, tudo que faz peso; enquanto isto o mestre-carpina Joaquim de Abreu e seus ajudantes confeccionam doze gigantescas rodas de madeira maciça, com rodado de ferro, que giram em eixos feitos de enormes toras. Por um plano inclinado, estas rodas são levadas ao Capivari. Nas águas, esperam-nas os homens de Garibaldi, Rafael Mendes inclusive. Seis se agarram a cada roda, e, a um sinal dado, mergulham ao mesmo tempo, tentando colocar o eixo sob o casco dos barcos. Finalmente, a operação é concluída e os lanchões podem sair da água. Dezesseis juntas de bois são atreladas a cada barco; os gritos dos boiadeiros enchem o ar: eia, Mimoso! Pra frente, Malhado! Vamos, Coturno! S'imbora, Babão! Os bois puxam, os cascos enterrados no lodo da margem; lentamente, o madeirame estalando e rangendo, os mastros se inclinando perigosamente, o *Farroupilha* começa a sair da água. Os homens atiram os chapéus para o ar, Garibaldi dança uma tarantela com Rafael Mendes, já adotado como mascote da tropa.

Põem-se a caminho. Puxados pelos pacientes bovinos, os barcos avançam devagar pelo pampa gaúcho. Os homens caminham na frente, vigiando os atoleiros; Rafael Mendes é o único que tem o privilégio de ir a bordo, sua missão consistindo em verificar se tudo está bem, se nada quebra ou racha. Instalado junto à roda do leme, ele canta, feliz da vida. De manhã, a neblina cobrindo tudo, ele se sente como navegando num mar calmo, do qual os dorsos dos bois são mansas ondas peludas. Tão logo o sol aparece ele marinha mastro acima, desfralda a bandeira da República de Piratini. Uma única coisa o inquieta: quando encontrará o pai? Os Farrapos tentam animá-lo: mais para o norte, talvez, guri.

À noite, os barcos parados, os Farrapos cansados dormindo, enrolados em seus ponchos, junto às fogueiras, Rafael sobe ao cesto da gávea, mira os astros; tem saudades da mãe, entoa as cantigas que ela e o pai cantavam em dueto:

Si la mar era de leche
yo sería un pescador
pescaría mis dolores
con palabritas de amor.

Os dias passam. Os lanchões avançam. Na vegetação rasteira surgem manchas de areia branca. E palhoças, em cujas portas vêem-se os nativos da região, homens pequenos, magros e de dentes estragados, mulheres de tetas caídas, crianças amarelas, de barriga grande. Ao avistar redes de pesca penduradas de varais, Rafael conclui, excitado, que o mar não deve estar longe. De fato, uma noite ouve o bramido das ondas. De manhã, do cesto da gávea, avista as areias de Tramandaí.

– Mar à vista! – grita, os cabelos enfunados pelo vento. Os Farrapos, preparando o café, riem. Rafael desliza mastro abaixo, corre a lavar-se numa sanga próxima, volta bufando, espadanando água. Ganha um pedaço de charque e uma caneca de café quente; e agora, toca a trabalhar, grita Garibaldi, mas Rafael não o atende logo; está perguntando aos pescadores que, curiosos, rodeiam o barco, por um homem assim e assim, silencioso mas amável, dado a cantar uma música que fala em mar de leite. Não, os pescadores não sabem de nada. E riem: mar de leite, que coisa engraçada. Se o mar fosse de leite nossas crianças não passariam fome, dizem.

Quando Rafael retorna a seu posto recebe uma descompostura de Garibaldi. Onde é que se viu, grita o general, um guerreiro não cumprir ordens? Fui procurar meu pai, murmura Rafael, quase chorando.

– Teu pai! – Garibaldi, irritado. – O futuro do mundo está em jogo e tu procuras teu pai!

Cala-se, indignado. Depois, mais calmo, põe a mão no ombro do amuado Rafael.

– Está bem, filho. Nós vamos achar teu pai. Prometo.

Naquela noite, todos ao redor da fogueira, conversam muito, Garibaldi e Rafael. O revolucionário fala de um mundo melhor; um mundo em que as pessoas terão a pele rósea e os olhos úmidos de emoção. As máquinas farão tudo, não haverá escravos, as pessoas passarão o tempo cantando e dançando: prazer será a palavra de ordem. O reino da necessidade será substituído pelo reino da liberdade.

Rafael Mendes ouve, mas na verdade está pensando em outra coisa. Aproveitando uma pausa de Garibaldi ele fez a pergunta que há muito tem engatilhada:

– És da nação, general?

– Quê? – Garibaldi, espantado.

– Pergunto – diz Rafael, já vacilante – se és da nação. Se és hebreu.

– Hebreu? – Garibaldi ri. – Não. Hebreu? Eu, meu filho? Claro que não. A troco de que pensaste que sou hebreu?

Por que teria Rafael pensando que Garibaldi era da nação? Não sabe. O certo é que pensou; e no mesmo rol incluiu David Canabarro, por causa do nome bíblico. E Bento Gonçalves – Bento poderia ser uma forma aportuguesada do hebraico Ben Tov, filho bom, um tratamento carinhoso que o pai de Rafael lhe dava; ou de *baruch*, bendito.

Mas não, não são hebreus. Os açorianos que moram no Porto dos Casais talvez o sejam, mas os comandantes farrapos, não.

A tomada de Laguna foi feita sem nenhuma resistência, com o que Rafael Mendes ficou um pouco decepcionado, pois esperava um sangrento combate. Janelas e portas se abriram, os habitantes saíram às ruas para confraternizar com os revolucionários. É proclamada a República Juliana.

Garibaldi assume funções de administrador. Durante o dia despacha na Prefeitura; à noite, por medida de prudência, volta ao Seival, atracado no porto. De madrugada, antes de descer à terra, espia a vila por sua luneta.

Trata-se de um potente aparelho, construído segundo as idéias de Galileu Galilei. Consta de uma complicada armação tubular, graças à qual Garibaldi pode mirar os astros à noite e observar os inimigos de dia.

É através desta luneta que ele avista pela primeira vez Anita. Mulher linda, altaneira. Está em seus aposentos, preparando-se para o banho; arroja de si a túnica de seda. Garibaldi vê que está nua, engole em seco. Rafael Mendes, sempre por perto, ouve-o murmurar: *Tu devi essere mia!*

Desde aquele dia muda completamente. Arrebatando Anita ao marido, passeia com ela pela vila, indiferente aos olhares de censura dos lagunenses.

Rafael Mendes sofre. Quer perguntar a Garibaldi quando irão em busca do pai, mas o general sequer o recebe, tão enfeitiçado está por sua Anita. Ele pensa em voltar para casa; mas é um guerreiro disciplinado, não abandonará seu posto.

Uma noite, vagueando insone pelos arredores de Laguna, parece-lhe ouvir, trazidas pelo vento, as palavras de uma bem conhecida canção: *Duerme, duerme, mi angelico...*

Corre para lá. Não é o pai que encontra, mas sim uma patrulha imperial.

Preso, Rafael Mendes é submetido a interrogatórios e depois a várias formas de tortura. Não resistindo, revela tudo o que os legalistas querem saber. De posse das informações, preparam um bem-sucedido ataque: a vila é retomada, os Farrapos batem em retirada.

Garibaldi e Anita seguem para a Itália. Na terra de Galileu Galilei continuarão a luta.

Solto pelos legalistas, Rafael Mendes volta para casa. Nunca mais navegará. Nunca encontrará o pai.

Rafael Mendes dedicou-se ao negócio de exportação de couros, com algum sucesso. Casou, teve um filho a quem tratou com todo o carinho; contudo, embora o embalasse cantando o *duerme, duerme mi angelico,* não lhe revelou que era da nação, em parte por rancor a seu próprio pai, em parte porque achava que este segredo era coisa do passado e no passado deveria ficar; ao filho desejava uma vida boa, sem culpas e sem necessidade de dissimulação. Deu-lhe todo o conforto, proporcionou-lhe estudos. Rafael Mendes, um dos primeiros engenheiros formados no Rio Grande do Sul, dedicou-se ao ramo ferroviário. Trabalhou um tempo para os Rotschild da França que faziam investimentos em estradas de ferro. A experiência não foi boa; Rafael Mendes, homem desconfiado, de sono constantemente agitado por pesadelos, odiava os financistas, embora jamais tivesse visto qualquer deles, pois tratava dos negócios unicamente com os representantes brasileiros de seus patrões. De qualquer forma guardou deste período uma grande amargura para com os judeus. Quando nasceu seu próprio filho, contudo, como o embalou? Ora, cantando *duerme, duerme, mi angelico;* era mais forte que ele. Coisas arcaicas são assim: poderosas, ainda que misteriosas.

Rafael Mendes: Intervalo

Perto da meia-noite Rafael Mendes termina a leitura do primeiro caderno. Põe-no de lado, fica imóvel um instante. Depois levanta-se, abre a porta do gabinete.

O apartamento está em silêncio. Helena dorme; Suzana, como de costume, ainda não chegou. Vai até o living, abre a porta que dá para o terraço, fica a olhar a cidade, as luzes que cintilam a distância. Cintilam porque a corrente elétrica é alternada. Disso Rafael sabe: que a corrente é alternada. É uma das poucas certezas que tem. Quanto às histórias que leu, não sabe o que pensar delas, e menos ainda do homem que as escreveu. Que significa essa sucessão de personagens históricos, Jonas, e Habacuc ben Tov, e Maimônides, e todos os Mendes?

O que lhe acrescenta saber que um antepassado – se é que existiu – conversou com Tiradentes – se é que conversou? Não sabe. Nem sabe se o que leu é verdade, ou mentira, ou mistura de verdades e mentiras. Continua tão perplexo como antes; descobriu, apenas – escasso consolo –, que vem de longe, esta perplexidade. Vem de séculos.

O telefone toca. Sobressaltado, ele precipita-se para o aparelho.

– Então, senhor Rafael, já leu? – O genealogista, naturalmente.

Rafael não pode conter um suspiro irritado.

– Li o primeiro caderno.

– E o que achou?

Rafael hesita.

– Histórias, não é? Histórias. Muita coisa inventada...

– É como eu lhe disse – o homem parece um pouco decepcionado; mas o que queria, que Rafael se pusesse a chorar ao telefone? – Seu pai era um homem de imaginação fértil... Mas o senhor o conhecerá melhor no segundo caderno. À verdade genealógica, senhor Rafael, chega-se por aproximações sucessivas.

Filosofia a esta hora da noite? Rafael impacienta-se, mas o homenzinho já entra no assunto.

– Estou lhe ligando para saber se podia receber o dinheiro.

– A esta hora?

– É que – o outro hesita – eu não queria que este dia terminasse sem que – Mas não importa, posso esperar até amanhã. Pode ser até que o dólar suba nestas horas, não é?

– É – responde Rafael, seco.

– Então, amanhã cedo estou aí. Boa-noite.

– Boa-noite –, resmunga Rafael, e desliga.

– Ainda acordado, seu Rafael? – É a empregada, a mulatinha com cara de safada. Vai à geladeira, sem dúvida – o que comem estas criaturas. Por um instante Rafael fica a olhá-la, enquanto ela se afasta. Bem jeitosinha. Se não fosse empregada, e se não houvesse toda esta complicada situação... Rafael suspira. Entra no escritório, chaveia a porta, apanha o segundo caderno e afunda na poltrona.

Segundo caderno do cristão-novo

Os Mendes fixaram raízes no Rio Grande do Sul; com o tempo tornaram-se uma família tradicional, embora não fizessem parte da aristocracia rural propriamente dita. Tive, entre meus antepassados gaúchos, um fazendeiro, um comerciante; meu pai foi engenheiro; mas o nome Mendes tornou-se respeitado, pelo menos no círculo de minhas amizades. Quanto às remotas raízes... Ninguém me falou de cristãos-novos, nem da Inquisição, nem dos essênios, nem dos profetas; nem da Árvore do Ouro.

E, no entanto, algo havia; certa atração pelo exótico, pelo misterioso, pelo oculto; certo fascínio pelo paradoxo; alguma perturbação ao passar por sinagoga; uma sensação de dissimulação; e perplexidade. Não a perplexidade do olho arregalado, da boca aberta e do queixo caído; uma perplexidade menor, embrionária; mas inquietante, de toda forma; inquietante o suficiente para demandar auxílio de um guia de perplexos, se disponível. O que não acontecia.

Como Maimônides, dirigi-me à medicina. Como qualquer médico, o que eu queria, antes de mais nada, era me curar. Fui um menino doente; o sarampo, a quarta, a quinta, a catapora, o crupe, todas a seu tempo me pegaram. Talvez eu atribuísse a um organismo doente minhas angústias; não sei. Só sei é que queria ser médico. Tão logo terminei o colégio, comecei a me preparar para a Faculdade de Medicina.

O ano era 1929. Em Nova Iorque a Bolsa quebrava, financistas desesperados saltavam de altos edifícios; mas não vinham cair em meus braços, aliás fracos. A crise era algo muito longínquo; o problema real, imediato, entrar na Faculdade. Estudava junto com um amigo de infância, um rapaz chamado em homenagem ao naturalista francês – Cuvier, Cuvier de Souza. Filho de médico, desde criança manejava o microscópio do pai, tinha verdadeira paixão por fungos, protozoários, bactérias. Mais tarde viria a tornar-se um excelente bacteriologista; já nessa época era conhecido – inclusive por pequenino e agitado – como Micróbio.

Foi o Micróbio que me falou de Débora pela primeira vez. Uns dias antes do vestibular entrou correndo em minha casa, agitado: tem uma guria inscrita no exame para a Faculdade, disse. Uma judia, vê só. E dizem que é um crânio.

Mulher na Faculdade de Medicina, e judia ainda por cima? Espantoso. Medicina era coisa para homem, todos sabiam. Deve ser machorra – Micróbio, indignado. Uma bruxa, no mínimo.

Não, não era uma bruxa. Era até muito bonita, como constatei dias depois, quando nos sentamos, lado a lado, para fazer a primeira prova, que era de História Natural. Uma beleza judia, naturalmente, o nariz um pouco adunco, as pernas um pouco grossas. Mas tinha lindos olhos esverdeados e belos cabelos castanhos e uma boca bem desenhada. Olhou-me; não posso dizer que não fiquei perturbado; sim, fiquei perturbado à visão da hebréia – o que sabia eu de judias, ou de judeus? Muito pouco. Não convivia com eles, quase nunca ia ao Bom Fim. Mas o olhar dela mexeu comigo...

As questões foram enunciadas; ela debruçou-se sobre a prova e pôs-se a escrever com incrível rapidez: páginas e páginas. O Micróbio tinha razão, parecia saber tudo. No entanto, mais tarde, quando saiu a lista dos aprovados, vimos que ela tinha ficado em vigésimo-quarto lugar, uma colocação bastante modesta; não era, como logo o comprovaríamos, o gênio que tínhamos imaginado. Inteligente, sim; mas não brilhante. De qualquer modo saiu-se melhor que eu – fiquei em penúltimo, e melhor que o Micróbio que tirou o vigésimo-quinto.

Era a única moça na turma. Não a primeira na Faculdade; outras já haviam cursado a Escola; de qualquer forma sua presença causava perplexidade. E irritação. Irritação traduzindo-se em dissimulada hostilidade ou comentários jocosos. Dissimulada hostilidade podendo evoluir para a franca agressão; de comentários jocosos, para chistes grosseiros. Querendo evitar problemas, o Diretor da Faculdade mandou chamá-la para uma reunião com a Congregação de Professores. Começou pedindo que relevasse qualquer inconveniência que lhe pudesse ter sido causada pelos alunos – a senhora sabe, a presença de moças nesta casa não é habitual – perguntou-lhe como desejava ser tratada. Como qualquer um, foi a resposta. Orgulhosa resposta. Era altaneira – uma judia altaneira. Do pai, sapateiro já falecido, herdara um senso – até certo ponto curioso, mas comovente – de dignidade. Esse homem sempre sonhara ver a filha médica; e recomendara-lhe também manter, em quaisquer circunstâncias, a cabeça erguida. Era o que ela fazia: mantinha a cabeça erguida.

A Congregação ouvia-a em cortês silêncio. Terminada a reunião veio ter com ela um professor de Clínica Médica, Brito, homem de família tradicional, conhecido por sua arrogância. Seja a senhora bem-vinda, disse, mas fique sabendo: esta não é uma profissão para mulheres, e nem é uma profissão para arrivistas. A senhora logo o constatará.

Débora não respondeu; virou as costas e foi embora. No dia seguinte, chamaram-na à direção do Centro Acadêmico; queriam saber se participaria do trote. Como todos os meus colegas, ela disse, não sem certo desprezo: considerava o trote uma coisa tola, infantil, indigna de universitários. De toda forma compareceu à Praça da Alfândega, entrou no chafariz, suportando as zombarias dos desocupados que por ali se encontravam. Quando saiu, tremia de frio, naquele dia de março em que a temperatura estava excepcionalmente baixa. Ofereci-lhe meu casaco; aceitou, depois de hesitar um pouco, e assim ficamos amigos. Estudávamos anatomia juntos, ela, o Micróbio e eu, no mesmo cadáver.

O necrotério era um lugar lúgubre, frio, mal-iluminado; o ar, saturado de vapores de formalina, fazia arder os olhos. Essas coisas não incomodavam a Débora; bisturi na mão, ia dissecando o tórax, e explicando os achados anatômicos.

Eu não podia tirar os olhos dela. Aqui a cava superior, dizia, mas não era a cava superior que eu olhava, era ela – amava-a? Não sei. Mas a olhava. O que ela, aliás, parecia não notar; era séria, compenetrada, trabalhava com afinco, ignorando as graçolas. Havia quem não lhe perdoasse a ousadia de estar ali, no meio de homens, empunhando um bisturi – coisa para macho, como faca, punhal. Daí os risinhos, daí as piadas, daí as brincadeiras. Que uma vez passaram dos limites.

Foi numa chuvosa manhã de inverno. Débora chegou com um vistoso casacão xadrez; era um casaco novo, que mereceu comentários elogiosos de alguns colegas, embora, a meu ver, estivesse mais para o grotesco que para o elegante – não vem ao caso. Tirou-o, colocou-o no cabide, vestiu o avental e pôs-se a trabalhar. Perto do meio-dia, terminamos a tarefa daquele dia, que era a dissecação do pé; foi até o cabide, tornou a vestir o casacão. De repente, deu-se conta de algo; colocou a mão no bolso e tirou uma coisa que alguém ali havia colocado.

Um pênis.

Um grande pênis de cadáver, um pau do tamanho de um bonde, um cacete respeitável; uma tremenda chavasca, uma bela piça, uma magnífica truta, uma gigantesca piroca.

Fez-se silêncio no necrotério, um tenso silêncio. Cabeça baixa, ela olhava o pênis que tinha na mão. Sem nada dizer, depositou-o sobre uma mesa; e então olhou-nos, um a um. Não havia raiva em seu olhar; tristeza, sim; mágoa, talvez; mas raiva, não.

(Eu estava com raiva, com muita raiva. Eu deveria ter, de um salto, me colocado ao lado dela: seus covardes; vocês não têm vergonha na cara, fazer isto com uma moça, pule para cá quem for homem. Mas eu não fiz isso; por quê? Talvez, por não querer me envolver numa briga que não era – será que não era? – minha; talvez por medo; talvez até por solidariedade com os machos da turma. Medicina, todos sabiam, então não era coisa para menina; por que se metera ela numa coisa que não lhe dizia respeito? Por que não ficara no Bom Fim, por que não casara com um comerciante judeu? Por que não se dedicava a criar filhos, como outras mulheres? De qualquer modo, aquilo que os cretinos tinham feito – aquilo era uma safadeza, uma coisa vil, baixa.) Quando dei por mim tinha saído – e eu ali, perplexo, sem saber o que fazer. Deveria ir atrás dela? Não sei. O certo é que não fui; hesitei, demorei-me tirando o avental; e nesse meio tempo ria, como todos estavam rindo, não a bandeiras despregadas, não às gargalhadas, não dei barrigadas de riso; mas ri, um pouco, pelo menos; o suficiente para não chamar a atenção, para não ser excluído; e tão logo voltaram todos a seus cadáveres, ganhei a rua, com a esperança, naturalmente absurda, de ainda encontrá-la. Mas já não estava mais, fora-se. Voltei ao necrotério e continuamos, Micróbio e eu, a dissecar a cava inferior. Bem feito, resmungava o Micróbio, para aquela metida. Cala a boca, eu disse e foi tudo: naquele dia, pelo menos, foi tudo.

Na semana seguinte começaram os preparativos para o baile dos calouros. Débora não ia: não tem quem a leve, disse o Micróbio com um risinho de mofa – ele não gostava dela, *mesmo*. Num impulso resolvi: seria o padrinho de Débora; oferecer-lhe-ia meu braço; juntos adentraríamos os salões profusamente iluminados do Clube do Comércio...

Falei-lhe a respeito. – Baile? – arregalou os olhos. E ficou vermelha; pela primeira vez me dava conta de que, no fundo, era tímida, a judiazinha; o que me encheu de ternura. Mas logo em seguida reagiu, disse que não iria – baile era coisa para grã-finos. Percebeu minha contrariedade, corrigiu-se, não era bem aquilo, não quisera me ofender; por fim, colocando a mão sobre meu braço (gesto que me fez estremecer; amava-a, eu?), disse que sim, de bom grado aceitava acompanhar-me.

Preparei-me para aquele baile. Preparei-me como um general se prepara para uma grande batalha, como um político se prepara para um grande pronunciamento, mas também como um amante se prepara para uma grande conquista. Aluguei um smoking; tratei um carro de praça, um Oldsmobile preto de reluzentes cromados, um carro imponente; reservei mesa num restaurante para depois do baile; ordenei, para que lhe fosse entregue em casa, orquídeas. E assim, naquela amena noite de abril fui buscá-la. Morava na avenida Cauduro, um beco de humildes casinhas de porta e janela. Tive de esperá-la enfrentando o olhar suspeitoso da mãe, uma velha judia gorda e dos irmãos, vários e ranhentos. Por fim apareceu.

Não era uma figura deslumbrante, não, longe disto. Usava um vestido sem graça, colocara mal as orquídeas, não estava penteada. Mas era bonita, apesar de tudo; sorria, e eu não pude deixar de me emocionar (amava-a?). Acho que estamos atrasados, disse, meio sem jeito; estávamos mesmo, atrasados, mas o carro levou-nos rápido e pouco depois adentrávamos o salão do Clube do Comércio, já cheio.

Nos olhares postos sobre nós eu podia notar: curiosidade, simpatia, deboche e perplexidade, por vezes se combinando: curiosidade e simpatia, simpatia e perplexidade. A mim pouco importava que olhassem; que olhassem ou cochichassem. Era, pelo menos, o que eu me repetia enquanto avançávamos, lentos, pelo salão: que pouco me importava. Mas será mesmo que pouco me importava? Talvez não: não me sentia inteiramente seguro, tinha a boca seca, e o sorriso que procurava manter a qualquer preço se transformara num esgar. De qualquer modo, a orquestra começou a tocar e logo estávamos dançando, no meio de dezenas de pares, de modo que já não chamávamos a atenção. Ela não dançava bem; pisava-me os pés, desculpava-se: não estou acostumada. Para diminuir seu embaraço, levei a conversa para o assunto Faculdade. Aí sim, pôs-se a falar com entusiasmo. Medicina é tudo para mim, declarou, e começou a explicar o que esperava da carreira médica – não riqueza, como muitos de nossos colegas, nem ascenção social; queria, isto sim, palmilhar o caminho da ciência, queria o júbilo da descoberta; e a glória, mas a glória merecida. Eu a ouvia, mas mal a ouvia; é que, sentir seu corpo junto ao meu, estava me dando muito tesão; colega ou não colega, judia ou não judia, era mulher, uma mulher bonita e eu estava me apaixonando, estava a pique de me apaixonar, estava a centímetros, a milímetros da paixão; tentei atraí-la para mim... Afastou-me, brusca. Não gosto destas coisas, Rafael, disse, seca, com uma expressão de ofendida mágoa. Embaraçado, murmurei um confuso pedido de desculpas e continuamos dançando – a distância –, mas aí eu já estava irritado. Não gostava daquelas coisas, muito bem. E de que coisas gostava? Hein? De que coisas gostava a judia? De uma boa chavasca é que não podia ser. Machorra, decerto, como bem diagnosticara o Micróbio. Ou frígida. No mínimo frígida.

De volta à casa dela, não trocamos palavra; no dia seguinte, domingo, não nos vimos; mas na segunda-feira nos encontramos à porta do necrotério, ela disse que precisava falar comigo, então fomos a um bar da Osvaldo Aranha tomar um café. Começou por pedir desculpas; não tinha sido sua intenção ofender-me, no baile; mas a verdade é que não pretendia ter namorado, não enquanto estivesse cursando a Faculdade. Queria dedicar-se somente aos estudos, à pesquisa, esperava que eu entendesse. Eu disse que entendia, que estava tudo bem. Isto foi o que eu disse, naquela manhã enquanto, cabeça baixa, olhava fixo as minúsculas, iridescentes bolhas do café. Não queria erguer a cabeça; não queria olhá-la; temia olhá-la; temia descobrir que a *amava** ; temia implorar, temia chorar. Chorar, ali, à vista dela, e do dono do bar, um português gordo que usava camiseta de meia rasgada? Nunca. Com meu pai, que trabalhara toda a vida e morrera tuberculoso, eu aprendera a ser duro; estóico, pelo menos. Não, não me desmancharia em lágrimas.

Ela continuava falando; aparentemente não notara minha perturbação, e eu também já não a ouvia mais. Por fim disse: então, Rafael, continuamos amigos?, e eu caí em mim, e disse que sim, que continuávamos amigos.

Amigos ficamos. Nos tratávamos com cordialidade, estudávamos juntos, às vezes até íamos ao cinema. Nestas ocasiões, às vezes meu braço roçava seu braço; por acaso, ou talvez não por acaso, roçava, e era para mim um choque, um choque temido e desejado; mas para ela não era nada, aparentemente não era nada. Limitava-se a tirar o braço. Não se encolhia, não se inteiriçava, só tirava o braço; e continuava a olhar o filme: mas é uma grande atriz, essa Greta Garbo, não te parece, Rafael? Saía do cinema suspirando: queria me realizar na medicina como esta mulher se realizou no cinema. Não tinha outra aspiração, outro interesse; sequer prestava atenção ao que se passava a seu redor. Estávamos no centro da cidade, um dia, quando de repente notou-se um movimento desusado, gente correndo de um lado para outro, grupos de pessoas reunidas discutindo em altos brados; e logo a coisa tinha se transformado em comício: abaixo as oligarquias, gritava um inflamado orador. Era a Revolução de 1930 que começava. Foi o que contei a Débora no dia seguinte: presenciamos o começo de uma revolução, eu disse. Deu de ombros: não me interessa, essa coisa de revolução; o que quero é ser uma grande médica.

Este ardente desejo revelava-se, contudo, à medida que o tempo passava, cada vez mais difícil de ser realizado. Débora não era, em absoluto, uma aluna brilhante. Outros já estavam se destacando – Micróbio, por exemplo, fora convidado pelo professor de Bacteriologia para trabalhar na cadeira depois de formado –, mas ela sequer se saía bem nos estudos. Uma vez concorreu a um prêmio

* Eu a amava? (R.M.)

oferecido por um laboratório farmacêutico a estudantes de medicina; seu trabalho, uma monografia intitulada *Calcio e Phosphoro: Algumas Considerações sobre seu Papel no Metabolismo dos Seres Humanos*, ficou em penúltimo lugar. O presidente da comissão julgadora anotou, de seu próprio punho, na folha de rosto do trabalho: *As considerações da A. são inadequadas, inoportunas, impertinentes, inconseqüentes, irrelevantes e, até certo ponto, imorais.* Não se deixava abater por tais opiniões, por tais fracassos; atribuía-os ao fato de ser mulher e judia: e já partia para outra idéia, outro projeto. Nos primeiros anos da Faculdade, pensava em pesquisa de laboratório; mas quando chegamos ao ciclo clínico, um novo horizonte abriu-se para ela, representado pelos doentes – centenas deles – espalhados pelas enfermarias do lúgubre hospital. Que riqueza de patologia. Que abundância de material. Que exóticas doenças estariam a explicar os incontidos gemidos, as faces macilentas, os membros edemaciados? Corria de uma enfermaria para outra, de um leito para outro, atrás do complexo, do transcendente; do notável; do surpreendente. Atrás de casos raros, de síndromes estranhas, de anomalias grotescas. Como Hellwig e Didonaeus, procurava mulheres que menstruassem pelos olhos; ou pelas orelhas (Spindler, Paullini, Alibert); pela boca (Meibomius, Rhodius); por cicatrizes (McGraw). Casos de pseudociese, como os descritos por Weir Mitchell, a fascinavam: mulher, extremamente desejosa de engravidar, vê seu ventre crescer... e crescer... e crescer, até que "aquele grande semiologista, o Tempo, corrige a ilusão" (Weir Mitchell). Não há bebê! Não há gravidez! O ventre se dilatou por nada, por besteira! Queen Mary of England foi um desses casos.

Ah, se encontrasse um enorme cisto ovariano, tal como aquele de que falava Morand, do qual 427 libras de líquido foram retiradas em dez meses. E corpos que queimam? Taylor falava de combustão espontânea em humanos: pessoas pegando fogo durante o sono e consumindo-se até virar carvão, sem acordar. Lord Bacon, grande humanista, já mencionava tais fatos.

Era grande seu interesse pela teratologia menor: ah, se encontrasse uma língua bífida ou línguas supranumerárias; dentes crescendo na pálpebra inferior, como os referidos por Carver; pupilas múltiplas. "Homem tronco." E na falta disto tudo se contentaria com signos interessantes, um pulso em martelo d'água, uma dança das artérias, uma cabeça de medusa, um riso sardônico, uma face leonina, uma mão de parteiro, uns dedos em baqueta de tambor, um pé eqüino, um sinal do piparote, um sopro em pio de gaivota, um ritmo de galope; uma articulação em roda dentada, uma língua geográfica, um nariz em sela. Nada.

Eu a amava? Certo dia – estávamos no quarto ano –, olhando-a auscultar um paciente, concluí, dolorosamente, que a amava. Por causa da mecha de cabelo que lhe caía sobre o rosto, por causa dos lábios entreabertos e um pouquinho úmidos (mais úmidos do que as circunstâncias justificariam), por causa da graciosa curva do pescoço... Sei lá. O certo é que gostava dela, ainda gostava dela, apesar de namoradas e amantes. Lembro-me de ter suspirado profundamente, naquela tarde de outono; lembro de um doente quase em coma arregalando os olhos, surpreso com meu suspiro; lembro-me de meu constrangimento. Mas lembro também de quanto a amava, naquele momento, e o quanto me doía amar a uma moça que não queria saber de mim nem de ninguém, que só queria se dedicar a, através da medicina, alcançar uma glória que certamente não lhe estaria ao alcance.

– Por que é que a senhora pergunta tanta besteira, doutora? Brito, professor de Clínica Médica, não gostava dela e não procurava disfarçá-lo:

– Se a senhora se preocupasse em aprender a percutir, a palpar, a auscultar, em vez de se interessar pelo inusitado, faria bem melhor.

Ficava furiosa; e, furiosa, ainda mais bonita. Para mim, pelo menos. Micróbio achava-a um bofe: é machorra. Só podia ser machorra, mulher querendo puncionar, operar, debridar; querendo fazer diagnóstico artístico. *Trata-se, professor Brito, de um caso de Basedow-Graves. Nada disto, doutora, não é Basedow-Graves, é um bócio colóide simples; a senhora não sabe nada, deveria ficar em sua casa, entregue aos afazeres domésticos.* Saía em lágrimas da sala, batendo a porta. Uns riam, outros fechavam a cara, irritados com a grosseria (ela começava, enfim, a ser estimada por alguns colegas; além disto, o Brito era detestado pela turma). Quanto a mim, não ria, nem fechava a cara; não sabia o que fazer; amava-a; achava que a amava; mas não era correspondido, então como pôr-me de pé por sua honra? Talvez eu acabasse saltando da cadeira aos berros: *retira a afronta, patife;* talvez. Mas vacilava, um segundo, ou meio segundo, e então ela já não estava na sala. Um dia me ocorreu que a minúscula fração de tempo representava, na realidade, a barreira intransponível, o fosso abissal entre o amar e o não-amar. Eu não a amava, concluí, ou quis concluir. Eu não a amava porque vacilava, porque queria conciliar amor com conveniência. Conveniência eu sabia o que era, mas amor? Que era aquilo de amor? No quarto ano eu tinha decidido; faria cirurgia. Optava assim pela objetividade, pela assepsia; pela incisão com mão firme e pelo julgamento desapaixonado. No quinto ano mudei um pouco minha decisão: traumatologia. Ossos: duros e brancos, aquilo me agradava. Além disto, as guerras, os acidentes, tinham dado um considerável impulso à especialidade. Micróbio naturalmente se dedicaria à bacteriologia, o Sapo queria ser neurologista, Afrânio certamente trabalharia com o pai, famoso clínico geral; Medonho herdaria do pai a cátedra, Veloso planejava fazer cirurgia no Rio de Janeiro, Ambrosio já tinha um convite para dirigir um hospital – enfim, no quinto ano todos sabiam o que fazer, menos Débora, por causa daquela terrível necessidade de auto-afirmação, que a fazia correr como louca de uma enfermaria para outra: um caso de Fallot! Um caso de rim em ferradura! Um caso disto, um caso daquilo; uma pesquisa aqui, outra acolá; e todos rindo dela. A intensidade da obsessão chegava a assustá-la: eu estou louca, Rafael? Me diz, tu achas que eu estou louca? Eu não sabia o que dizer, mas Micróbio não tinha dúvidas: doida, Rafael, doida varrida.

Terminamos o curso e ela ainda não sabia o que fazer. Abrir um consultório não queria, para o exterior não podia ir, por causa da mãe; o interior não lhe atraía, nem o bairro. E não abandonava suas pretensões de pesquisar, de publicar. Começou a freqüentar, sem remuneração, uma enfermaria de clínica, cujo chefe tinha iguais ambições. Combinaram de imediato experimentar uma nova droga, vinda da Argentina, para o tratamento de hipertensos. Trinta e cinco pacientes foram selecionados para o teste, e os primeiros resultados mostraram que o remédio funcionava; mas – era um derivado hormonal – tinha um paraefeito incômodo: feminilizava. Velhos gaúchos desenvolviam seios fartos e formas voluptuosas. Com a tentativa de suicídio de um dos sujeitos, o experimento teve de ser suspenso, o que não chegou a decepcionar Débora: a nota prévia por ela apresentada na reunião da enfermaria fora bem recebida. Em outros trabalhos, contudo, não obteve êxito. Trabalhou com um médico que pretendia extrair substâncias diuréticas de plantas aquáticas – sem resultado. Associou-se a outro colega que imaginava transiluminar o corpo com holofotes do tipo usado na guerra, fazendo diagnósticos por meio do exame das sombras dos órgãos. Também não deu certo. Balões intra-abdominais de insuflação regulável, para levantar órgãos caídos: nada. Câmara de ar rarefeito para tratamento da tuberculose: nada. Grandes queimados mantidos em flutuação por meio de balões de hidrogênio: nada. Injeção de extratos de cartilagem de pequenos roedores para tratamento de estados artríticos: nada. Enxertos de brânquias de peixe em pacientes portadores de câncer de pulmão avançado: nada. Nada funcionava, nada dava resultado; nada, nada. A cada fracasso mais deprimida se sentia. Foi então que conheceu Kurt Schnitzel.

Alemão de nascimento, Kurt viera para o Brasil no começo da década de trinta. Estabelecera-se em Porto Alegre com uma oficina de consertos de aparelhos médicos: esfigmonanômetros, espirômetros, eletrocardiógrafos. Esse homenzarrão de quase dois metros de altura, vozeirão tronitruante e apetite pantagruélico, tinha um talento incomum para coisas mecânicas e elétricas. Não só arrumava, adaptava ou aperfeiçoava qualquer aparelho, como também era capaz de inventar dispositivos para os mais variados fins. Tinha concebido e construído um coração mecânico, complexa máquina para o tratamento da insuficiência cardíaca. E funcionava do seguinte modo: os batimentos do coração enfermo, recolhidos pelo tambor de um estetoscópio, *A,* aplicado ao peito enfermo, faziam variar a pressão dentro de um sistema de tubos de borracha, *B,* acionando uma espécie de acelerador de alta precisão, *C,* o qual injetava mais ou menos gasolina no motor a explosão, *D,* que movia os pistões da bomba. O sangue do paciente, desviado a princípio para um frasco-depósito, *E,* era reinjetado no paciente pela bomba, *F.*

Débora presenciou um teste da máquina. Viu um cão, a quem uma dose quase mortal de quinidina causara súbita e aguda insuficiência cardíaca, recuperar-se rapidamente, passando a latir alegre. Não teve mais dúvida: estava diante de um invento capaz de revolucionar a medicina. Dispôs-se a usar o coração mecânico num menino de doze anos que sofria de uma forma grave de cardiopatia reumatismal, estando já desenganado por vários médicos, inclusive pelo Professor Brito, que o mandara morrer em casa. Débora tinha esperança de, pelo menos, mantê-lo vivo.

O experimento, contudo, terminou em desastre, por uma infeliz circunstância. No dia marcado, Kurt ficou doente; o ajudante que o substituía atrapalhou-se, trocou os tubos de borracha do tanque de gasolina e do frasco de sangue. Em vez de bombear sangue, a máquina injetou cerca de três litros de gasolina no garoto, que teve morte instantânea. Na tentativa de parar o engenho, o rapaz golpeou-o com uma marreta de ferro; as faíscas provocaram um incêndio que destruiu o pavilhão todo e carbonizou o cadáver. Débora escapou de um inquérito sobre o caso – o rapaz afirmou a todos que o doente falecera antes de ser colocado na máquina –, mas ficou tão deprimida que teve de ser internada numa clínica psiquiátrica. É o fim das manias dela, garantia o Micróbio. Estava enganado. Débora saiu do hospital com um novo projeto, resultado exatamente de seu contato com os doentes mentais: o futuro da medicina está na psiquiatria, assegurou-me, confiante. Tendo lido muito a respeito, pretendia agora dedicar-se à psicanálise, que, naquele ano, 1935, era ainda novidade. Estava disposta a ir a Buenos Aires, onde procuraria um Doutor Ernesto Finkelman (judeu, naturalmente; todo o mundo dizia que psicanálise era coisa de judeus) para, com ele, iniciar-se nos segredos da especialidade. A mãe, que nunca deixara de confiar nela, vendeu as poucas jóias que tinha, e assim, num dia de novembro de 1935, Débora viajou para Buenos Aires.

Acompanhei-a até a estação ferroviária e despedi-me dela com certa inquietude: em que confusão Débora se meteria agora? Aquela coisa de psicanálise, aquilo me lembrava cabala, magia. (E mexia comigo. Estranhamente mexia comigo. Por quê? Cabala – que teria eu a ver com cabala? Não sabia, então. Mas me inquietava.) Em Buenos Aires, Débora procurou o doutor Finkelman. Recebeu-a friamente; quando Débora disse que queria fazer um estágio em psicanálise, respondeu que não havia estágio, nem curso, nem coisa nenhuma nesse gênero. Se Débora quisesse se tornar psicanalista, precisaria se analisar primeiro, processo longo, difícil. Foi uma ducha fria, mas ela não se deixou abater; no mesmo momento decidiu:

– Então me analiso com o senhor.

Finkelman sorriu, superior:

– Comigo? Impossível, senhora. Não tenho hora livre pelos próximos três anos.

Ela não podia acreditar no que ouvia:

– Quer dizer que vim de Porto Alegre para nada?

– Buenos Aires é uma cidade cheia de atrativos. A senhora certamente encontrará distração.

Queria dar por encerrada a entrevista – estavam na Associação Médica, onde ele deveria proferir uma palestra –, mas Débora não se dava por vencida. Segurou-o pelo braço:

– Indique-me alguém, então.

Ele desvencilhou-se dela:

– Não sei de ninguém que possa lhe atender: somos poucos analistas, em Buenos Aires. Tente Nova Iorque. Muitos analistas europeus estão indo para lá, fugindo do nazismo.

– Nova Iorque? – Débora, desesperada. – Mas eu não sei inglês, doutor!

O homem deu de ombros:

– Sinto muito. Nada mais tenho a lhe dizer.

Outro desistiria, voltaria para Porto Alegre; não Débora. No dia seguinte lá estava ela, sentada no banco de uma praça, em frente mesmo ao prédio em que Finkelman tinha consultório. Por que estava ali, não sabia exatamente; esperava que alguma idéia lhe ocorresse. E mirava, ressentida, a feia fachada cinzenta, extravagantemente decorada. Cariátides, grifos, esfinge – mas o que era aquilo, afinal? Que significavam aquelas figuras, de expressão francamente ameaçadora? Encolheu-se dentro do casacão, acendeu um cigarro. Em Porto Alegre não fumava em público; mas em Buenos Aires, e naquela situação, pouco se lhe dava.

Uma limusine negra estacionou diante do prédio. O chofer saltou, correu a abrir a porta de trás. Era Finkelman; apressado, entrou no prédio. Pouco depois acendiam-se as luzes do quarto andar, onde tinha o consultório. Tudo que ela divisava da praça era um lustre de metal cromado, em forma de bacia. Não podia ver Finkelman, nem o que fazia com os pacientes. Era mesmo um mistério, a psicanálise. Débora suspirou.

E aí notou que no quinto andar havia uma placa: *Aluga-se.*

O que lhe deu uma idéia. Foi à imobiliária, e, depois de certificar-se que o conjunto vago ficava exatamente sobre o consultório de Finkelman, alugou-o. Dirigiu-se então a uma loja de ferragens onde adquiriu uma lanterna, martelo, talhadeira; ao anoitecer entrou no edifício. As luzes do consultório de Finkelman estavam apagadas – ele já tinha ido embora, o que vinha a calhar.

Evitando o elevador, subiu pelas velhas escadas; o coração batia-lhe, do esforço mas também de emoção, quando furtivamente abriu a porta. Acendendo a lanterna, deu uma olhada no local. Duas salas contíguas, vazias: nenhum móvel. Jornais velhos e caixas de papelão, só.

Sentando no chão empoeirado, Débora abriu a planta que lhe tinha sido fornecida pela imobiliária, e que correspondia, não só a seu andar, como ao de Finkelman. Com o auxílio de uma fita métrica, assinalou o local em que, na sala de Finkelman, havia um ponto de luz, o lustre que tinha avistado antes. E aí pôs-se a trabalhar. Com o martelo e a talhadeira removeu alguns tacos do assoalho, e pôs-se a abrir um orifício no piso. A laje era pouco espessa e ela logo o conseguiu. Não se preocupava com os detritos: caíam na bacia do feio lustre. O gosto de Finkelman era péssimo, mas, nas circunstâncias, providencial.

O orifício pronto, ela arredondou-o cuidadosamente e obliterou-o com um batoque pintado de branco. A menos que o analista tivesse por hábito estudar o teto, não perceberia nada. Satisfeita com o trabalho, voltou para o hotel.

Na manhã seguinte, bem cedo, já estava a postos, espreitando pelo orifício. Finkelman demorou; fumando um cigarro atrás do outro, ela já estava impaciente: por que não cumpria horário, o ilustre senhor? Dava-se ao luxo de dormir até tarde? Finalmente a porta se abriu: era Finkelman. Cantarolando baixinho, tirou o sobretudo, colocou-o no armário, sentou-se numa poltrona e pôs-se a ler o jornal. Quinze minutos depois soou uma campainha. Ele se levantou e foi abrir a porta. Era um paciente; evidentemente um paciente; um homem jovem, muito agitado. Entrou, mal cumprimentou Finkelman e deitou no divã. Ali ficou, boca entreaberta, olhar fixo no teto. Por um instante Débora temeu que ele visse o orifício – mas não, o rapaz não estava vendo nada, tinha o olhar esgazeado, perdido. E não falava. Suspirava de vez em quando, mas não dizia palavra.

Um quarto de hora se passou assim, Débora cada vez mais intrigada: mas que diabo de tratamento é esse? Não falam, não fazem nada – onde é que está a grande novidade científica? Já se sentia angustiada, não só pelo paciente, que não conseguia falar, como pelo médico (que perda de tempo), quando o rapaz finalmente se mexeu no divã:

– Estou sentindo – disse, numa voz estrangulada – cheiro de queimado.

Finkelman continuava quieto.

– Cheiro de queimado – repetiu o paciente.

Finkelman, nada.

– Muito forte, o cheiro – insistiu o jovem.

Finkelman pigarreou:

– Na semana passada – disse, por fim – era um gosto de podre na boca. Agora, cheiro de queimado. Podre, queimado; queimado, podre. Vamos ver o que pode ser isto, Juan. O que estará apodrecendo? O que estará queimando?

O jovem, inquieto, mexia-se no divã como uma enguia. De súbito, Finkelman deu um salto:

– Mas está mesmo cheirando a queimado!

Só então Débora notou: absorta na sessão de psicanálise, esquecera do cigarro aceso, que ateara fogo nos papéis velhos! Levantou-se de um pulo, extinguiu rapidamente as chamas com o auxílio do casaco e precipitou-se escada abaixo – um segundo antes que Finkelman saísse de seu consultório, gritando por socorro.

Para algo serviu o incidente. Débora (chega de sustos, chega de incêndios) sentiu que era tempo de sentar a cabeça; e sentou a cabeça. Voltando a Porto Alegre, começou, como qualquer médico, a freqüentar as enfermarias da Santa Casa, discutindo casos, auxiliando cirurgias, fazendo partos. Porque estava decidida: iria para o interior com a mãe. A velha não gostou; chegou a me procurar, pediu que eu falasse a Débora, que tentasse dissuadi-la da idéia. Mas eu não podia fazer nada. Nem queria me meter. Minha vida parecia razoavelmente encaminhada; eu estava noivo de Alzira, uma boa moça, de família tradicional: o pai era homem influente na política gaúcha, amigo de Getúlio Vargas. Ora, numa cidade pequena e provinciana como era então Porto Alegre, minha amizade com Débora era vista com maliciosa suspeição. Eu fazia questão de esclarecer que éramos apenas colegas. E foi o que eu disse à mãe de Débora: somos colegas apenas, senhora, não posso interferir na vida de sua filha.

Veio a meu casamento. Quando apareceu na porta do salão, sozinha, com seu ar desamparado, olhando ansiosa para os lados, senti um nó na garganta: agora já não havia lugar para dúvidas – e nem para esperanças, verdadeiras ou falsas; agora, nossos caminhos definitivamente se separavam. Desejei, com todas minhas forças, que me olhasse com ironia para que eu pudesse odiá-la; para que eu pudesse comparar os seus traços semitas, sua figura desenxabida, com a suave beleza, com o porte aristocrático de minha noiva Alzira; para que eu pudesse me dizer, sem remorsos, sem o sentimento da uva verde, vai, judia, desinfeta, machorra, desaparece de uma vez de minha vida, traste. Mas não, foi com uma expressão cândida que nos desejou felicidades; e logo em seguida se despediu: viajava naquela mesma noite para o interior. Manda notícias, eu disse, minha voz soando tão embargada e esquisita que Alzira me olhou, desconfiada. Débora disse que sim, que escreveria, e foi-se.

Uma carta dela esperava-me à volta da lua-de-mel. Estava numa cidadezinha da região missioneira: "... Moro com minha mãe, numa pequena casa no alto de uma coxilha. Da janela de meu quarto, de onde escrevo agora, descortino um belo panorama, o campo, os bois pastando placidamente, e, ao fundo, as ruínas da igreja de São Tolentino, parte das Missões que os jesuítas aqui construíram. Bonita esta vista, mas, te confesso, não era paisagem plácida que eu queria. Eu queria freqüentar hospitais; queria estudar, pesquisar, publicar trabalhos, participar em congressos. Aqui não tenho nem com quem conversar. Meus amigos são o farmacêutico, a diretora da escola, e o padre, que é um homem muito inteligente e culto. Mas trabalho não falta. O consultório está sempre cheio, e eu faço de tudo, clínica, cirurgia, partos. O pessoal aqui gosta muito de mim. No começo me olhavam atravessado; doutor, e principalmente doutor do interior, para eles tinha de ser homem. Mulher, e judia, aquilo era inadmissível! Depois se acostumaram, e hoje não fazem nada sem me consultar. Até o prefeito, que não gosta de mulher, me respeita. E minha mãe está satisfeita..."

Depois do casamento, minha vida mergulhou numa agradável rotina: pela manhã, operava; à tarde ia ao consultório. Duas ou três vezes por semana ia ao clube jogar cartas com amigos, mas isto não representava nenhum conflito com a meiga Alzira. Aos sábados, festa ou baile.

Tudo bem, portanto – mas eu me sentia estranho: certo vazio, certa angústia. De repente me dera vontade de estudar – História, Filosofia – e ficava horas encerrado em meu gabinete compulsando textos de autores obscuros. Eu nunca fora de muitas leituras; os amigos até achavam graça. Estás caducando muito cedo, dizia o Micróbio.

Mas a vida era calma. O primeiro aniversário de nosso casamento foi comemorado com um jantar íntimo para os parentes e amigos. À saída, meu sogro puxou-me para um canto; depois de hesitar um pouco – era de temperamento naturalmente reservado, aquele típico gaúcho da fronteira – acabou por me dizer que estava contente comigo:

– Tu estás fazendo minha filha feliz, Rafael. Confesso-te que em certos momentos temi por esse casamento. Aquelas histórias com tua colega, a judia... Besteira, mas aquilo me incomodava. Se tivesses desgraçado a Alzira eu te mataria, Rafael. Palavra que te mataria, Rafael. Mas agora estou tranqüilo. E tenho um presente para ti.

Estendeu-me um grosso envelope. Continha um exemplar do *Diário Oficial* que circularia no dia seguinte. E ali estava minha nomeação para o cargo de Chefe da Seção de Doenças Infecto-Contagiosas do Estado. Olhei-o sem entender.

– Foi o próprio doutor Getúlio que autorizou – disse, com satisfação. – Estou tratando disto há tempo... Mas não te falei nada. Queria te fazer uma surpresa.

Eu não sabia o que dizer. Escolhendo as palavras, usando de muito tato para não feri-lo, disse que aquele não era cargo para traumatologista, depois, eu nem sequer tinha tempo, e, além do mais, não precisava de emprego, ganhava bem com a clínica. Ele desfez minha argumentação com um gesto:

– Sei que não tens tempo, mas nem precisas ir lá, a coisa já está toda arranjada: há quem tome conta daquilo. É um cargo importante e, além disto, representa uma segurança para o futuro.

– Mas–

Ele fechou a cara:

– Não se fala mais nisso, Rafael. Amanhã tu vais lá e tomas posse, estão te esperando. – Alzira se aproximava, ele sorriu: – Estava dando uma boa notícia para teu marido, minha filha.

Despediu-se. Contei a história a Alzira; ouviu-a sem se impressionar, estava acostumada aos rasgos de generosidade do pai:

– Ele é um homem muito bom. Raros são como ele, hoje em dia.

Na manhã seguinte dirigi-me à Seção de Doenças Infecto-Contagiosas, que funcionava num velho casarão da Duque de Caxias, próximo à Praça da Matriz, não muito longe de meu consultório. Aguardavam-me todos os funcionários; bateram palmas à minha entrada, o que chegou a me constranger, mas não deixou de me surpreender agradavelmente – eu nunca tinha sido aplaudido antes. Cumprimentei um por um, os velhos burocratas e as risonhas secretárias, e também os dois médicos – Artêmio, já bem entrado em anos, prestes a se aposentar; e Raul Castellar, conhecido boa-vida que passava o dia jogando bilhar e só tinha aquele emprego. Levaram-me até a minha sala, trouxeram-me uns papéis para assinar – nada de importante; quando concluí, disse o oficial administrativo:

– Pronto, doutor. O senhor está livre.

No dia seguinte foi a mesma coisa; e no outro, e no outro. Meu sogro tinha razão: a coisa não me daria trabalho nem me tiraria tempo. E me conferia prestígio: na primeira vinda de Getúlio Vargas ao Estado, eu figurava entre as autoridades convidadas, e minha foto apareceu na primeira página do jornal. Quanto ao problema das doenças infecto-contagiosas – bem, disso encarregava-se o velho Doutor Artêmio, um homem calado, de gênio difícil; mas muito competente como sanitarista, e, sobretudo, inteiramente dedicado a seu trabalho na Seção. Enquanto estivesse ali, eu não teria por que me preocupar. Cuidava de tudo: investigava os casos de doença contagiosa, visitava os hospitais, os centros de saúde, viajava para o interior quando necessário, muitas vezes em seu próprio calhambeque. Diziam que era comunista. A mim não importava. Desde que quebrasse o galho, tudo bem. De mais a mais, eu não queria me envolver em política.

Estava tudo bem. A 1º de janeiro de 1936, nasceu o meu Rafaelzinho. Estávamos na fazenda de meu sogro, onde fôramos passar o Ano Novo. Pouco depois da meia-noite, Alzira começou a sentir dores. Felizmente estava na casa o médico da região, competente obstetra; o parto se processou sem incidentes e quando o sol nasceu ali estava o guri, berrando. Foi uma festa. Meu sogro deu um churrasco para quatrocentas pessoas; o próprio Getúlio mandou um telegrama de felicitações.

Estava tudo bem. Tudo bem? Na Espanha havia uma guerra civil, prelúdio, ao que todos diziam, de um conflito mundial. No Brasil, depois do fracasso do levante comunista de 1935, Getúlio Vargas consolidava sua posição, mas em muitos Estados – no Rio Grande do Sul, inclusive – conspirava-se para derrubá-lo. Nada disso me dizia respeito, naturalmente, e poderia estar tudo bem – mas não estava tudo bem. As sensações, os pressentimentos, estranhos acontecimentos. Que música é essa que cantas quando embalas o Rafaelzinho? – perguntou-me um dia Alzira. Não soube responder, não soube dizer que cantiga era aquela, *Duerme, duerme, mi angelico / hijico chico de tu nación.* Lia muito; lia e trabalhava. Operar me distraía; a aparição do osso branco entre as carnes sangrentas era consoladora, apaziguadora.

Uma noite, ao chegar em casa, encontrei Alzira preocupada:

– O papai telefonou. Quer que tu vás imediatamente à casa dele. Tem um assunto muito importante a falar contigo.

Eu estava cansado e com fome; minha primeira reação foi de mandar o velho longe; mas não podia, evidentemente. Peguei o carro e fui até lá.

O silencioso empregado me conduziu até o escritório do meu sogro. Ali estava ele, não sentado em sua poltrona predileta, mas de pé, conversando com o seu amigo, o doutor Saturnino, rico fazendeiro da região missioneira, bisneto do famoso Picucha, o Degolador; ao me ver sua expressão preocupada desanuviou-se um pouco:

– Ah, Rafael, ainda bem que chegaste. Senta, senta. O problema é aqui com o Saturnino.

Sem uma palavra, o fazendeiro estendeu-me um recorte de jornal. *Intrusos prometem resistir,* era a manchete: um bando de bugres, homens, mulheres e crianças, liderados por um homem branco, tinha invadido as terras do doutor Saturnino e dali recusava-se a sair.

– E o que querem? – perguntei.

– As terras – respondeu meu sogro. – Dizem que são deles, desde a época dos jesuítas. Que foram expulsos, e que agora estão voltando. E que só sairão mortos.

– Eles dizem isto?

– O branco. O branco fala por eles.

– E quem é?

– Aí é que está. Ninguém sabe. Deve ser um agitador; um comunista, decerto. Eles não aprenderam a lição da Intentona.

– O problema, doutor – interveio Saturnino –, é que isso não é coisa de bugre. É cobra mandada, meu doutor. Não é só a mim que querem atingir; é ao Doutor Getúlio, de quem sou amigo pessoal. Eles sabem disso.

– Eles quem? – perguntei. Não estava gostando nada daquilo; estava me cheirando a confusão, grossa confusão, e em confusões eu não queria, de jeito algum, me envolver.

– *Eles.* Esse pessoal que está conspirando para derrubar o Getúlio, aqui, no Rio, em São Paulo – Saturnino, homem exaltado, a custo se continha.

– Mas não vejo...

– Onde é que tu entras nisso? – agora era meu sogro. – Simples, Rafael: as últimas notícias que vêm de lá dizem que há doentes entre aquela gente. E parece que é uma coisa contagiosa. Tudo que tens a fazer é ordenar que eles sejam internados no Hospital de Isolamento, e barrar o acesso à imprensa.

O que teria de ser feito com auxílio da Brigada, naturalmente. Não, aquilo não estava me agradando em nada. Tentei escapar:

– Mas será mesmo que estão doentes? Às vezes esses boatos...

– É a informação que se tem. Naturalmente, terás de verificar isso lá mesmo.

– Eu?

Era só o que me faltava: deixar o consultório, o hospital? Contudo, não era momento para discutir tais detalhes: deixem comigo, eu disse. Já sabia como resolver o problema. Mandaria ao local o eficiente e discreto doutor Artêmio.

No dia seguinte, chegando à Seção, mandei chamá-lo. A secretária espantou-se:

– Ué! O senhor não sabe? O doutor Artêmio não vem mais. Aposentou-se.

– Como?

– Pois é: se aposentou. O senhor mesmo encaminhou o pedido da aposentadoria dele, não lembra?

Por aquela eu decididamente não esperava. O que fazer? Não podia confiar a missão ao Raul, o irresponsável. Tomei uma decisão. Chamei o motorista:

– Sabes onde mora o doutor Artêmio?

– Sei.

– Vamos até lá.

Era numa casa humilde, perto da Ponta da Cadeia: O doutor Artêmio estava sentado na varanda, de pijama, lendo jornal – exatamente o que se esperaria de um aposentado. Não me deixou falar:

– Já sei. É sobre os intrusos.

– É. Eu queria...

– Não vou lá.

– Escuta, Artêmio...

– Doutor Artêmio – disse, seco. – Aposentei-me, mas o diploma continua valendo.

Por que aquela súbita agressividade, num homem habitualmente respeitoso? Tentei apelar para seus bons sentimentos:

– Mas há gente doente lá. Estamos numa situação desesperada...

– Vocês estão. Eu não. Eu estou aqui de pijama, descansando, como qualquer aposentado.

– Mas–

Ele dobrou o jornal – já vi que não vou poder ler em paz –, tirou os óculos, olhou-me fixo:

– Escuta, rapaz. Vou te dizer uma coisa: estou nessa história de saúde pública desde que me formei, em 1915. Percorri este país todo. Trabalhei com Oswaldo Cruz na campanha da febre amarela e da peste bubônica. Fui dos primeiros a ir para a Amazônia combater a malária. Fiz um plano para o controle da esquistossomose, outro para doença de Chagas. Ganhei prêmios de Saúde Pública... Terminei aqui no Rio Grande do Sul; você sabe – ou deveria saber – que trabalhei duro até meu último dia. Pois bem: nesses trinta anos, jamais tive um cargo de chefia. Sempre fui preterido em função de apadrinhados políticos como você. Mas agora não preciso mais agüentar essas coisas, ouviu? Não preciso mais.

Portanto, você me faria um favor se desse o fora e me deixasse ler meu jornal em paz.

– Ora, não se exalte – eu tentava levar na brincadeira –, afinal a coisa não é para –

Pôs-se de pé, lívido, trêmulo:

– Rua!

– Mas, doutor –

– Rua, já disse! Rua, antes que eu chame meu cachorro!

Saí. O homenzinho tá brabo mesmo, comentou o motorista, que assistira à cena. Mas eu mal o ouvia; estava preocupado em achar um jeito de descascar o abacaxi. No hospital, recebi um telefonema de meu sogro:

– Pensei que já estivesses a caminho, Rafael.

– Calma. A coisa não é bem assim...

– *É* bem assim, Rafael. A coisa é muito séria! Vim do centro, agora. Todo o mundo está comentando essa história dos intrusos. Já é um caso político, Rafael.

Desliguei. Tinha uma operação marcada, mas cancelei-a. Não via outro jeito: teria de viajar para a fazenda do doutor Saturnino. A caminho de casa, porém, ouvi uma notícia no rádio do carro que mudou o rumo de tudo. De *tudo* mesmo, como eu viria a constatar depois. A informação era de que os intrusos tinham se entrincheirado nas ruínas da antiga igreja de São Tolentino, localizadas nas terras do Saturnino. No mesmo momento lembrei-me da carta de Débora, aquela em que dizia que de sua casa avistava as ruínas; e me ocorreu pedir a ela que averiguasse a situação. Dirigi-me ao Palácio, onde também estava o Diretor do Departamento Estadual de Saúde e vários assessores do Interventor, todos preocupados: o próprio Getúlio ligara do Rio, querendo saber o que estava havendo. Tranqüilizei-os: eu já tinha a solução.

As comunicações com a região eram difíceis, mas consegui falar com Débora, através da guarnição da Brigada, usando o rádio do Palácio. Sim, ela naturalmente já sabia da situação. Não, não fora até lá; ninguém a chamara. Se podia examinar os doentes? Sem dúvida. Faria isso imediatamente, e depois me relataria a situação.

– Mas toma cuidado – adverti. – Dizem que eles estão armados.

Riu: ainda se respeita uma mulher no Rio Grande, ela disse, ainda mais uma doutora.

Fui para o consultório; preocupado, e até mesmo ansioso, não consegui atender direito os pacientes. Às seis da tarde tocou o telefone; era o Palácio. Tinham um recado da doutora para mim. Fui até lá, li a mensagem que um capitão anotara: "Nas ruínas, encontrou toldo improvisado – dentro, no chão, dezessete cadáveres de índios, homens, mulheres e crianças – alguns ainda quentes, indicando morte súbita – manchas azuladas e amareladas na face, no tórax, nos braços – um, o branco, está vivo"–

Logo depois, o radiotelegrafista fazia novo contato com a guarnição de São Tolentino: a própria Débora queria falar comigo. Nos fones sua voz soava excitadíssima: vinha de carro para Porto Alegre, trazendo o doente, o branco – queria estudar bem o caso, pois certamente se tratava de uma situação raríssima, uma doença nova, talvez, coisa para ser publicada:

– Pode ser a nossa consagração, Rafael!

Consagração. Agora sim, a coisa estava complicada mesmo. Besteira minha, meter Débora naquilo. Então não sabia eu que dela podia esperar qualquer coisa, qualquer maluquice? Suspirando, tirei os fones dos ouvidos. Todos me olhavam: meu sogro, Saturnino, os políticos, os militares de alta patente. O negócio é o seguinte, comecei, mas me contive. Quem era amigo, ali, quem era inimigo? Eu não sabia; só sabia que pisava terreno minado, precisava agir com cautela. Meti no bolso a mensagem: está tudo em ordem, disse. Com o que foram se retirando; por fim, ficaram só os de confiança absoluta, meu sogro, Saturnino, mais dois ou três. A eles transmiti o que me dissera Débora.

– Mas é aquela médica judia? – Meu sogro franziu o cenho. – A ela confiaste esta tarefa?

– Débora clinica lá – repliquei. – E quanto à competência dela, não tenho dúvidas.

Olhou-me, desconfiado, mas não disse nada. Pusemo-nos a discutir a situação. Concordamos em que a coisa era realmente grave, e que o maior segredo tinha de ser mantido. Mandei bloquear uma enfermaria inteira do Hospital de Isolamento; ali ficaria o doente, de quem só sabíamos o apelido – Ruivo – guardado dia e noite por soldados da Brigada. E ficamos à espera.

Débora só chegou na noite seguinte. Fizera uma viagem horrível; o carro atolara várias vezes nas estradas alagadas; o doente, agitado, tivera de ser amarrado; mesmo assim a mordera na mão, causando-lhe um ferimento de certa gravidade, o que quase a impedira de dirigir. Felizmente ela vinha acompanhada de um brigadiano, que lhe fora de muita valia.

Seguiu direto para o Hospital de Isolamento, de onde me telefonaram, avisando de sua chegada. Fui até lá; encontrei-a exausta, desfeita, mas radiante: caso belíssimo, Rafael, uma grande oportunidade científica.

Abracei-a. Abraçamo-nos. Colegas, afinal; e amigos. Mas tentei apertá-la contra mim; acho que tentei; e ela resistiu um pouco; acho que resistiu; resistiu, sim; havia gente olhando, o brigadiano. Mas talvez não fosse por causa disso que se soltou dos meus braços; talvez fosse por alguma coisa dentro de si (machorra? machorra em potencial?). Talvez fosse pelo doente, que ali estava, no banco traseiro do carro, amarrado e aparentemente inconsciente; um homem jovem, corpulento, com cara de alemão. Mandei que o levassem imediatamente para a enfermaria. Débora fazia exigências:

– Quero o melhor cuidado de enfermagem para ele. E todos os exames que forem necessários.

Ela, tomando conta do paciente? Não me parecia muito conveniente. Mas não era o momento para discutir a questão, de modo que resolvi falar de outra coisa. Perguntei onde queria ficar hospedada.

– Posso reservar um quarto num hotel.

Olhou-me, incrédula:

– Hotel, Rafael? Estás brincando. Vou ficar aqui mesmo, no hospital. Quero acompanhar este caso minuto a minuto.

Por essa eu não esperava. Perturbado, tentei argumentar com a falta de conforto do hospital, um velho e precário prédio, onde só baixavam indigentes. Ela, porém, não quis saber de nada. Ficaria ali:

– Manda colocar uma cama junto ao leito dele.

– Mas, Débora, cama junto ao leito, onde é que se viu uma coisa dessas? E se for uma doença contagiosa?

Deu de ombros, sorridente:

– *É* uma doença contagiosa, Rafael. Disso tenho certeza. Mas se eu tiver de pegar, já peguei. Ele até me mordeu, te lembras?

Mostrava a mão enfaixada. Não estava absolutamente ligando ao perigo. Ao contrário, parecia uma criança com o brinquedo predileto.

– Mas, Débora–

Ela me empurrava:

– Vai, Rafael. Vai para casa. Pode deixar que eu tomo conta do paciente.

Não havia outro jeito. Mandei que colocassem o homem na enfermaria e que atendessem às determinações da doutora. Ela, de imediato, deu as primeiras ordens e pediu alguns exames.

Na manhã seguinte, preocupado, fui ao hospital. As primeiras notícias do rádio, naquele dia, davam conta do desaparecimento dos índios; especulava-se que teriam ido embora, ou se refugiado nos matos próximos; das mortes não se falava, nem do Ruivo. Era, claro, um segredo de polichinelo; mas eu esperava que o tempo trabalhasse a meu favor e que a coisa se esvaziasse por si.

Difícil seria segurar Débora. Ela queria exames; queria ouvir a opinião de outros médicos; queria discutir o caso como o fazíamos ao tempo da Faculdade. Tentei, com jeito, mostrar-lhe que não se tratava exatamente de uma situação acadêmica, que havia certas conotações... Cortou-me, impaciente:

– Não me interessam as conotações, Rafael. Tu prometeste me ajudar e vais me ajudar.

Fomos olhar o doente. Ali estava, amarrado ao leito, em coma aparentemente profundo, com soro e oxigênio.

– Não sei se temos muito tempo – disse Débora. – Nos outros casos a morte foi rápida. Eu gostaria de fazer o diagnóstico em vida. E curá-lo, se possível.

Suspirei:

– E o que é que tu queres?

Estendeu-me uma folha de papel com uma nova e longa lista de exames. Olhei-a, tornei a suspirar: nada daquilo era feito no hospital. Eu teria de chamar laboratórios de fora, radiologistas: mais gente a tomar conhecimento do caso. Não, não tinha como ocultar a coisa.

– Está bem. Vou providenciar. A propósito, Débora, tu sabes que este hospital tem seus médicos...

– Não me interessa, Rafael. O caso é meu, vou até o fim. Se quiseres me ajudar, muito bem. Se não, continuarei sozinha.

– Escuta, Débora...

Expus-lhe a situação, todos os acontecimentos das últimas horas; terminei dizendo que agora a responsabilidade caía sobre ela.

Sorriu:

– Confia em mim, Rafael. Não entendo nada dessas coisas políticas, mas, se depender do diagnóstico, pode deixar comigo. Envenenamento, essa é fina. Renard, se estivesse aqui, daria boas gargalhadas. Envenenamento!

Bateram à porta. Era o homem do laboratório, com o resultado dos exames feitos no hospital. Ela percorreu-os rapidamente.

– Tudo normal.

Decepcionada? Não. Não a contrariavam, tais resultados. Ao contrário, reforçavam sua hipótese de que aquilo era uma doença nova:

– Se fosse algo conhecido, os exames de rotina teriam mostrado. Não achas, Rafael?

Eu preferia não me manifestar; na verdade, porém, o que eu queria era ter outros colegas ali, gente mais experiente e sobretudo mais sensata. Ela, porém, não arredava pé de sua posição inicial:

– Discutirei o caso com os professores da Faculdade. E farei isto quando tiver tudo pronto. Agora pela manhã vou à biblioteca, pesquisar a bibliografia que falta. À tarde, começarei a redigir este material.

Eu tinha cirurgia marcada, mas resolvi passar em casa. Alzira esperava-me, amuada:

– Onde é que estiveste? Eu já estava preocupada.

Dei-me conta: tinha esquecido de avisá-la.

– Desculpa, Alzira. Passei a noite trabalhando.

– Com a doutora? – perguntou, azeda.

Era só o que me faltava: ciúmes.

– Pelo amor de Deus, Alzira...

Neste momento, o telefone tocou. Atendi: era o doutor Saturnino. Uma idéia acabara de lhe ocorrer: transferir o doente para São Paulo ou Rio, a pretexto de buscar maiores recursos. A proposta era boa, mas Débora não consentiria. E o jornalista do *Alerta* botaria a boca no mundo. Saturnino não gostou:

– Por mim eu tirava esse diabo daqui – disse, desabrido. Ponderei-lhe, com serenidade, mas com firmeza, que a decisão era minha, o que o irritou mais ainda. Pois que ficasse irritado: a mim não importava.

De qualquer maneira, seria bom dividir a responsabilidade com alguém. Resolvi aproveitar a ausência de Débora do hospital na manhã seguinte e levar o Brito – médico de figurões – para examinar o doente. Telefonei-lhe; prontamente concordou: marcamos às dez horas da manhã. Às dez eu estava no hospital. Mas Brito, como de costume, atrasou-se; quando firmemente apareceu, não pode examinar o doente. Débora, que naquele momento chegava da Faculdade, irrompeu furiosa na enfermaria:

– O que é que o senhor está fazendo aqui?

– Eu? – Brito, não menos irritado. – Estou aqui a pedido do doutor Rafael Mendes, chefe da Secção de Doenças Infecto-Contagiosas, à qual este hospital está ligado. E a senhora? Posso lhe perguntar o que faz aqui?

– Eu sou a médica do caso. O Rafael não lhe disse?

Não, eu não tinha dito, e agora a confusão estava criada. Mas Débora, surpreendentemente, conteve-se: disse que estava em condições de apresentar o caso numa sessão clínica da Faculdade, e que tinha mesmo pensado em contatar o professor a respeito; de modo que se ele quisesse examinar o paciente seria ótimo – e um prazer para ela. Mas não, Brito não queria examinar doente nenhum. Lançando-me um olhar de censura, apanhou o chapéu e foi-se, não sem antes marcar com Débora a sessão clínica: no dia seguinte, pela manhã.

Eu estava cada vez mais preocupado, mas Débora exultava: a reunião com o corpo docente da Faculdade, a nata da medicina gaúcha, era o que ela estava esperando:

– Li tudo o que havia a respeito, Rafael, e estou agora absolutamente convencida: é uma nova doença, não há dúvida.

Olhava-me, sorridente e desafiadora. Era tal o desejo que sentia por ela, naquele momento, que estremeci. Mas o que era aquilo, afinal? Amor? Mais uma vez recuei diante da perturbadora questão.

– Está certo, Débora. O caso é teu. Mas não te queixes, depois.

Ia sair, mas ela segurou-me pelo braço:

– Não queres examinar o doente?

Na verdade, eu não queria. Não se tratava de um caso traumatológico, não era meu paciente; por que me envolver mais do que eu já estava envolvido? E ainda havia aquela incômoda suspeita de doença contagiosa, e eu estava com pressa... Mas a pressão da mão de Débora em meu braço... Não era uma pressão carinhosa: bem queria eu que fosse carinhosa, mas não o era; talvez houvesse um componente carinhoso, naquela pressão, mas era antes de tudo um aperto enérgico, imperativo: faz!

Examinei o doente. Rapidamente e de má vontade. Não achei nada.

– Não acho nada.

Ela sorriu.

– Foste muito rápido.

Tive vontade de lhe responder com uma frase ferina: que não precisava das opiniões dela, que sabia examinar um doente, que tinha experiência nisso, como em muitas outras coisas das quais ela só ouvira falar; trepar, por exemplo. Mas me contive, e pude até sorrir:

– Tens razão. Mas na verdade–

Detive-me: é que estava vendo a cama dela. A cama ainda desfeita onde ela dormira, vestida, ou de camisola, ou nua, junto a um desconhecido. Eu não via generosidade naquilo; o que eu via era uma porcaria, coisa de marafona ou de machorra.

– Na verdade estou com pressa – disse seco. – Precisas de mais alguma coisa?

Pediu-me que avisasse à mãe que estava bem; e, a seus pacientes, que procurassem o colega da cidade vizinha: um arranjo que em outras ocasiões funcionara.

Saí. À porta do hospital fui abordado por um rapaz de bigodinho, mal vestido e de ar insolente.

– Doutor Rafael? Sou repórter...

Pronto: já tinha começado. Estou com pressa, eu disse, e entrei no carro. Ele segurou a porta, impedindo-me de fechá-la.

– Eu, se fosse o senhor, não ia embora tão ligeiro. Meu jornal, o *Alerta* recebeu algumas informações interessantes...

Alerta. Meu sogro tinha razão: já estavam em cima. O *Alerta* vinha movendo uma insidiosa campanha contra Getúlio. Tratava-se de um pasquim sensacionalista, ainda tolerado por pequeno, mas com a tiragem já crescendo. Vacilei; apaziguá-lo?

– Mais tarde, talvez – respondi. – Agora o amigo vai me desculpar, tenho cirurgia marcada.

E ordenei ao chofer que seguisse. Pelo espelho retrovisor o vi, parado, olhando o carro que se afastava: encrenca, ali.

Fui ao hospital, mas não cheguei a entrar na sala de cirurgia: o doutor Saturnino telefonara, pedindo que comparecesse a seu hotel, para uma reunião. Aquilo já estava me exasperando, mas eu não tinha como escapar. Fui até o hotel; lá encontrei o Saturnino, meu sogro, dois assessores do Palácio, e um mulato alto e forte, elegantemente vestido, que se apresentou como agente do DIP, o Departamento de Imprensa e Propaganda. Saturnino pediu desculpas por perturbar minha rotina:

– Mas é importante, doutor. O Getúlio me telegrafou hoje cedo. Eles têm informação lá, no Rio, que essa história dos bugres doentes vai ser explorada ao máximo pelos jornais. Vão querer saber que fim eles levaram... E sobretudo vão exigir informações sobre esse que está no Hospital.

O mulato ouvia, sorrindo enigmático. Eu disse que não poderia adiantar nada; nem sabia o que tinha o homem.

– E essa doutora? – perguntou meu sogro. – É de confiança?

Respondi que não podia garantir por ela, mas não podia, igualmente, afastá-la do caso. E me levantei:

– Tenho um doente esperando na sala de cirurgia. Fratura exposta, um caso grave. Desculpem-me.

O mulato do DIP acompanhou-me até o corredor para me dizer que, quanto à imprensa, podia deixar com ele. Eu não quis discutir: limitei-me a agradecer, entrei no carro, fui para o hospital. Não pude operar direito: aquela agitação toda me perturbava. A cirurgia levou quase cinco horas e me deixou exausto. Mesmo assim resolvi ir ao Hospital de Isolamento. Encontrei Débora vibrando:

– Passei a manhã na biblioteca da Faculdade, Rafael! E descobri coisas interessantíssimas.

Estendeu-me uma folha de papel:

– Isto é para ti. Uma cópia das minhas anotações.

Li: "Em 1898, Renard, nos *Annales de l' Academie de Médécine,* menciona cinco casos de uma doença febril e com manchas multicores ocorrendo no Congo Belga, mas seus pacientes eram todos negros. Em 1902, V. Kranz, numa comunicação ao Instituto de Doenças Tropicais da Universidade de Berlim, faz menção a uma doença febril com manchas amareladas e azuladas –

mas em seus casos ocorria alopecia em placas e gangrena das extremidades – o escarro era fétido, sugerindo abscesso pulmonar – urina escura, turva. Em 1912, num editorial do *Journal of Tropical Diseases,* Allen e Dunswick fazem um comentário sobre o *Riu-riu,* curiosa doença ocorrendo em aborígines da Polinésia e por estes atribuída a maldição da serpente sagrada. Manchas multicoloridas... febre... delírios místicos. Em 1925, no mesmo *Journal of Tropical Diseases,* Tate e colaboradores analisam um surto epidêmico entre nativos que construíam uma estrada de ferro norte-americana no Panamá... Nesses casos, porém, os gânglios apresentavam-se enormemente aumentados de volume... Em 1932, o inglês Merrill coletou dados referentes a oito casos na Malásia... Manchas multicoloridas, mas também paralisia de membros inferiores... Em 1935, Bengstrom descreve vinte casos de uma doença infecto-contagiosa caracterizada por manchas multicoloridas, em membros de um safári..."

Mas o que queria dizer aquilo, afinal? Renard e *Riu-riu?* Merrill, safári? Eu a olhava, perplexo.

– Mas não percebes, Rafael? – ela, exultante. – Não há referências a uma doença deste tipo. Quer dizer: estamos diante de uma nova enfermidade, Rafael! Exatamente como eu suspeitava, Rafael!

E já listava uma série de providências a tomar, uma das quais considerava particularmente importante:

– A necropsia dos falecidos. Os corpos ainda devem estar lá nas ruínas da igreja – só espero que não tenham se deteriorado. Manda buscá-los, Rafael. Manda buscá-los com urgência e pede a necropsia à Faculdade.

Eu concordava, ou fingia concordar. Na realidade, só pensava na maneira de me livrar daquela confusão – o que, de momento, não parecia possível. Consultei o relógio: já estava atrasado para o consultório.

– Está bem, Débora. Vou ver o que é possível fazer.

Fui para o consultório. Estava cheio, como de costume, e eu atendi um paciente atrás do outro, até as dez da noite. Quando pensava que as consultas já se tinham encerrado, a secretária anunciou:

– Tem mais um. Um moço que não quis dar o nome. Diz que é assunto particular.

– Que volte amanhã.

Mas ele já estava na porta; era, naturalmente, o jornalista do *Alerta*.

– Queira se retirar – ordenei, ríspido.

Ele sorriu.

– Gostaria que o senhor lesse este material, doutor Mendes. Pode ser de seu interesse.

Eram provas tipográficas. Hesitei, mas acabei sentando para lê-las. Tratava-se de notícias sobre as mortes de São Tolentino. O nome de Saturnino era mencionado; falavam de sua amizade com Getúlio. E mencionavam a hipótese de envenenamento, talvez através da água de um poço próximo.

Envenenamento? De onde tinham tirado aquilo?

– De onde é que vocês tiraram isso?

– Se o senhor está disposto a desmentir – disse –, publicaremos suas declarações.

Eu não sabia o que dizer. Se eu achar que devo declarar algo, disse, telefono a vocês. Com o que ele foi embora. Deixei-me cair na cadeira, confuso. E agora, o que fazer?

De súbito, me ocorreu: o DIP. Me repugnava aquilo, mas podia ser uma solução. Eu precisava encontrar o mulato imediatamente, antes que o jornal fosse rodado. Sem esperar o elevador, precipitei-me escadas abaixo. Corri pela Rua da Praia, deserta àquela hora, subi a ladeira, entrei no Palácio – o brigadiano à porta já me conhecia – invadi a sala de Moreira, o assessor designado para acompanhar o caso. Felizmente ainda o encontrei; homem esforçado, trabalhava até altas horas. Expus-lhe rapidamente o caso, pedi-lhe que me localizasse o agente do DIP. Ligamos para o hotel. Não estava lá, evidentemente – cara de mulherengo bem que tinha.

– Vamos até a Marlene.

Era ali perto, na Sete de Setembro. Subimos rapidamente as escadas do bordel. A própria Marlene veio nos receber:

– A que devo tanta honra?

Sim, o homem do DIP estava ali. Sem perder tempo, entramos no quarto; estava no quarto com uma mulher que se pôs aos gritos, ele de imediato saltando para o revólver na mesa-de-cabeceira. Reconhecendo-nos, acalmou-se; expusemos rapidamente a situação, ele achou que era realmente de impedir a circulação do jornal, mas precisava pedir autorização ao Rio:

– Infelizmente a coisa não é tão fácil.

Voltamos ao Palácio. As ligações telefônicas eram lentas, havia demora; e um mandava falar com o outro, de modo que só as seis da manhã tínhamos uma decisão e esta vinha do próprio Getúlio: era para deixar circular o jornal. Responder às acusações, mas deixar circular. O homem do DIP estava irritado:

– Que besteira! Que besteira!

De qualquer modo o jornal já estava nas ruas: do próprio Palácio ouvíamos os gritos dos jornaleiros. Moreira voltou-se para mim:

– Está tudo em suas mãos, doutor.

Nas minhas mãos? Sim, mas tudo agora dependia de Débora. Porém – como fazê-los entender isto? Realmente, as coisas estavam em minhas mãos.

Fui até o Hospital, entrei na enfermaria. Débora ainda dormia, na cama junto ao leito do Ruivo. Fiquei a olhá-la; apesar da urgência, fiquei a olhá-la. O que pode ter significado esse fato, que me detive a olhá-la, apesar da urgência? Amor? Algum amor? Quanto amor? Como avaliar a dosagem de amor? Pelo tempo de imóvel fascinação? Convertendo este tempo em equivalentes unidades (quais?) de paixão?

Mas ela já acordava – tinha o sono leve de muitos médicos, desses que saltam da cama antes mesmo que uma voz angustiada brade, doutor, acorde. Vendo-me, sorriu – doce sorriso, ou pelo menos me pareceu doce, e como avaliar o fato de me ter parecido doce? –, mas logo em seguida voltou-se para o doente, que continuava em coma. Face trágica, a daquele homem: olhos no fundo, nariz afilado, malares protusos, a ruiva e rala barba crescida. Débora pulou da cama – dormia de avental, agora eu constatava –, foi examiná-lo.

– Está no mesmo – disse, visivelmente desapontada. – Não apareceu nada novo, nenhuma mancha.

De repente, lembrou-se:

– E a necropsia, Rafael? – perguntou, voltando-se para mim. – Providenciaste a necropsia?

Era aquilo que eu não podia dizer a ela, que não haveria necropsia alguma; que tão logo ela saíra de São Tolentino os brigadianos, aterrorizados, tinham pedido, pelo rádio, autorização para cremar os corpos, com o que eu concordara. Um tolice, agora eu o reconhecia, mas no momento me parecera uma boa solução – para evitar a disseminação de uma doença, e também porque o doutor Saturnino não queria túmulos nem cruzes em suas terras. Está providenciado, menti; só que vai demorar alguns dias, o nosso patologista está de licença, mas não te preocupes, os corpos estão bem guardados na geladeira do necrotério. E, antes que perguntasse mais, despedi-me.

Chegando em casa, encontrei um bilhete de Alzira: tinha ido passar uns dias na fazenda, com a mãe, e levara o Rafaelzinho. Aquilo não me agradou nada; logo, logo estariam comentando. Enfim, era mais uma carga que eu tinha de suportar. Almocei sozinho, fui para o consultório. Não pude trabalhar direito; voltei para casa, li até altas horas da noite, mas não consegui dormir. Foi com alívio – e com renovada preocupação, ao mesmo tempo – que vi raiar o dia.

Cheguei à Faculdade na hora aprazada. O Salão Nobre estava cheio; todo o mundo sabia da importância do caso. O clima era de expectativa. Brito veio ao meu encontro, convidou-me a tomar assento à mesa. Débora arrumava seus papéis. Parecia calma; sorriu-me, confiante.

Brito fez soar a campainha e abriu a sessão. Começou agradecendo à presença de todos. Disse que a reunião se revestia de um interesse especial, já que se tratava de um surto de doença contagiosa ocorrido em pleno Rio Grande do Sul. E aí passou a palavra a Débora. Ela se levantou, e agora estava visivelmente nervosa:

– Senhores professores, senhores médicos...

Interrompeu-se. Fez-se um silêncio opressivo, só quebrado pelo ruído do trânsito e pelos gritos dos jornaleiros, lá fora. Eu a olhava, a respiração suspensa, pronto a intervir. Mas não foi preciso; respirou fundo e prosseguiu:

– Pretendo apresentar um relato sobre casos de uma doença até aqui desconhecida, ocorrida na região missioneira.

Pôs-se a mexer nos papéis, e agora já se atrapalhava de novo; quando finalmente recomeçou a falar sua voz era insegura; titubeando, descreveu as circunstâncias em que achara os corpos e a situação do paciente internado. Eu olhava ao redor; as expressões que via nos rostos eram de perplexidade, desconfiança, irritação. Crivaram-na de perguntas. Ela ia respondendo como podia, desculpando-se com a inexperiência e com a falta de recursos; quando indagaram da necropsia, olhou para mim, como a pedir socorro. Mas eu não disse nada, não podia dizer nada, e ela então informou que breve teria, segundo esperava, os dados de necropsia.

Eu me sentia mal, terrivelmente mal, a cena me lembrava – naturalmente – a Inquisição: a hebréia indefesa diante de severos juízes... E eu que fazia? Limitava-me a balançar mecanicamente a cabeça. Era digno, aquilo? Não, não era. Eu deveria fazer algo, mas o quê? Enquanto eu hesitava, levantou-se o Brito. Durante alguns momentos encarou a platéia sem nada dizer. Depois começou, num tom de voz ominoso:

– Nesta reunião estão presentes os luminares da medicina gaúcha. A presença dos senhores, aqui, demonstra o interesse de nosso meio pela ciência médica.

Pausa. Pausa tensa.

– No entanto, lamento dizer que esta reunião foi inútil. A doutora Feinstein falou em epidemia de uma nova doença. Mas não há epidemia, a existência de uma nova doença não foi comprovada. E nem sei mesmo se há doença.

– Mas alguma coisa há! – gritou alguém, do fundo do salão.

Era o velho doutor Artêmio. De pé, tremia de indignação.

– Alguma coisa há, professor Brito! O senhor vá ao Hospital de Isolamento agora e lá encontrará um paciente em coma. Alguma coisa há!

– Eu não disse que não há nada – respondeu Brito, friamente. – O que eu disse é que não sei se o coma desse paciente, que aliás vi rapidamente – porque a doutora aqui não permitiu que eu o examinasse – se deve a uma doença.

– De que se trata, então? – Artêmio avançou pelo corredor. – De envenenamento, como o *Alerta* está dizendo?

Brito hesitou – um segundo, meio segundo –, mas quando tentou responder já era tarde. De costas para ele, e voltado para o público, Artêmio fazia um comício:

– Porque se é envenenamento, meus senhores, temos de esclarecer os fatos! Já se passou o tempo em que, neste país, os crimes ficavam impunes. O mundo quer justiça, senhores. Agora mesmo na Espanha, trava-se uma luta sangrenta pela democracia, uma luta com a qual também estamos comprometidos. É nosso dever descobrir o que está por trás disto!

Ah, seu safado, gritou o doutor Saturnino e avançou para ele. Separaram os dois a custo; Artêmio foi arrastado para fora da sala, gritando. Dois brigadianos levaram-no.

Brito tentou retomar o controle, mas era impossível: a confusão se generalizara, os estudantes invadiam o salão, aos gritos de *abaixo a ditadura,* punhos fechados erguiam-se no ar. A coisa está preta, doutor, murmurou alguém a meu ouvido, e era, naturalmente, o mulato do DIP. Eu tentava chegar até a apavorada Débora, para retirá-la dali; mas meu sogro me puxava por um braço, Moreira por outro e da porta Kurt Schnitzel – até ele estava metido na história? – me fazia sinais, com um papel na mão. De pé sobre uma cadeira um jovem médico proferia um violento discurso contra Getúlio, aplaudido por uns e vaiado por outros. Brito fazia soar insistentemente a campainha, ninguém lhe prestava atenção. Quem resolveu a situação foi o franzino bedel: foi expulsando as pessoas da sala, até que ficamos ali apenas Brito, meu sogro, Saturnino, Moreira, Débora e eu. Brito, o casaco rasgado, pôs o chapéu, irritado:

– Acho que podemos encerrar por aqui, não é? – E para Débora: – Meus parabéns, doutora. Se era confusão o que a senhora queria, conseguiu-a, não há dúvida. – O doutor Saturnino e Moreira queriam uma reunião urgente, mas eu não estava em condições; pegando Débora pelo braço (meu sogro me olhava, cheio de suspeitas) fui saindo. À porta da Faculdade esperava-me o jornalista. Não tenho nada a lhe falar, eu disse, mas ele atalhou:

– Não, doutor, sou eu que tenho uma coisa para o senhor. Seu amigo Kurt Schnitzel tentou entregar-lhe isto – mostrava uma folha de papel manuscrita –, mas como o bedel o empurrou para fora, ofereci-me para cumprir a missão. Tomei a liberdade de ler – afinal, sou jornalista, não é? – e achei que se trata de material muito interessante. Já lhe adianto que será aproveitado na edição de amanhã.

O bilhete de Schnitzel era longo:

"Tenho todas as razões para crer que o homem conhecido como Ruivo, que está neste momento baixado no Hospital de Isolamento, é um militante trotskista que conheci em Berlim, em 1930. Era então um jovem estudante, mas já estava sob a mira das autoridades. Pensava em fugir para a América Latina, pois tinha uma fascinação toda especial pelos índios a quem pretendia, segundo suas próprias palavras, libertar do jugo dos brancos. Viajou para o México onde permaneceu recluso durante muito tempo. Escreveu vários livros sob o pseudônimo de B. Traven. A literatura lhe rendeu muito dinheiro, e ele poderia ter levado uma vida confortável; mas, de um lado, os nazistas não o deixavam em paz, queriam liquidá-lo: de outro lado, ele vivia obcecado com a idéia de sublevar os astecas, levando-os a tomar o poder. Por causa disto teve de abandonar o país. Dirigiu-se então para o Peru, com o propósito de reconstruir o império Inca, mas em bases socialistas. Foi preso, cumpriu pena de dois anos, após o que puseram-no em liberdade. Atravessou a fronteira e veio para o Brasil. Encontrou um grupo de compatriotas que tinha sido expulso de suas terras, em Santa Catarina. Persuadiu-os a acompanhá-lo até o Rio Grande do Sul – nas ruínas das Missões fundariam de novo uma república, contando para isto com a adesão dos índios locais. Foi denunciado à polícia por uma carta anônima, escrita sem dúvida por membros do movimento nazista no Rio Grande do Sul. Ameaçou então revelar tudo que sabia sobre o nazismo na América Latina, indicando inclusive o nome de importantes figuras do governo e do mundo dos negócios..."

Aquilo, naturalmente, complicava ainda mais as coisas, e eu ia dizer ao jornalista que não se atrevesse a publicar nada – mas quando ergui os olhos do papel ele já tinha desaparecido. Débora continuava ali, imóvel, o olhar fixo, arrasada. Pensei em levá-la para almoçar no Palácio do Comércio, mas não era o caso; não aceitaria, e de qualquer modo seria desagradável almoçar com olhares indiscretos postos em nós. Coloquei-a no carro, fomos para o Hospital de Isolamento. Entramos na sala do diretor, deserta àquela hora; ela se deixou cair numa poltrona e ali ficou, em silêncio. Eu não sabia o que dizer, nem tinha coragem de olhá-la. Começou a chorar: um pranto convulso, os soluços lhe sacudindo o corpo todo, uma coisa penosa de ver. De repente, ergueu a cabeça, olhou-me, altiva:

– Não, Rafael. Não vamos nos entregar assim. – Animava-se: – Eu tenho como provar, Rafael, que é uma doença nova, não descrita. Quando vierem os resultados das necrópsias –

Interrompeu-se, intrigada:

– Falando nisso, Rafael, já terminaram as tais necrópsias?

Agora é o momento, pensei, agora é o momento, tenho de clarear tudo agora. Respirei fundo:

– Não foi feita nenhuma necropsia, Débora.

E contei que os corpos tinham sido cremados. Não queria acreditar:

– Mas tu permitiste, Rafael? Fizeste essa bobagem? – Desesperada: – Mas por que, Rafael? Não vês que é a nossa desmoralização? Agora não temos como provar nada, Rafael!

Eu não podia sequer olhá-la. Também me prejudiquei, murmurei, mas ela já não me ouvia. Levantou-se, foi até a janela, ficou imóvel, olhando para fora. Sem se voltar para mim disse, em voz clara, firme:

– Agora vou até o fim, Rafael. Não sei como, mas vou até o fim. Esse homem tem uma doença que ninguém conhece, e eu vou prová-lo.

Vê lá o que vais fazer, eu disse, cauteloso, mas ela já não me ouvia. Saiu, foi para a enfermaria.

Consultei o relógio. Estava na hora de ir para o consultório. Quando lá cheguei, o telefone estava tocando. Para o senhor, disse a secretária, é o senhor Moreira. Pensei em não atender, mas seria inútil; ficaria insistindo até falar comigo.

– Alô.

– A situação está braba, Rafael.

– Já sei.

– O *Alerta* está tirando uma edição extra, com a notícia da baderna na Faculdade de Medicina. Vão dizer que há uma briga política nessa história.

– E o homem do DIP?

– Nem sei onde está, num puteiro qualquer, decerto. O que é que vamos fazer, Rafael? Me diz, o tal de Ruivo continua em coma? Porque se ele acordasse desse coma e dissesse que não foi envenenado...

– É. Mas ele continua em coma. Até logo, Moreira.

Mandei passar o primeiro cliente, mas logo em seguida o telefone tocou de novo. Era meu sogro:

– O Saturnino está desesperado, diz que vai tocar fogo na redação daquele jornal... E o pior é que o Getúlio não quer nem falar com ele, mandou dizer que não vai se meter nessa confusão, que o Saturnino se arranje. Há alguma coisa que a gente possa fazer, Rafael?

– Nada – eu disse.

– Nada – irônico, agora. – Estamos na mão dessa tua amiguinha, a doutora. Vocês se divertindo e nós aqui, nessa angústia. Dela, eu entendo: essa gente não tem raízes, não tem brio, não tem honra, nada. Mas tu, Rafael, tu és de boa família. Que vexame, Rafael.

– Escuta...

– Escuta tu! – Berrava, possesso – Escuta tu! Ai de ti, Rafael, se envolveres minha filha num escândalo, ouviste? Ai de ti.

Desliguei. O paciente a minha frente, um homem de idade, me olhava espantado.

– Pode ir – eu disse.

– Mas o senhor não me atendeu!

– Nem vou lhe atender. Hoje não, hoje não posso. Volte outro dia. Agora vá.

Chamei a secretária, avisei que não ia atender mais ninguém. Fechei a porta do consultório, tirei de um armário uma garrafa de conhaque e um copo. Pretendia tomar um porre; nem voltaria para casa, ficaria ali pelo consultório mesmo, dormindo na mesa de exames; mas de repente me dava muita saudade de Alzira e do meu Rafaelzinho, meu filho querido. Talvez estivessem a minha espera.

Mas a casa estava às escuras, quando lá cheguei. Vacilante, eu tentava enfiar a chave na fechadura, quando alguém me tocou no ombro. Dei um pulo, empurrei o vulto que cambaleou, caiu.

– Que foi, Rafael? Isso é jeito de tratar os amigos?

Era o Micróbio, meu colega Micróbio. Sabia do caso do Hospital de Isolamento, queria falar a respeito. Convidei-o a entrar. Sentou-se e foi logo dizendo, os olhos brilhando, que podia curar o paciente com uma droga nova que acabara de descobrir:

– Vai ser a nossa consagração, Rafael!

Suspirei: mais uma consagração: suspirei. Mas Micróbio, estusiasmado, já explicava: há tempos vinha estudando o antagonismo entre fungos e bactérias; antes mesmo de Fleming isolar a de mofos do gênero *Penicillium* uma substância que dominara – mas isto antes mesmo de Fleming, hein? E por coincidência, hein? – penicilina. Sabia que os americanos já produziam o produto experimentalmente, e que breve invadiriam o mercado brasileiro; mas isso não o desanimava, nem um pouco. Estava convencido de que sua penicilina era melhor, e aguardava uma oportunidade para demonstrá-lo – dramaticamente, se possível. E agora esta oportunidade surgia, com esse paciente, o Ruivo. Parecia-lhe uma situação ideal: caso difícil, de prognóstico reservado, muita curiosidade no meio médico e no público em geral quanto à evolução. Hesitou um pouco, e acrescentou:

– Além disso, se por acaso não der certo... Bem, trata-se de um desqualificado que ninguém sabe quem é...

Animava-se:

– Mas vai dar certo, Rafael. Tem de dar certo. Tu precisas ver como as cobaias se curam das infecções... Parece mágica. Vai dar certo, sim. A penicilina é a droga do futuro. Vou montar uma indústria, vou abastecer todo o país. Não podemos deixar os gringos tomar conta, Rafael.

Eu vacilava. Uma droga nova... Podia dar certo, embora, francamente, o Micróbio não me inspirasse muita confiança. Mas quem garantia que se tratava realmente de doença infecciosa? E se fosse envenenamento? Foi o que eu perguntei a ele: como é que tu sabes que não se trata de envenenamento? Olhou-me, espantado.

– Envenenamento? Que besteira é essa, Rafael? Todo o mundo sabe que é uma infecção. Uma doença da região missioneira e da Argentina, rara, mas conhecida. Há até referências históricas.

Abriu a pasta, tirou de lá um velho opúsculo, amarelado, comido de traças. O título era: "Memória da Igreja de São Tolentino"; o autor, o Padre João de Buarque, S. J. Li, surpreso, as poucas páginas.

Na primeira parte, contava o Padre João como fora investido de uma missão por ele chamada de divina. Nascido na cidade de Porto, desde cedo fora orientado para o sacerdócio. Excepcionalmente dotado, parecia destinado a uma rápida ascensão na carreira eclesiástica. Um dia, porém, vencido pelo cansaço, adormeceu na capela e teve o sonho que mudou sua vida. Sonhou que São Tolentino lhe aparecia, rodeado de bugres, pedindo que deixasse tudo e viajasse à América; lá, deveria edificar uma igreja, dedicando-se à conversão dos índios.

Foi uma revelação. No mesmo dia pediu autorização aos superiores para atender ao desejo do santo. De nada valeram os esforços para dissuadi-lo; "Deus animou minha língua e a todos os argumentos respondi com serenidade, firmeza e desenvoltura".

Na segunda parte descrevia sua viagem ao Brasil, a longa viagem pelo pampa, o encontro com os índios guaranis, "tão puros e inocentes que ao vê-los encheu-se de júbilo meu coração"; a peregrinação, a pé, pelas coxilhas da região, até que "chegando a um certo e aprazível lugar... ouvi a voz de São Tolentino dizendo que ali desejava ser venerado". De imediato construíram os bugres um aldeamento; mas a edificação da igreja levou muitos anos, porque "em sonhos São Tolentino me aparecia, repetindo uma e outra vez que não lhe aprazia o templo, ou porque a porta era grande demais, ou porque o era pequena demais: ou porque o adro era muito amplo, ou porque era pouco amplo; ou porque o pé-direito era muito alto, ou porque era muito baixo" – a tal ponto que o sacerdote, desalentado, já pensava em abandonar a idéia.

Foi então que um jovem índio veio ter ao aldeamento. Era conhecido como Sepé Tiaraju; e desde o início revelou-se uma personalidade forte, um guarani contestador. Discutia com o padre argumentando que os índios precisavam não de crucifixos, mas de lanças; não de igrejas, mas de fortalezas.

– Uma igreja é uma fortaleza – retrucava o padre. – Uma fortaleza da fé.

– E resiste aos canhões? – o índio, irônico. Tu sabes tudo, respondia o padre, desconcertado e irritado, és como Adão, depois de comer o fruto da Árvore da Ciência do Bem e do Mal; mas não te esqueças, a única coisa que ele descobriu é que estava nu.

– Já foi uma descoberta – respondia Sepé. – É bom a gente ter a consciência da própria nudez, não te parece? Só que eu, no lugar de Adão, continuaria andando nu. Aliás é o que nós, índios, fazíamos, antes que vocês aparecessem. Éramos mais felizes, então.

Mas nós trouxemos a vocês a palavra divina, protestava o padre. Sepé ria: palavra divina? A palavra divina já estava conosco, padre. Não esqueças – tu mesmo o disseste – que somos uma das tribos perdidas de Israel, que descendemos do Rei Salomão.

Palavra divina? Não, não era a palavra divina que desejava. Não queria comer do fruto da Árvore da Vida, que lhe daria a eternidade; queria, isto sim, achar a Árvore do Ouro:

– Eu sei que ela existe, e vou encontrá-la, padre, podes ter certeza.

Com o ouro, pretendia comprar canhões. Mas não só isto,

queria construir fundições, importar máquinas. O progresso, Padre, o progresso é que nos salvará, sustentava, com um brilho de desafio nos olhos.

Estas conversas perturbavam o Padre João, que não tinha respostas para Sepé. *Anima minha língua, São Tolentino*, suplicava em suas preces. O padroeiro não o atendia; em compensação deixou de lhe aparecer, com o que a igreja pôde enfim ser concluída. Em clima de júbilo foi ali rezada a primeira missa, presentes centenas de bugres, e padres de outras reduções indígenas. Sepé Tiaraju assistia a tudo com um sorriso irônico. O padre não se importou. Decidira ignorá-lo. Constatara que os índios não compartilhavam as idéias do rebelde. Ao contrário: trabalhavam, freqüentavam os serviços religiosos, mantinham a moral e os bons costumes. Deste modo, a missão do Padre João parecia cumprida e ele, já velho, se preparava para morrer em paz, quando sobreveio a tragédia: o ataque dos castelhanos. A aldeia foi rapidamente arrasada, em meio a uma verdadeira carnificina: "riachos de sangue corriam pelas ruas". Os sobreviventes refugiaram-se na igreja, dispostos a ali resistir até o fim. O Padre João descrevia longamente os dramas de consciência que o assaltavam: poderia profanar um templo, ainda que fosse para salvar vidas humanas? Vidas de bugres? (Sim – de repente lhe dava nojo daqueles selvagens: nojo e raiva da situação: por que tenho de estar aqui? Por que não abro as portas e me junto aos brancos que são, afinal, minha gente? Por que não volto para Portugal, e vivo em paz o resto dos meus dias?). Mas então São Tolentino lhe apareceu de novo; mostrava-lhe a espada que tinha na mão, uma espada de fogo; o padre entendeu a mensagem. Anunciou aos índios que lutaria junto com eles.

O cerco se prolongava. Ainda que precariamente armados, os defensores do templo dispunham de alimentos armazenados e água canalizada de uma cisterna subterrânea situada a pouca distância dali; ânimo não lhes faltava; mas então ocorreu o inesperado. "No trigésimo segundo dia dessa jornada heróica, Sepé Tiaraju, o chefe dos índios, o guerreiro indômito que a todos animava com sua bravura, amanheceu doente... Queixava-se de dores nos braços e nas pernas... Vomitou grande quantidade de uma bile negra... Notei grande calentura em seu corpo... E examinando-o mais de perto vi que tinha na testa uma mancha vermelha, ao jeito de um lunar."

As manchas se disseminaram rapidamente, "adquirindo diversa coloração, amarelas umas, azuis outras". Os sintomas surgiam em outros índios; a consternação do padre se transformou em pânico quando, ao cabo de dois dias, morreu o primeiro bugre, e logo depois outro, e outro, e mais outro. A princípio suspeitou que os inimigos, descobrindo a cisterna oculta, a tivessem envenenado; mas depois, dando-se conta de que os animais, cães, gatos, cabras, bebiam daquela água sem que nada lhes acontecesse, concluiu que se tratava de uma pestilência até então desconhecida. E então, "grande fúria brotou em minha alma, contra São Tolentino; feriste errado com tua espada, eu bradava, feriste os teus devotos e não teus inimigos, tolo santo!" Neste momento, "a ira dos céus caiu sobre mim; se me escureceu o olhar, as pernas fraquejaram e tombei; quanto tempo fiquei ali sem com nada atinar não sei; penso que horas, ou dias, pois quando recuperei os sentidos vi que os bugres jaziam mortos, amontoados uns sobre outros. Sepé Tiaraju tinha desaparecido". Espiando por uma janela, o padre ainda o avistou, galopando, ao longe, brandindo a lança. Graças a Deus – suspirou – graças a Deus, e São Tolentino, um escapou.

Extremamente debilitado, o corpo queimando em febre, o padre estava decidido a não se entregar; morreria junto de seus índios, ascenderia aos céus com eles. Mas então os castelhanos arrombaram portas e janelas e entraram na igreja. O que viram "de tal modo os horrorizou que caíram todos de joelhos e, chorando, imploravam o meu perdão".

O estado do padre se agravou, e durante semanas ele esteve "entre a vida e a morte, por esta última implorando... Mas Deus não quis me conceder tal graça". Salvou-se, voltou para Portugal e lá viveu seus últimos anos, escrevendo e reescrevendo a sua Memória da Igreja de São Tolentino...

Terminei a leitura, olhei para o Micróbio, perplexo. E de repente me dei conta: estava ali a prova de que eu precisava! Era a própria voz da História que falava através do relato do padre, voz mais poderosa que as manchetes de qualquer pasquim imundo! Levantei-me de um salto, precipitei-me para fora. Aonde é que tu vais, gritava, Micróbio surpreso, ainda não combinamos o teste, mas eu não queria combinar nada, eu queria mostrar a Débora o opúsculo do padre João, provando que a doença existia, a doença realmente existia, não era imaginação de Débora, não era envenenamento, a reputação do doutor Saturnino estava salva, a de Getúlio Vargas também, o governo não cairia – tudo bem, enfim, tudo bem!

Cheguei ao Hospital de Isolamento, entrei correndo – e fui detido pela enfermeira, que me segurou:

– Espere, doutor. Não entre na enfermaria ainda. Quero falar com o senhor.

Que história é essa, eu ia dizer, mas ela já me estendia um bilhete que a atendente lhe deixara, que li, estarrecido: "Dona Marta este tem por finalidade comunicar o fato que vi e que me deixou preocupada, esta noite quando cheguei no plantão entrei na enfermaria e vi a doutora Débora com uma seringa tirando sangue do doente, para não incomodar fiquei ali olhando, não disse nada, e ela estava de costas para mim, e não me viu, mas eu vi quando ela injetou o sangue do doente na própria veia dela, eu não entendi e resolvi perguntar, doutora que é isso, o que que a senhora fez, aí ela disse que não era nada, que era uma experiência que estava fazendo e que não era para contar para ninguém, mas é muita responsabilidade para mim e por esse motivo estou comunicando o fato. Abraços".

– E então, doutor? – Mal ocultava a satisfação, a cadela. – O que é que eu faço? É muito sério, isto. Na qualidade de supervisora de enfermagem, eu–

– Cala a boca!

– Mas–

Agarrei-a pelo braço, sacudi-a.

– Nenhuma palavra sobre isto, ouviste? Caso contrário vais para a rua.

– O senhor está me ameaçando? – ela, desafiadora.

– Estou. E agora, desaparece, anda.

Foi-se, resmungando. Fiquei ali, no corredor, sem saber o que fazer. Dei-me conta de que segurava o bilhete na mão; rapidamente, enfiei-o no bolso. Como se resolvesse. Como se aquilo resolvesse.

Mas não, não podia ser verdade. Débora não podia ter feito aquela loucura; nem Débora poderia ter feito aquilo.

Entrei na enfermaria. Ela estava examinando o doente. Aguardei que terminasse, e então mostrei-lhe o bilhete. Leu-o rapidamente, devolveu-me:

– É isso mesmo, Rafael. – Assim: como se fosse um recado qualquer.

– Mas por que, Débora? – Eu, estarrecido. – Por que fizeste uma coisa dessas?

– Para provar a eles – disse, mansamente.

– Provar o quê?

– Tu sabes: que é uma doença nova, uma doença contagiosa. Uma doença que passa de uma pessoa a outra.

Era medonho, era um pesadelo; eu chegava a me sentir mal, tonto.

– E o que vai acontecer? – perguntei, aflito.

– Imagino – disse, na mesma voz calma, contida – que os primeiros sintomas serão inespecíficos: febre, dores no corpo, mal-estar, náuseas e vômitos. Depois surgirão as manchas. Se eu não estiver consciente, é preciso acompanhar a evolução delas dia a dia, fotografando-as, se for possível. Se surgirem gânglios, será necessário fazer uma biopsia.

Eu a olhava, horrorizado. Mas era dela mesmo que falava, como se fosse de um indigente qualquer, de uma cobaia!

– Mas não é possível, Débora, temos de fazer alguma coisa!

Ela sorriu, melancólica.

– Fazer o que, Rafael? Não há nada a fazer.

– Mas tu corres risco de vida, Débora!

– É verdade. – Seu olhar ficou distante, vago. – Risco de vida, sim. Sei disso.

De repente me lembrei do Micróbio e de sua penicilina. E se a gente tentasse? Primeiro no doente, e logo – a droga dando certo – em Débora? Liguei para a casa dele, pedi que viesse imediatamente. Quinze minutos depois chegava, trazendo a tal penicilina; frascos com um pó branco. Diluiu-o em água esterilizada. Antes de injetá-la na veia do doente – eu nada lhe falara sobre Débora – fez uma pausa dramática:

– Momento histórico!

Aplicou a injeção. Agora é aguardar, ele disse, em horas ou dias ele estará melhorando. E foi-se, pedindo que o avisássemos de qualquer novidade.

Eu olhava para Débora. Ainda não podia acreditar; e seu ar

de tranqüila resignação me levava ao desespero. Ai, Débora, Débora, gemi. Ela me pôs a mão no braço.

– Vai para casa, Rafael, vai.

Eu não queria deixá-la. Convenceu-me que tudo estava bem – ainda estava bem – e que eu podia ir. Quando cheguei em casa, já de madrugada, o telefone tocava. Era Alzira, a voz chorosa:

– Estou tentando falar contigo há horas, Rafael, a telefonista do interurbano disse que teu telefone chamava e ninguém atendia... Meu Deus, Rafael, o que está acontecendo? Em que confusão essa mulher está te metendo?

Tranqüilizei-a como pude e, exausto, tombei na cama. Acordei de novo com o telefone tocando, só que eram agora nove da manhã:

Moreira, o assessor do Palácio, queria falar comigo:

– É aquele doutor maluco, o velho Artêmio. Está fazendo circular um abaixo-assinado, pedindo para tirarem o doente do Hospital de Isolamento. Alega que o cabra corre riscos, que os capangas do Saturnino são capazes de liquidá-lo lá mesmo.

Absurdo, resmunguei, ainda tonto de sono.

– Foi o que eu disse: absurdo. Mas é bom esse doente durar pelo menos mais uma semana. Quem sabe a gente manda buscar algum medicamento dos Estados Unidos?

Expliquei que já estávamos usando um remédio novo, e que o doente deveria melhorar. Liguei para o Hospital pedi para falar com Débora.

– Ela está no banho – disse a atendente –, mas mandou lhe avisar que está tudo bem.

– E o paciente da enfermaria?

– No mesmo, doutor.

– Não melhorou?

– Não, doutor.

– Nada?

– Nada.

– Nada, nada?

– Nada, nada.

Nada: e a penicilina? Peguei o carro e fui até o Hospital. Entrei na enfermaria e ali estava Débora. Bem; aparentemente bem, o que me deixou enormemente aliviado. Pouco depois chegava Micróbio, para aplicar mais uma dose de penicilina no paciente. Ele está bem melhor, disse, satisfeito. Melhor? Não me parecia, mas eu não quis dizer nada. O Micróbio olhava o doente. Direitinho como os casos do Padre, comentou.

– A propósito, mostraste à Débora o folheto?

O folheto: não, eu não queria mostrar a ela nada que falasse em doença, em morte. Prometi fazê-lo depois, quando a coisa se acalmasse. Acompanhei Micróbio até a porta do hospital; e aí perguntei-lhe se a doença se transmitiria através do sangue – por uma transfusão, por exemplo.

– Certamente – olhou-me, surpreso. – Por quê? Houve alguma transfusão, no caso?

Desconversei: era só curiosidade. Uma servente veio me chamar. Era Moreira, ao telefone:

– O centro está fervilhando de boatos, por causa do tal abaixo-assinado. Muita gente aderindo, o *Alerta* já noticiou, os estudantes de medicina querem fazer um comício na frente do Hospital. O Saturnino acha que é de mandar a Brigada. Que dizes?

– Digo que chega de besteiras. Já tenho bastante com que me incomodar. Se quiserem fazer comício, que façam.

Desliguei, surpreso com meu próprio desabafo, e voltei à enfermaria. Encontrei Débora deitada. Que foi, perguntei, alarmado. Nada, disse, estou um pouco tonta. Tomei-lhe o pulso: rápido. Não muito rápido, mas rápido o suficiente para me preocupar.

Ela me olhava. E de repente ali estávamos, de mãos dadas, a nos olhar, impregnados de ternura – e de amor? Mas de súbito ela estremeceu e retirou as mãos das minhas. A arrogante enfermeira entrou, para ver a temperatura do doente ou por qualquer outro pretexto.

– E a nossa doente, como está? – O tom de deboche me tirou da paciência. Agarrei-a pelo braço – sai!, sai já! – empurrei-a para fora e fechei a porta.

Débora chorava baixinho. Ajudei-a a deitar-se, agasalhei-a bem; e ali ficamos, conversando, recordando histórias do tempo da Faculdade, até que ela adormeceu, um sono agitado, que me encheu de inquietação: seria já a doença, aquilo? Fiquei a observá-la longo tempo; eram quase duas da tarde quando saí da enfermaria.

À porta do hospital esperava-me o jornalista do *Alerta,* claro. O que é que há, perguntei, desabrido. Ele riu:

– O senhor não tem muito boa vontade, tem, doutor? Mas não lhe culpo. Essa história está ficando cada vez mais complicada para o senhor. Me diga uma coisa: o que é que houve com a doutora que estava tratando do caso? Por que ela está hospitalizada?

Encarei-o, assombrado: como é que ele já sabia? E logo me dei conta: a enfermeira, claro. A vaca: tão logo eu a pusera para fora da enfermaria, correra ao telefone. Como que adivinhando meu pensamento, o jornalista disse:

– Temos muitos informantes por aí, doutor. Muita gente está do nosso lado. Acho bom o senhor seguir o exemplo de seu velho colega Artêmio e se unir a nós. E quanto a esta doutora Débora...

Agarrei-o pelo colarinho, sacudi-o:

– Deixa a doutora fora, ouviste? Deixa a doutora fora disso, ou vais te arrepender!

Soltei-o. Pálido, ele se recompôs; dirigiu-me um olhar cheio de ódio, mas não disse nada. Embarcou no seu carro, um velho Packard, e partiu.

Fui para o consultório. A sala de espera estava cheia, mas, depois de atender os dois primeiros pacientes, senti que não tinha mais condições; chamei a secretária, pedi que avisasse que eu não me sentia bem, e que as consultas estavam canceladas. Fiquei olhando pela janela os grupos reunidos na Rua da Praia. Dedos em riste, jugulares túrgidas, vozes alteradas – o jornalista tinha razão, o caso provocava polêmica, a opinião pública estava dividida.

A secretária veio me dizer que meu sogro estava ao telefone.

– Quero te anunciar – disse, seco – que estou indo para a fazenda. Alzira pediu, quer falar comigo. Tu imaginas o que seja, não é, Rafael?

Não respondi; ele prosseguiu, a custo contendo a raiva:

– Já imaginaste o que representará isso, Rafael? Um desquite? Para Alzira, para o filho de vocês? Para a reputação da minha família? Para a tua reputação, que eu duvido valha ainda alguma coisa?

Eu continuava em silêncio.

– Rafael! Estás me ouvindo? É bom que me ouças bem, que prestes atenção: eu uma vez disse que te mataria se fizesses a desgraça da minha filha. Quero te avisar, Rafael, que a promessa continua de pé.

Desligou.

Fiquei ali imóvel, o telefone na mão.

Mas por que não ia com ele? Por que não largava tudo, o maldito doente, o Hospital de Isolamento, a Seção de Doenças Infecto-Contagiosas, o *Alerta,* Micróbio, a enfermaria, Kurt, Brito e todo o resto? Por que não largava Débora e ia para a fazenda, para junto de minha família? Por quê?

Por que, eu não sabia. Mas estava decidido: ficaria. *Que cagada,* gemi, pousando o telefone, que logo começou a tocar de novo. Era do hospital, uma atendente, nervosíssima.

– Doutor, têm uns homens aqui querendo levar o doente...

– Quê? – eu não estava entendendo.

– Uns homens! Querem levar o doente! Dizem que têm ordem do senhor. Estão lá na enfermaria, discutindo com a doutora Débora. A coitada não está nada bem, pediu que eu lhe avisasse.

– Não deixa levar ninguém! Vou já aí.

Desci correndo as escadas, no caminho arrastando comigo o zelador do edifício, um mulato gigantesco que costumava fazer serviços para mim. Peguei o carro, e correndo como doido, em dez minutos cheguei ao Hospital, entrei na enfermaria, e de fato lá estavam eles, os homens do Saturnino – então resolvera levar o doente de qualquer maneira! –, quatro, um segurando Débora pelos pulsos, os outros já enrolando o Ruivo no cobertor.

– Larguem! larguem o doente, safados!

Hesitaram, mas evidentemente tinham ordens de levar o Ruivo de qualquer jeito. Sacando o cacete que tinha oculto sob a camisa, o mulato avançou para eles, enquanto eu libertava Débora. A briga foi rápida; eram homens fortes, mas não estavam no seu chão, e o mulato, furioso, botou-os a correr. Depois, com cuidado, pegamos o doente que tinha rolado pelo chão, e o colocamos na cama. Voltei-me então para Débora. Estava pálida, tremia. Coloquei-a na cama, agasalhei-a com um cobertor, ela me olhando sempre com os olhos esgazeados. De repente agarrou-se a mim:

– Me salva, Rafael, não me deixa morrer! Me salva! Tu és médico, me salva!

Era horrível de ver. A muito custo consegui manter a calma: ora, que bobagem, Débora, tu não vais morrer.

– Vou morrer, sim, Rafael! Ai, meu Deus, o que é que eu fui fazer? Me diz, Rafael, como é que eu fiz uma coisa dessas?

Escondeu o rosto sob o cobertor: chorava convulsivamente. Micróbio chegava naquele momento: que aconteceu, perguntou, assustado. Narrei-lhe rapidamente o ocorrido, ele correu até o leito:

– Este homem está morrendo, Rafael! Que barbaridade!

Aí notou Débora, arregalou os olhos:

– Mas o que houve com ela?

– Acho que pegou a tal doença, eu disse, a voz embargada: a custo eu continha as lágrimas. Pedi-lhe que chamasse com urgência o Brito. Foi até o telefone, voltou logo depois:

– Ele está na Beneficência Portuguesa, atendendo um doente grave. Virá logo que puder.

Injetou a penicilina no doente – só para descargo de consciência, acho que não vai adiantar mais nada – perguntou se eu precisava de algo. Eu disse que não, ele foi embora. Puxei a cadeira, sentei-me perto de Débora, segurei-lhe a mão. Ela estremeceu. Sou eu, sussurrei; eu, o Rafael. Não me deixa, Rafael, murmurou. Não vou te deixar, prometi. Ela não falou mais; ficou imóvel, os olhos arregalados; não respondia às minhas perguntas.

De madrugada chegou o Brito. Examinou Débora, ficou em dúvida quanto ao quadro; a meu pedido examinou também o Ruivo.

– Não é a mesma doença – disse. – Definitivamente, não é a mesma doença. Não se pode afastar, no caso dela, um problema psiquiátrico. Houve antecedentes... Gostaria de ouvir a opinião de um especialista. Se me deres autorização, trarei alguém.

Claro, claro, apressei-me a dizer. Foi-se, eu ali fiquei, ao lado de Débora, que continuava imóvel, de olhos fechados.

Acabei adormecendo. Acordei sobressaltado, com a impressão de que Débora me olhava; não, não me olhava, continuava com os olhos fechados; mas algo havia – era estranha a expressão de seu rosto, serena e ao mesmo tempo jocosa; alegre, apesar de sofrida. O que era aquilo? Delírio? Que delírio? De repente, os olhos ainda fechados, estendeu os braços para mim, puxou-me para si. Eu tentei resistir, acho que tentei resistir, era uma paciente, e eu não podia, mas era também uma mulher, e eu podia, eu devia, eu queria, eu a amava? – sempre pensei que talvez a amasse, e agora estava acontecendo o que eu nem em sonhos, nem em delírio, pensava pudesse acontecer, ela me abraçava, me puxava para si, seus cálidos braços em torno a meu pescoço, e já seus seios contra o meu peito, e sua boca procurando a minha, e o pânico que me dava, ela talvez estivesse doente, sabe lá que doença, que praga tinha, podia ser contagiosa, eu sempre tivera medo do contágio, na enfermaria de doenças tropicais evitava aproximar-me dos tíficos, dos variolosos, mas maior que o medo era agora o desejo, um desejo avassalador, eu a beijava com fúria, ai que tesão, já afastava os lençóis, meu Deus, vou comer ela aqui mesmo, numa cama de enfermaria, do lado de um doente, nunca se viu coisa igual, e ela é virgem, eu sei que ela é virgem, vou ter que deflorá-la, e os lençóis vão ficar manchados, as atendentes são capazes de desconfiar, as atendentes não, mas aquela enfermeira nojenta sim, que desconfie, que fale, ai que peitinho gostoso, Débora meu amor–

– Mas Rafael ainda está aí?

A voz do Micróbio no corredor: tinha vindo – naturalmente – para aplicar a maldita injeção. Saltei da cama, arrumei-me como pude, ele entrou, sem notar minha perturbação foi direto ao doente, aplicou-lhe a penicilina, voltou-se para mim, desconsolado:

– Só tenho mais duas doses, Rafael. Vamos rezar para que este homem melhore.

Só mais duas doses? E se Débora precisasse da droga? Não, ela não precisaria. Eu tinha certeza, agora, de que melhoraria. E contudo, continuava imóvel, os olhos fechados. Por quê? Que quadro era aquele?

Entrei na sala do Diretor do Hospital, estendi-me no sofá e, cansado, adormeci. De manhã telefonou o Brito para dizer que traria o psiquiatra:

– Um argentino que está dando um curso aqui. Uma sumidade. Não queria vir, mas consegui convencê-lo, disse que se trata de uma colega, que o caso tem implicações, seria bom ouvir alguém de fora. Estamos indo para aí. O nome dele é Finkelman.

Finkelman, claro. Quem mais? Chegou pouco depois, com o Brito, um homem baixinho, feio, que nos olhava com ar superior. A pedido de Brito, fiz um rápido histórico da situação. Ele disse que gostaria de ver a paciente.

– Aliás, o senhor a conhece – arrisquei, cauteloso.

– Sei disso.

Pediu para ficar a sós com Débora. Entrou na enfermaria,

fechou a porta. Os minutos passavam; Brito, impaciente, consultava o relógio. Finalmente Finkelman apareceu:

– Podem entrar – disse.

Débora estava sentada no leito, olhando-nos.

– Ela agora está bem – disse Finkelman – não é, Débora?

Ela fez que sim com a cabeça.

– Incrível – disse Brito. – Como é que o senhor...?

– Ora, meu amigo – respondeu o sorridente Finkelman. – Nós os médicos temos os nossos pequenos truques, não é?

Olhou o relógio: tinha de ir, esperavam-no para o curso; Brito o levaria. Despediu-se de mim, olhou-me atentamente antes de se ir, mas não disse nada, embarcou no carro. Nunca mais o vi.

Voltei à enfermaria. Hesitei antes de entrar, mas entrei. Era-me difícil olhar Débora, mas olhei. Ela devolvia-me o olhar sem pestanejar, nenhuma emoção no rosto. Fiz um esforço:

– O que é que houve, Débora? O que aconteceu?

– Não houve nada, Rafael.

Nada? Mas que diabo era aquilo? Estaria fingindo, estaria louca, ou o quê? Nada? Como, nada?

– Nada, Débora?

– Nada, Rafael.

– Nada, nada?

– Nada, nada.

– Sabes do que estou falando, Débora?

– Acho que sei. Mas não houve nada.

Fitava-me, tranqüila e até com certa expressão curiosa no olhar. O que deveria me fazer sofrer; mas eu não estava sofrendo; eu me sentia como que amortecido, por causa do cansaço, talvez.

– Nada.

– É. Nada.

E não nos abraçamos, eu poderia ter perguntado. E não nos beijamos, e não nos acariciamos? Isto eu podia ter perguntado, mas optei por não fazer perguntas; optei, ainda uma vez, pela perplexidade.

Ruivo morreu naquela manhã. À tarde, o *Alerta* tirou uma edição extraordinária. Diziam, entre outras coisas, que o doente tinha sido cobaia para experimentos com uma droga estrangeira; levantava de novo a hipótese de assassinato, acusando diretamente Saturnino.

Surpreendentemente, o fazendeiro resolveu comprar a parada: o doente tinha sido morto, sim, mas por gente interessada em manter a hipótese do envenenamento. Denunciou à imprensa que o jornalista do *Alerta* era amante de uma enfermeira do Hospital de Isolamento, o que podia ser confirmado por várias funcionárias. E assinalava as ligações do jornal com os grupos que conspiravam para derrubar Getúlio.

A necropsia, que podia esclarecer algo, não foi realizada. Naquela mesma noite roubaram o corpo do necrotério, onde seria necropsiado, no dia seguinte; o guarda disse que não viu nada. Saturnino e o jornalista tornaram a trocar acusações, mas a coisa foi morrendo. Aquela coisa, pelo menos, porque a agitação política crescia extraordinariamente, culminando no golpe de novembro – o Estado Novo.

Na semana seguinte, pelo Uruguai, Débora deixou o país. Seguiu para a Espanha, onde alistou-se, como médica, nas Brigadas Internacionais. Por quê? Não era comunista, nem radical; nem mesmo se interessava por política. Espanha, por quê? Guerra Civil, por quê? O que tinha a ver com aquilo? E eu, nem uma explicação eu merecia? Sequer se despedira de mim. Para mim chega, foi o que pensei.

Eu estudava História, estudava muita História. Cada vez mais eu tinha vontade de conhecer o passado – a ver se entendia o presente. E do estudo da História passei ao da genealogia – quem sou? Quem são meus antepassados? Estudando suas vidas, eu queria na realidade descobrir quem eu era; queria respostas para as perguntas que me atormentavam; queria saber o que tinha acontecido, o que estava acontecendo, o que ia acontecer. Queria trocar a perplexidade pela sabedoria; não, pela paixão.

Neste empreendimento, contava com a ajuda de um bom amigo, um genealogista que por acaso conheci, e que se transformou não apenas num consultor, mas num verdadeiro guia espiritual. Esse homem me revelou, com a maior tranqüilidade, coisas assombrosas. Descender do profeta Jonas – quando é que eu imaginaria isso? E, no entanto, de que outro profeta poderia eu descender a não ser do atônito Jonas? De que outro médico, se não do perplexo

Maimônides? A eles fui me afeiçoando; sobre eles escrevi páginas e páginas, reais ou imaginárias, emocionando-me com suas aventuras, sofrendo com suas atribulações. Tentando entender a perplexidade deles. A minha perplexidade:

Amava-a, eu? Débora: eu a amava? Meu Deus, não podia esquecê-la; não podia esquecer seu olhar desafiador, seu melancólico sorriso; e não podia esquecer sua boca, seus seios, seu corpo. Meu Deus, eu a queria; eu *precisava* saber se a amava. Decidi partir para a Espanha.

Nota genealógica

Ao final deste relato, havia uma nota do genealogista:

"O doutor Rafael Mendes não chegou à Espanha. Morreu a bordo do cargueiro em que viajava, vitimado, segundo o médico do navio, por uma misteriosa doença febril cujos pródomos se haviam declarado ainda em terra. Durante a sua enfermidade o doutor Rafael Mendes delirou muito, falando em coisas incompreensíveis para os circunstantes tais como: olhos de profeta, Inquisição, caravelas, cabeça de Tiradentes. Teve um breve período de lucidez, durante o qual anunciou que morreria em breve; queria que seu corpo fosse atirado ao mar para que, *como Jonas* (segundo suas próprias palavras), pudesse atingir seu destino. De que destino tratava, não esclareceu. Tudo foi feito como ele solicitara; o cadáver, enrolado na bandeira do Brasil, mergulhou nas águas do oceano enquanto dois tripulantes brasileiros cantavam o Hino Nacional – não todo, só a parte que conheciam.

A duas pessoas foi comunicada a morte do doutor Rafael Mendes: a dona Alzira Mendes, sua esposa, e a mim, seu genealogista. Conforme fora do desejo de Rafael, o capitão enviou-me dois cadernos que ele tinha consigo, e que guardei com outros objetos que deixara em minha casa.

Às pessoas que lhe perguntavam a respeito, dona Alzira dizia, muito compreensivelmente, que o marido, impulsionado por sua generosidade, partira para a Espanha a lutar pela democracia e que lá morrera, estando enterrado, em vala comum, perto de Madri.

Quanto a mim calei. E a menos que algo mude, o ponto, ao final desta frase será, sobre o doutor Rafael Mendes, sobre os perplexos Mendes, meu ponto final".

O caderno escorregou das mãos de Rafael; adormeceu. O dia começava a clarear.

Rafael Mendes: A corrida

Acorda com batidas violentas na porta.

– Rafael! Abre a porta, Rafael! – É Helena. Põe-se de pé, num pulo, olha o relógio: oito horas. Como é que–

– Abre, Rafael! Abre, pelo amor de Deus!

Ele abre, Helena entra, desgrenhada, olhar esgazeado, transtornada:

– Que foi? – grita ele, alarmado. – Que foi, Helena?

Ela atira-se nos braços dele, chorando.

– Ai, Rafael, que desgraça! Que desgraça!

– Fala, Helena! O que aconteceu?

– A Suzana, Rafael! Ela foi embora!

– Mas para onde? Quando?

– Hoje cedo, Rafael... – Ela soluça tanto que mal pode falar.

– Hoje cedo ela esteve em casa, arrumou a mala, e foi embora. Disse que a gente não se preocupasse, que ia passar uns tempos fora, que logo daria notícias...

– Mas por que, Helena? Por que deixaste ela sair?

– Eu pedi, Rafael... Pedi para ela ficar. Mas ela disse que era melhor assim, que era para o bem de todos nós. Disse que tu compreenderias...

– Eu?

– Tu. E tem mais uma coisa, Rafael. Desde cedo o rádio está dando notícias sobre a financeira. Diz que está quebrada, e que tem um monte de pessoas na frente do edifício, querendo tirar dinheiro.

Não, geme Rafael, era só isso que faltava.

– E o Boris? – pergunta.

– Telefonou agora há pouco, querendo falar contigo. Eu disse que ia te chamar mas ele disse que não podia esperar, tinha de pegar o avião–

– Avião?

Ah, ordinário: foge, o rato, abandona o navio. E de repente se dá conta: Suzana e Boris –

– Eles estão indo juntos, Helena! Os dois! Manda o porteiro tirar o carro, rápido!

Precipita-se porta afora: o elevador não vem, está parado, ele esmurra a porta, desiste, atira-se escada abaixo, de dois em dois degraus, chega ao térreo esbaforido. Ao sair quase derruba um homenzinho que vem entrando – o genealogista.

– Espere um pouco! – grita o homenzinho. – Aonde é que o senhor vai? Temos de ajustar as nossas contas!

– Agora não posso – grita Rafael. – Tenho de ir ao aeroporto com urgência. Falamos na volta.

– Aeroporto? – O homenzinho, assombrado. – Vai fugir? Espere aí! Quero meu dinheiro, meus dez mil dólares!

Mas Rafael já não o ouve – entra no carro, arranca, os pneus guinchando, segue a toda velocidade para o aeroporto.

Abandona o carro na frente, entra correndo. O saguão está cheio, ele corre de um lado para outro, à procura de Boris, não o encontra, será que já foi?, de repente o avista, num canto, de chapéu, óculos escuros, meio embuçado num impermeável. Mas Suzana não está ali. Pelo menos isto: Suzana não está com Boris, não vão viajar juntos, que alívio. Dominando-se – é preciso não chamar a atenção – aproxima-se de Boris, pega-o pelo braço. O outro encolhe-se, assustado.

– Calma, Boris. Sou eu.

– Que susto – suspira Boris. Olhando para os lados, explica que está embarcando para Montevidéu: há um mandado de prisão contra ele.

– E sabes quem o conseguiu? – Sorriso amargo. – Celina. A nossa amiga Celina Cordeiro.

Rafael suspira.

– Mas por que deixaste a coisa chegar a este ponto, Boris? Tu tinhas condições, podias salvar a financeira–

– Não, Rafael – Sorriso triste; triste e irônico a um tempo, sorriso típico de Boris. – Eu não podia. Eu simplesmente não podia mais. Por incrível que pareça eu não podia mais. Cansei, entendes, Rafael? Cansei de tudo. Cansei dos jantares com os figurões, das audiências com os ministros, dos conchavos políticos, das transações por baixo do pano. Cansei da mentira, cansei da safadeza. E sabe por que, Rafael? Por que descobri uma coisa importante–

Interrompe-se: Rafael não o ouve.

Tem os olhos fitos em Suzana. Ela apareceu de algum lugar; está vestida para viagem; abraçada a Boris, ela está dizendo alguma coisa – telefonei a mamãe, ou algo no gênero – e está beijando Boris no rosto; e agora está olhando para Rafael, e não há desafio em seu olhar, há uma firme e tranqüila determinação.

Está confirmado, então. As noites que a filha passava fora de casa, e o comportamento de Boris, e essa fuga, agora – está tudo claro. São amantes. São amantes e vão fugir juntos. Boris continua a falar, mas sua voz agora soa distante a Rafael, embora seja importante o que diz (narra como surgiu o amor entre os dois: repentinamente; diz por que se vão: vão-se porque querem recomeçar a vida longe – Montevidéu é só uma escala – num lugar de idílica paisagem, uma baía, o mar quebrando na praia de areias brancas, coqueiros, aves coloridas esvoaçando contra o céu; e não querem mais saber de finanças, nem de mansões, nada; querem amar-se); e Rafael não o ouve, porque está pensando na pequena Suzana que embalou *(duerme, duerme mi angelico)* e na menina Suzana, e na moça–

O alto-falante anuncia o embarque para Montevidéu. Suzana abraça o pai, beija-lhe o rosto: adeus, pai, cuida bem da mãe; e fiquem descansados, sabemos o que estamos fazendo, Boris e eu. Estamos indo em busca de nossa felicidade. Quanto a Boris:

– Tchau, velho Rafael – sorriso triste. Triste e matreiro? – Adeus, amigo. – Irônico? Irônico e terno?

Mãos dadas, os dois se encaminham para a sala de embarque, Rafael a olhá-los. Perplexo; sobretudo perplexo. E de repente o grito:

– Esperem!

Voltam-se: Boris, Suzana, as pessoas no aeroporto.

– Esperem!

Boris, alarmado, pega Suzana pela mão, mas antes que entrem na sala de embarque Rafael já o agarrou, arrasta-o para o saguão. Boris debatendo-se, tentando desesperadamente livrar-se dele. Os dois acabam caindo, e a partir daí tudo é uma visão confusa, Helena, meu Deus, Helena veio, não devia ter vindo, Helena gritando como louca, o velho genealogista entra no aeroporto, correndo.

O velho no aeroporto

Correndo apesar da idade e da dor que sinto no peito, mas é preciso correr porque Rafael Mendes quer fugir, ele e Boris vão fugir, apesar das providências de minha amiga Celina Cordeiro, que já os denunciou à polícia; e se fugirem, são os meus dez mil dólares que se vão, tenho de segurar o Rafael Mendes, tirar o dinheiro dele antes que embarque; mas, antes que eu consiga alcançá-los, os agentes agarram-nos, e num instante estão os dois algemados, Boris Goldbaum e Rafael Mendes; tarde demais, lá se vão os dólares.

E de repente me dá uma imensa vontade de rir, e eu me ponho a rir às gargalhadas, todos se voltam para mim, surpresos, até mesmo os agentes, todo o mundo pensando que sou um investidor enganado e vingado, mas eu não sou isto, sou apenas um velho tolo. Aproveito a oportunidade, aproximo-me de Rafael:

– A dívida está perdoada – digo-lhe.

Mas ele não me ouve. Tem, naturalmente, os olhos fixos na mulher e na filha. A mulher chora, mas a filha ampara-a, olhando altiva o pai que vai preso.

Terminou. Tudo que me resta agora é voltar para casa, para a minha cama, e escrever o

Terceiro e último caderno do cristão-novo

Um judeu e um cristão, ou um judeu e um cristão-novo, ou – mesmo – dois judeus, dois homens, enfim, são presos pela polícia. A acusação é peculato.

Antecedentes. Três dias antes do incidente, a Sra. Celina Cordeiro procurou um velho amigo, um homem de idade que exercia, sem sucesso, a profissão de genealogista – e também a de astrólogo, quiromante, adivinho e outras – e a quem ajudava, há muitos anos, com uma pequena quantia. Tenho motivos para acreditar, disse, que o Boris está pretendendo fugir do país. Mais: ele vai com a Suzana, filha do Rafael Mendes; a guriazinha é amante dele. Estou com vontade de denunciá-lo. Que achas? O genealogista aprovou; tinha razões para não gostar de Boris, a quem atribuía a responsabilidade pela morte de seu único filho, Julio, corretor da Pecúnia S.A., financeira presidida pelo mesmo Boris. Pediu a Celina um tempo: vinte e quatro horas para dar também um "pequeno golpe", segundo suas palavras. Na noite de 17 de novembro de 1975, conforme combinado, Celina Cordeiro fez a denúncia. Na manhã seguinte, em pleno aeroporto, Boris Goldbaum e Rafael Mendes foram detidos e recolhidos a xadrez especial – uma casa adaptada para este fim, num bairro afastado de Porto Alegre. Atribuída a razões de segurança, esta providência se devia, na realidade, a gestões realizadas pela própria Celina Cordeiro, que detestava profundamente Bons Goldbaum, mas tinha especial carinho por Rafael Mendes e desejava que este tivesse, ao menos, um pouco de conforto.

A Boris Goldbaum e Rafael Mendes foi reservado, na casa-prisão, um quarto bastante amplo; há ali duas camas com colchões de espuma e colchas de chenile, duas mesinhas-de-cabeceira com abajures, um guarda-roupa, uma cômoda; tapete com desenhos orientais; e na parede, a reprodução de um quadro: uma baía, o mar quebrando na praia de areia muito branca, e aves – uma, duas, três, quatro, cinco, seis – seis aves coloridas contra o céu flamantemente azul. Só que as aves parecem imóveis, colocadas ao céu. A habilidade do pintor não foi suficiente para dar a impressão de que voam. Mas é agradável olhá-las, de qualquer modo. E, de qualquer modo, para cenas de maior mobilidade, há um televisor, verdade que P&B, verdade que apenas de 16 polegadas; sem antena externa; sem controle remoto; fabricado na Zona Franca de Manaus, na longínqua Amazônia, lugar misterioso onde há ainda índios e aves coloridas, canoras. Em resumo, este aposento, que tem até banheiro, poderia ser o quarto de um hotel de duas, talvez três estrelas (dependendo da condescendência do funcionário da Embratur).

Mas as janelas têm grades. Isto Rafael nota logo que entra. Não grades do tipo habitualmente visto nas prisões; menos conspícuas, mas grades, de qualquer maneira, barras de ferro, de bom ferro. Na janelinha da porta (que é de madeira maciça) também há grades; e, quando a porta se fecha, o que acontece depois que os dois são empurrados (empurrados, talvez não; conduzidos; mas conduzidos com firmeza, com energia e talvez até com um pouco de brutalidade; digamos, noventa por cento de firmeza/energia, dez por cento de brutalidade), é com estrépito (não muito estrépito; um estrépito da ordem de vinte decibéis; mas é um estrépito suficientemente forte para quem estava habituado apenas ao ruído dos aparelhos de ar-condicionado e à música ambiental), como sói acontecer com as portas de prisões. Rafael Mendes – ele o reconhece com o coração confrangido – está preso.

Senta numa das camas, a que daí por diante será a sua, na tácita divisão que costuma ocorrer nestas situações. Na outra senta-se Boris, o rosto ainda ensangüentado dos socos que lhe deu Rafael. Sorri; apesar de tudo, sorri, enigmaticamente. Obedecendo ao impulso de apenas meia hora atrás Rafael poderia se atirar sobre ele e acabar com esse risinho a bofetadas. Mas nem pensa nisto, tão deprimido está.

A porta se abre. É o delegado. Nada tem de truculento; pelo contrário, é um sujeito de aparência amável, com jeitão de professor de matemática, mas professor bonachão, daqueles que falam com ternura da tábua de logaritmos. Procede a um *briefing* da situação: sim, Boris e Rafael estão presos e presos ficarão até que o caso seja encaminhado à justiça ou tenha outra solução. (Via Celina Cordeiro? Mas não terão os poderes de Celina Cordeiro – supondo que ela os queira usar na proteção aos prisioneiros, o que está longe de ser pacífico –, não terão esses poderes se esgotado na consecução de prisão especial? A ver.) De qualquer forma serão bem tratados; a refeição que lhes será servida o evidenciará. Sai, e, de fato, logo aparece um homem trazendo o jantar. Carne assada, abobrinha, massa com molho, sagu (sem creme). A comida é abundante e não de todo ruim. Rafael Mendes, apesar de pouco ter comido nos últimos dias, está sem apetite. Boris, não. Come, com aquele jeito ávido, mal-educado, que sempre impressionou a Rafael e às pessoas da sociedade, aqueles modos que são, nele, a mais clara evidência de arrivismo.

Não se falam. Por vezes Rafael olha fixo Boris; este, contudo, lhe sustenta o olhar. Não há ódio em sua expressão; nem mesmo insolência ou desafio. Ou melhor, talvez haja algo de desafio, partículas de desafio. De modo geral, porém, mostra-se calmo, resignado mesmo. Dir-se-ia que no curto prazo entre a voz de prisão e o recolhimento ao cárcere amadureceu, o Boris. Amadurecimento artificial? Sim, mas amadurecimento de qualquer modo.

Terminando de jantar, e tendo decerto já concluído que qualquer tentativa de papo com o companheiro de cela estará condenada a um constrangedor fracasso, Boris liga a TV. Assistem à novela, logo em seguida ao noticioso. Franco continua em coma, naturalmente, mas – nenhuma notícia sobre a prisão deles. O que é estranho e, de algum modo, inquietante. É um fato suficientemente importante para merecer destaque a nível não só local, como nacional. E então? Por que não dizem nada? Não são prisioneiros políticos, que diabo. Ou são? Não é o caso: foram detidos por peculato que é, afinal de contas, crime comum, como disse o próprio delegado. Verdade que acima dele podem achar diferente. Mas, então–

Preferem não pensar. Isto está claro, embora não se falem: que ambos preferem não pensar no assunto. Rafael sabe que Boris prefere não pensar e Boris sabe que Rafael prefere não pensar; sabem, porque houve época em que a comunicação entre eles era tão perfeita que um podia adivinhar o que se passava na cabeça do outro, e não só em termos de taxas de juros.

Terminado o noticiário, Boris pergunta se Rafael se importa que ele desligue a TV. Pergunta por perguntar, pois Rafael não responderá; mas nestas coisas é polido, tão polido quanto sem modos para comer. Aguarda uns segundos – dez segundos, o que pode ser considerado um prazo razoável –, levanta-se e desliga o aparelho. Fica um ponto luminoso na tela; é a lembrança das notícias daquele dia; é a lembrança daquele dia e de todos os outros dias: é uma síntese histórica de extraordinário brilho. Quanto às lâmpadas de cabeceira cada um desliga a sua; despem-se no escuro. Por pudor? Talvez. Inimigos provavelmente não gostam de se ver nus. Boris, claro, não considera Rafael inimigo, e, mesmo que assim o considerasse, não se importaria de se desnudar na frente do ex-sócio. Se apaga a luz, é porque Rafael o fez primeiro. Algo de tato tem.

Rafael é que não suportaria ter diante de si, sem roupa, o outro. A visão do peito peludo, dos compridos braços de símio, do grande pênis circunciso – por pênis, por grande, por circunciso – despertaria nele uma repulsa incontrolável, uma fúria assassina (este canalha carregou minha filha no colo, vai ver que já a acariciava quando tinha três anos, este tarado, ordinário). Compreensível; afinal, Boris é o amante da filha. Abstraindo este aspecto, porém, a raiva de Rafael não tem razão de ser. Sim, Boris foi irresponsável na condução dos negócios da financeira; foi leviano, até. Mas Rafael sabia disto e não tomou nenhuma atitude mais drástica. Se pôde aceitá-lo como amigo, como chefe – por que não pode aceitá-lo como genro, ou como quase genro? Por que Boris lhe mantinha oculta a ligação com Suzana? Talvez quisesse poupá-lo. Talvez estivesse aguardando o momento oportuno para a revelação. Mesmo considerando Boris inimigo, deve lhe conceder o benefício desta dúvida. O rancor, contudo, não se aplaca diante das ponderações. Porque não é só essa coisa entre Boris e Suzana; é isto, mais a traição (ainda que em parte atenuada pelos favores) de Celina, mais a humilhante prisão. E além do ódio há angústia e ansiedade, por tudo isso que aconteceu desde que encontrou a caixa com as coisas do pai, uma sucessão de atordoantes revelações. Não era judeu, agora é judeu, ou meio-judeu, ou descendente de judeus, ou judaizante, ou cristão-novo, ou membro da nação, não importa: o certo é que agora tem algo de judeu, não a circuncisão, mas algo; o que não acontecia antes e que é no mínimo desagradável, e até deprimente. Como descobrir um dente cariado. Ou um vazamento de esgoto no apartamento. Ou uma feia mancha na nádega da mulher amada. O genealogista tentou convencê-lo do contrário – claro, dez mil dólares em jogo –, mas que lhe adianta descender de um profeta, de um médico famoso? Na realidade, segundo o pai os descreveu, não passavam de tipos estranhos; uns perplexos. Não lhe levaram nenhum valor, material ou moral; nem o segredo – ora, lenda – da Árvore do Ouro; nem exemplos dignificantes que pudesse transmitir à filha (e Suzana se impressionaria com exemplos dignificantes?) ou aos netos (disso, melhor nem cogitar, é penoso demais).

Não era judeu, agora é judeu. Tinha uma boa situação, em aparência pelo menos; ganhava bem, era respeitado. Agora está desempregado e preso. Do pai, se nada sabia, possuía pelo menos uma imagem idealizada e até certo ponto confortadora; agora sabe que era um homem estranho, que traiu a esposa e largou família e profissão por causa de uma doutora tão esquisita quanto ele próprio – nada legando ao único filho, a não ser roupas velhas, livros e cadernos com histórias da nação. Nação. Que estranha nação é esta, que inclui profetas rebeldes e bandeirantes cegos, médicos famosos e índios caducos, grandes financistas e salafrários como Boris Goldbaum? Este, a propósito, não se atormenta com perguntas: dorme profundamente, ressona até. Os safados sempre dormem bem, nota Rafael, amargo. Levanta-se, vai até a janela. Divisa, através das grades, um pequeno pátio lajeado, iluminado pelo luar; limitam-no as paredes da casa e um alto, musgoso, muro. O que haverá do lado de fora deste muro? Um terreno baldio? Uma casa? Quem serão os moradores desta casa? E o que estarão fazendo a esta hora? Jantando? Assistindo TV? Conversando sobre os últimos acontecimentos? E, vizinhos, o que aconteceu, podem me dizer? O que vai acontecer, podem me dizer?

Volta para a cama, deita-se; vira-se de um lado para outro até que, exausto, acaba adormecendo, nesta cama que não é a sua, nesta casa que não é a sua: como se estivesse numa cápsula espacial perdida no espaço.

Os sonhos, porém, não o deixam. O que é este aposento, senão um reduto de pesadelos? Antes que amanheça surge, de entre as brumas de um sono agitado, o cavaleiro medieval. Vem em direção a Rafael que, trêmulo, o espera; e dedica-se então à sua tarefa habitual, qual seja, a de apertar com as manoplas de ferro o pescoço de sua vítima. E aperta com muito mais força que de costume, o que faz supor que desta vez é para valer, é para terminar mesmo com a longa – segundo o genealogista, mas pode ser tudo mentira, invencionices de velho caduco e/ou safado – linhagem dos Mendes.

Salva-o – quem? Deus? – não: Boris. Boris Goldbaum. Está ali a sacudi-lo, a olhá-lo com sua cara de fauno, verdade que preocupado, mas fauno!

– Estavas gemendo.

Rafael olha-o, sem entender. Depois se dá conta: estava sonhando, estava tendo o pesadelo habitual; Boris então acordou-o. Deveria estar grato, e num primeiro momento (a quanto corresponde este momento? A uma pulsação do ponto de quartzo líquido num relógio de pulso japonês, esta maravilha eletrônica criada no país do *bonsai*? A um décimo deste tempo? A dois décimos?) está realmente grato, porque ainda não desperto de todo; mas, desperto de todo, e alerta, volta-lhe o ódio. E com tanto ódio olha Boris que este recua, espantado, e decerto magoado porque alguma gratidão poderia esperar, na qualidade de extintor de pesadelos. Mas será que esse ódio é suficientemente intenso? Se fosse tão intenso como Rafael acha que é, não deveria ter sido Boris arremessado contra a parede oposta como que atingido por descarga elétrica ou pelos raios de uma pistola espacial? É uma dúvida. Uma dúvida que Rafael não tem nenhum interesse em esclarecer, ao menos no momento. E, de qualquer modo, está entrando um homem (policial à paisana, evidentemente) com a bandeja do café:

– Bom-dia – diz, bem-humorado.

Ironia, neste bom-dia? Provavelmente não. Não parece que este homem, baixo mas troncudo, bronzeado – um tipo indiático –, tenha o grau de sofisticação necessário para ironias matinais. Pelo jeito está apenas se desincumbindo de uma tarefa; e, como aprendeu no curso de relações públicas (carga horária: vinte e oito horas) que acabou de concluir, qualquer tarefa deve ser feita com o máximo de alegria e disposição. Portanto: bom-dia!

Café com leite, pão, manteiga, schmier, salaminho: uma refeição abundante, como a da véspera. E, como na véspera, Boris come com apetite. Rafael mastiga em silêncio uma fatia de pão, toma uns goles de café preto, sem açúcar.

Entra o delegado. Quer saber como passaram a noite. Bem, diz Boris, muito bem, não é como na minha casa, mas – o delegado ri; mas as notícias que dá a seguir não são animadoras: ficarão nesta casa por uns tempos; não podem receber ninguém, nem familiares, nem advogados. Para qualquer coisa, conclui, solícito, estamos à disposição.

Quando ele sai – e parece até que estão se revezando, mas é só coincidência, ou talvez seja mesmo revezamento com aparência de coincidência –, entra o indiático. Torna-se cada vez mais evidente (uma evidência que crescerá provavelmente em proporção geométrica a cada entrada desse homem) que se trata de um policial à paisana, embora ele agora venha para – razão real ou pretexto – trazer os jornais. Coloca-os em cima da mesa:

– Os jornais.

Desnecessário dizê-lo. Ou necessário, dentro do papel representado por este homem que é mais anfitrião que carcereiro, ou, se carcereiro, então carcereiro especial, para presos especiais. Ou necessário, mas para a paz interior dele, deste homem que talvez se veja a contragosto no papel de carcereiro, seu sonho sendo arranjar um emprego como recepcionista de um hotel de três, quatro estrelas. Ou talvez o homem esteja intimidado pela presença de prisioneiros ligados ao mundo das finanças, mundo para ele mítico, mágico; ou talvez seja um homem delicado, que não se importa de incorrer em redundâncias, desde que possa romper um silêncio que já percebeu (os homens delicados percebem) embaraçoso. Que sua aparência seja de bronco, isto não quer dizer nada – para esta hipótese. Pode ser bronco por fora e delicado por dentro.

Sai.

Sai, deixando um problema.

São três, os jornais, dois em formato tablóide, um maior. Quem os lerá primeiro, Boris Goldbaum ou Rafael Mendes? Rafael Mendes ou Boris Goldbaum? Talvez esta dúvida não caiba; Rafael Mendes quer ler os jornais, ou pelo menos acha que quer (é possível até que nem queira, mas é certo que se Boris estender a mão ele quererá, portanto é prudente assumir que sim, que ele quer ler jornais), porém é possível que Boris Goldbaum não esteja interessado neles. Supondo que os dois queiram ler, e ao mesmo tempo, como dividir três jornais entre dois? Mais: três jornais que não são iguais? As possibilidades são infinitas; para fins práticos, infinitas. Os dois tablóides para Boris, o jornal grande para Rafael, é uma. Ou o contrário. Ou, então, somar o número total de folhas e dividir por três – mas há o problema das seções, quem fica com as páginas esportivas, as policiais, os anúncios econômicos? Depois – a quem compete estabelecer critérios e tomar decisões? A Boris? Por quê? Na Pecúnia ele estava em posição superior, era o patrão. Mas agora estão os dois na cadeia. Em pé de igualdade. Não: Boris está por baixo, tem a barra mais suja. (Será que tem? Será que Rafael, que sabia do rombo, não é pelo menos tão culpado?) Mas qual a relação disto quanto à escolha de quem lerá o quê? O mais culpado tem mais ou menos direito a escolher? Em geral, aos mais culpados cabem menos direitos; mas, considerando que cumprem penas maiores, talvez seja justo, ou pelo menos humano, permitir que leiam mais. Mas será que ler é benéfico?

Boris apanha um dos jornais. Aparentemente fê-lo ao acaso. Aparentemente, mas não dá para esclarecer: não há clima para debate. Há clima para socos. Rafael pega outro jornal, folheia-o. Franco continua em coma; mas, sobre a prisão deles, nenhuma notícia. Na seção de economia, uma pequena nota diz que, apesar das informações em contrário, a Pecúnia S.A. – Crédito e Investimento continua funcionando normalmente. O que a Rafael causa profunda estranheza. Como, funcionando normalmente? Com o diretor-presidente e seu principal assessor na cadeia? Quem terá dado a nota? Será mais uma safadeza de Boris? Lança-lhe, de soslaio, um olhar perplexo, ainda que raivoso; mas esta perplexidade pode minar a raiva, e ele então desiste da muda interrogação e volta à leitura. Boris não percebeu nada. Talvez nem esteja interessado em notícias da financeira. Talvez esteja lendo a coluna social. Patife.

Vem o almoço, trazido pelo (?) carcereiro; abundante como o jantar do dia anterior. Ótimo, diz Boris, sentando à mesa. Olha a bandeja, com ar interrogador, como se sentisse falta de algo. Não há nada para beber, pergunta. Só água, informa o homem.

– Água! – Boris ri. – Água é veneno. O amigo não concorda?

O homem ri, também, contrafeito.

– Concordo, doutor, mas é que–

Boris bota a mão no bolso, tira de lá uma cédula verde, fá-la estalar. Vinte dólares. (Quantas destas notas terá consigo? Não poucas, certamente, considerando que estava embarcando – que estavam embarcando – para não mais voltar. Que ainda esteja de posse desse dinheiro é mais um mistério.) Ainda que o policial não esteja familiarizado com o dinheiro norte-americano, ainda que não esteja a par da cotação do dólar, já terá percebido que aquilo ali dá muita cerveja. E hesita: de um lado, a sua função, a honestidade, o medo de que a coisa dê bolo; de outro – Mas a nota, avaliada nesta balança rapidamente montada, é encontrada suficientemente pesada; o homem a embolsa e sai, não sem antes perguntar se Rafael também quer cerveja. Não, ele não quer. Minutos depois o homem volta com um jornal debaixo do braço, e nele está enrolada uma garrafa de cerveja. O abridor é também fornecido e o homem se retira, dizendo – e sua solicitude é cada vez mais evidente – que está às ordens.

Boris serve-se de cerveja. Antes de tomar, oferece-a num gesto mudo que Rafael ignora; bem que teria vontade de tomar um copo, mas aceitar equivale a capitular. Na realidade está pensando em outra coisa: o que virá, depois dessa cerveja? O que estará Boris tramando? Talvez nada. Talvez esteja apenas assegurando o abastecimento futuro da bebida. Mas, pelo que Rafael conhece dele–

A porta se abre. É o delegado. Temos visitas, anuncia. Gente de Brasília, acrescenta, com maldisfarçada satisfação. Está vivendo um grande momento, o delegado.

Faz passar um homem ainda jovem, a quem os óculos de grossas lentes e o cabelo curto dão uma aparência sizuda, algo assim como a de um colegial bem-comportado. Usa um terno listrado, que lhe dança no corpo, uma espalhafatosa gravata, e carrega a inevitável pasta tipo executivo.

– Como vai, Toledo? – pergunta Boris, sem se levantar.

– Quê! – o delegado, admirado. – Já se conheciam?

– Toledo e eu somos velhos amigos – diz Boris. – O Rafael

aqui é que não o conhece. Rafael, apresento-te o doutor Toledo, do Ministério da Fazenda.

Rafael não pode ignorar o homem, só porque é Boris quem o apresenta. Levanta-se e cumprimenta; não efusivo, mas cortês; não humilhado (ou quase humilhado), mas constrangido. Afinal, está na prisão, não em seu escritório. De qualquer modo, a visita não é para ele, claro. O negócio é com Boris, que pergunta, acendendo o cigarro:

– Então, Toledo? Fez boa viagem? – Os circunlóquios habituais.

– Boa, Goldbaum. – O homem, contrafeito, mas cordial. – O avião jogou um pouco na altura de Santa Catarina, mas de resto tudo bem. Posso me sentar?

– À vontade. A casa é de vocês. – Boris ri. – Eu aqui sou hóspede.

Toledo prefere ignorar a insolência. Senta. O delegado se despede, tem mais o que fazer:

– Deixo-os à vontade. Qualquer coisa, é só chamar.

Sai, fecha a porta atrás de si; mas não com estrépito. Boris volta-se para o visitante.

– Então, amigo Toledo? Que bons ventos te trazem?

– Adivinha, Goldbaum – responde Toledo, com o que pode ser um tique ou uma careta; mais provavelmente é uma careta, mescla de irritação com cansaço (da viagem? em geral?) e também uma certa dose de prazer tendendo para o sádico. Complexa careta. Por causa desta e de outras caretas, decerto, é que Toledo tem o rosto marcado de rugas, a expressão torturada. – Adivinha se não é a situação da tua financeira. Desta vez você passou dos limites, Boris. O pessoal lá em Brasília está até aqui com você.

Dá-se conta da presença de Rafael:

– Não sei se –

– Pode falar à vontade – atalha Boris. – O Rafael trabalha comigo, é pessoa de confiança.

– Bom. Então vamos ao assunto, que o tempo é curto, quero ver se volto hoje à noite para São Paulo. Minha missão não é propriamente oficial, Goldbaum... Mas é tão importante como se fosse. Ou mais.

Abre a pasta, tira um maço de papéis, examina-os.

– Deixe-me ver... Sim. Tua situação é ruim *mesmo*, Goldbaum. Você está enrascado. Temos o nome de seus agentes nos Estados Unidos, na Europa e na África do Sul, sabemos o número das contas bancárias, o montante do rombo. O suficiente para te fazer apodrecer numa cadeia; não nesta, numa pior. Mas–

Sorriso. Pálido sorriso. Pálido e ominoso sorriso.

– Teu santo é forte, Goldbaum. Houve interferência... Não há interesse em deixar que você afunde. Nem em meter a mão. Uma intervenção, a esta altura, seria inquietante... Pelo menos neste momento. Estamos esperando uma missão internacional, Goldbaum. Grandes investidores. O recado para você é o seguinte: dê um jeito.

– Um jeito. – Boris sorri, divertido. – E que jeito? Há sugestões a respeito?

– Não se faça de bobo – diz Toledo. Raivoso; o tímido raivoso. Está, vê-se, mais acostumado a conter a raiva do que a exteriorizá-la; daí sua insônia, seu eczema de origem nervosa, sua úlcera duodenal. Sua mulher é como ele, a filha pequena também: sofre de bronquite asmática, e também por causa disto Toledo aceitou o cargo em Brasília, lugar alto, de clima seco, sem poluição. Brasília é bom, Brasília é seguro. Para os estados, Toledo não gosta de viajar; hotéis, ainda que de quatro ou mesmo cinco estrelas, almoços e jantares em restaurantes, e principalmente as missões que lhe são confiadas, tudo isto lhe faz muito mal; seu consumo de antiácidos e tranqüilizantes aumenta muito nesses dias. E quando o abacaxi a descascar se chama Boris Goldbaum, então... – Você conhece essas coisas melhor que eu, Goldbaum. Melhor que todo o mundo. Arranje-se. Fale com seus amigos no exterior, com seus patrícios, eles não vão te deixar mal.

– Meu patrícios, Toledo? – Boris, zombeteiro. Cada vez mais zombeteiro. O tom de zombaria é tanto mais visível quanto é visível a insegurança do outro. Num gráfico, a Curva 1 – correspondente a níveis de zombaria de Boris – e a Curva 2 – idem, para insegurança do Toledo – são quase que paralelas, e fortemente ascendentes. – Meus patrícios não querem nada comigo. Sabias que tenho fama de anti-semita?

Toledo agora fecha a cara, e parece que para esse assunto fechou definitivamente a cara:

– Você está brincando, Goldbaum. Mas está brincando com

fogo. Vou botar as cartas na mesa: há quem goste de você no Ministério – mas também há muitos querendo ver tua caveira. Principalmente porque você é judeu, e a idéia de um judeu como bode expiatório não é má – para alguns. Parece fora de moda, Goldbaum? Pois é. Mas já aconteceu no passado, você sabe. E você já imaginou a multidão furiosa invadindo o Bom Retiro? Ou o Bom Fim? Espancando os teus patrícios, queimando as lojas – arrasando tua casa, Boris?

– Não moro no Bom Fim – diz Boris, apagando o cigarro.

– Você não vai mesmo arrumar a financeira?

– Não estou interessado nisto. Não no momento, pelo menos.

– Você está louco, Boris. Completamente louco. – Toledo, inquieto e desesperançado: tudo indica que terá de voltar amargando um fracasso. E ele detesta fracassos. Como detesta essas missões. Considera-se um técnico, não um político; tal tipo de maquinação parece-lhe falsa, absurda. É contudo leal ao ministro, endossa as idéias do ministro, sobretudo no que se refere ao jogo do mercado. Aliás, sua tese de mestrado – orientada pelo próprio ministro, a época professor do curso de pós-graduação – foi justamente sobre isso, mecanismos do mercado acionário. Mas jogo de mercado é uma coisa, tramóia é outra, assim como financista – um Rotschild, por exemplo – é uma coisa e um aventureiro especulador – esse Boris – é outra. A verdade, contudo, é que o capitalismo brasileiro está cheio desses tipos; se é que existe realmente algo chamado capitalismo brasileiro. Sim, há um bom capitalismo em São Paulo, um razoável capitalismo no Rio, mas aqui, em Porto Alegre – capital de um Estado que afinal não é dos mais pobres e atrasados –, as coisas já começam a deteriorar; e o que se dirá então do Norte, do Nordeste? Do *hinterland*? Economia de trocas, tipo índio: você dá espelhinho, recebe pau-brasil. Nada de acumulação, nada de investimento. E nada computável: durma-se com o barulho dos atabaques. Suspira, coloca os papéis na pasta:

– Que é que eu digo ao ministro?

– Que eu agradeço o interesse dele. Mas que nada posso fazer. Estou noutra, agora. Entendeu, Toledo? Noutra.

– Que outra, Boris? – Toledo, perplexo. – Você está na cadeia, Boris! Você está na merda, Boris!

– Pode ser – Boris, sorridente. – Mas estou noutra. O Rafael aqui sabe.

Toledo lança um olhar a Rafael. Um olhar meio súplice, de quem pede auxílio; chega a abrir a boca para dizer algo, muda de idéia:

– Está bom. – Levanta-se, dirige-se para a porta. Algo lhe ocorre, ele se volta, e é a última – mas última *mesmo* – tentativa: – E a Árvore, Goldbaum?

– Que Árvore?

– A sua Árvore. Aquela que todo o mundo fala. A das pepitas de ouro.

Boris não responde. Continua sorrindo.

– São falsas. – Há cansaço na voz do economista Toledo. – Falsas, não é? Eu já imaginava. Com vocês é tudo falso, tudo aparência. Prédios de mármore e vidro fumê, anúncios de página inteira nas revistas de circulação nacional, viagens ao exterior em jatos fretados. Tudo é fachada, tudo visa apenas impressionar. Estátuas de pés de barro, é o que vocês são. Você, Goldbaum, não tem a menor idéia do que vem a ser uma economia sadia; nem você, nem os de sua laia. Vocês se metem nos interstícios da estrutura econômica. Vocês são os cupins das finanças. Mas o DDT da austeridade vem vindo aí, você pode ficar seguro. Vamos te liquidar, Goldbaum. Vamos te arrasar, com ou sem Árvore do Ouro. Vamos destruir a Pecúnia como o lobo destruiu a casa do porquinho – com um sopro. Vamos lacrar tudo, fazer uma revisão nos teus arquivos. Vamos devassar tua vida. Vamos interrogar teus funcionários, teus amigos, teus parentes, tuas amantes. Vamos deslindar tuas conexões internacionais, tudo que está por trás de você – será que não tem subversão aí, Goldbaum? Terrorismo; será que não? Eu não me surpreenderia nada. Enfim, vai ser uma faxina completa, algo que sirva de lição para todos os Goldbaum do mundo.

Cala-se, ofegante, limpa a escuma dos lábios com o dorso da mão. Faz sinal ao guarda para que lhe abra a porta. Sai. Seus passos ressoam no corredor; ouve-se o ruído de outra porta sendo aberta e fechada e depois o silêncio.

Em silêncio olham TV. Em silêncio um deles se levanta e desliga o aparelho. Em silêncio despem-se e se deitam.

Rafael Mendes não consegue conciliar o sono. Em quem pensa o insone? No que os insones pensam: mãe, pai. Esposa. Filha.

Este homem que não dorme, este Rafael Mendes, pensa sobretudo em Suzana. O ressentimento vai dando lugar a uma nostálgica, melancólica ternura. São os bons momentos que ele evoca agora, alegres e comoventes cenas de uma vida em família: festas, piqueniques, viagens.

De repente Boris começa a falar.

É de si mesmo que está falando. Está remontando à sua infância; está contando a história de um menino pobre, filho de um alfaiate comunista. Está dizendo que esse menino passou necessidade; muitas vezes deixou de ir à escola por não ter sapatos. E, pobre, teve de começar a trabalhar muito cedo, vendendo cabides, primeiro, e logo bilhetes de loteria, e por fim livros.

– Eu gostava de vender livros, Rafael. Sentia que assim estava dando minha contribuição à humanidade, que estava sendo fiel às idéias de meu pai.

Mas se incomodava muito. Uns fregueses não pagavam; outros ficavam com os livros alguns dias e depois os devolviam, sujos e rasgados (isto, quando não arrancavam páginas!). E havia quem o censurasse por vender livros socialistas a preços capitalistas.

– Tudo isto foi me desiludindo, Rafael. Lá pelas tantas a necessidade apertou e resolvi ganhar dinheiro. E então...

Fala, fala. E de súbito, muda de assunto. É de Suzana que agora fala. E Rafael não salta da cama, não se atira sobre ele a socos e pontapés; talvez tivesse vontade de fazê-lo, mas não o faz. Ouve em silêncio. Por muitas razões, a principal sendo, provavelmente, a de que Boris fala de uma Suzana que ele não conhece, e que quer conhecer, precisa conhecer. Eu era como um segundo pai para ela, está dizendo Boris, tu sabes disto, Rafael. (É verdade: era um segundo pai.) Ela me procurava porque tinha inquietações; precisava de ajuda e eu a ajudei como pude. Fiz isto não só por ela, Rafael, não só por ti, como por mim mesmo. Eu me sentia bem ajudando-a. Me sentia digno, sabes? E não me era difícil dar respostas às suas inquietudes de adolescente.

A coisa começou a se complicar quando entrou na Faculdade. Ali teve início a militância política. Até então não se interessara pelo assunto, mas quando o fez tornou-se rapidamente radical. Entrou num pequeno e combativo grupo de irados esquerdistas, uma dissidência dentro de outra dissidência. Passou a falar em tomada violenta do poder, em rios de sangue correndo pelas ruas. Uma vez mostrou a Boris uma arma, um revólver, verdade que velho e sem balas; mas ele se assustou, e nem o fato de ela ter começado a rir, dizendo que tinha medo de armas e que andava com uma só para impressionar as colegas, o tranqüilizou. Porque não era só aquilo: ela distribuía folhetos, e editava um jornalzinho clandestino que atacava as multinacionais, evocando a figura de Tiradentes como exemplo a ser seguido.

A Boris pedia seguido dinheiro – para a causa. Quando ele argumentava, entre sério e brincalhão, que assim estava cavando a própria sepultura, ela respondia que era a única esperança dele, seu álibi perante o Tribunal do Povo. Mas, perguntava Boris, tu vais depor a meu favor nesse Tribunal? Sim, ela faria isso; na realidade, não o considerava um opressor, o caso dele sendo mais de oportunismo, de especulação. Não és, dizia, como os grandes industriais, os *terratenientes;* estes sim, exploram diretamente o povo, e pagarão com seu sangue.

Tão subitamente quando se iniciara, esta fase política terminou. De repente ela já estava achando Tiradentes um babaca e Trotsky um idiota. Caiu numa profunda depressão; fumava muito, bebia, recorria a drogas. E, tão subitamente quanto entrara na fossa, saiu dela – aderindo à seita dos Novos Essênios. Olhar brilhante, sorriso radioso, dizia ter encontrado o caminho; passou a usar as longas túnicas brancas características dos adeptos da seita, dedicava-se ativamente ao proselitismo, abordando pessoas na rua. Boris, naturalmente, se converteu em alvo predileto de suas investidas. Obrigava-o a ler os folhetos, tentava provar-lhe que Jesus era o verdadeiro Messias que ele esperava. Mas eu não espero Messias nenhum, retrucava Boris. Vocês, judeus, são amargos, ela dizia, é natural, não provaram o doce sabor do amor a Jesus. Uma noite convidou-o a visitar o templo deles, no alto de um morro, perto de Belém Novo. Subiram a pé; fazia parte dos preceitos da seita, e mesmo não havia estrada nenhuma até o local. Depois de duas horas da caminhada – Boris já querendo desistir – chegaram ao templo. Uma construção de pedra bruta, sem janelas, e sem móveis – apenas uns toscos bancos de madeira. Estava vazia; o culto já havia terminado.

Ela mandou que ele esperasse, saiu por uma porta lateral. Ele ficou ali, no abafado recinto iluminado apenas por uma vela. Minutos depois ela retornou, flores nos cabelos, sorridente. Nua.

Boris se cala. No silêncio que se segue, sua respiração é bem audível; ofega um pouco.

– Nua, Rafael. Aproximou-se de mim, abraçou-me. Abracei-a. Nos beijamos. E foi só, Rafael. Te juro que foi só. Não fiz nada, Rafael. E sabes por que não fiz nada, Rafael? Sabes?

Explica: naquele momento estava descobrindo que amava Suzana; assim como ela também descobria – de repente – que o amava. E que alegria sentiam, ao saber que se amavam! E então ela deixou a seita, e se tornaram amantes de fato. Felizes, muito felizes. Claro, havia problemas. Ela era geniosa, tinha ciúmes até das secretárias da financeira. Por outro lado, Boris queria casar logo, desagradava-lhe a situação de clandestinidade, de dissimulação, sobretudo por causa de Rafael. Ela respondia que casar não queria, que achava o casamento um saco; mas finalmente concordou, casaria com ele, desde que partissem, que fossem para longe, para um lugar tranqüilo à beira-mar, de preferência num outro país. Ali levariam uma vida idílica, andariam nus ou quase, dormiriam ao relento ou em grutas, se alimentariam de frutos silvestres, ela sempre adornada de flores. Com os índios manteriam uma relação de amável respeito, expressa em gestos amistosos; jamais falariam com eles, evitando assim recorrer ao poder corruptor da palavra, mesmo a oral. E jamais deveriam dar presentes a estes índios, espelhinhos sendo particularmente perigosos. No momento em que fizessem isto, pior, no momento em que aceitassem em troca das dádivas qualquer coisa, pau-brasil, por exemplo, estaria caracterizado o comércio e a conseqüente perda de toda a inocência duramente reconquistada.

Essa idéia no início parecia a Boris absurda, mas aos poucos foi ficando fascinado por ela: uma nova vida, por que não? A inocência, por que não?

– Quando as coisas ficaram pretas na Pecúnia, Rafael, senti que o momento tinha chegado. Infelizmente eles me pegaram – *nos* pegaram. Mas vou voltar para a Suzana, Rafael, isto é líquido e certo. E quero que aceites este fato, Rafael. Nada nos separará. Nada.

Cala-se.

No escuro, Rafael levanta-se. Dá uns passos na direção da cama de Boris; não muitos passos – três, para ser exato. A distância que separa as camas sendo de dois metros e vinte centímetros e medindo cada passo de Rafael sessenta centímetros, ele poderia atingir a cama do outro no quarto passo, o que não acontece: ele de repente vacila, ele leva a mão à testa, ele emite um som estranho, entre gemido e ronco, mais para gemido que ronco, e cai, não para a frente, o que lhe permitiria atingir seu objetivo (supondo que a cama de Boris fosse o objetivo; supondo que o próprio Boris fosse o objetivo, suposições estas inteiramente razoáveis, quaisquer que fossem as emoções a mover este caminhante noturno, ódio ou súbita ternura). Cai, meio para o lado, meio para trás, mais para trás que para o lado – cai.

O rosto de Boris é a primeira coisa que vê, quando acorda. E o rosto ansioso de Suzana (então a chamaram? Então é grave?), e há também um homem velho, de óculos, estetoscópio ao pescoço – o médico.

– Então, senhor Rafael? – É o médico que pergunta. – Está melhor?

A custo, Rafael tenta soerguer-se.

– Fique deitado – intervém o médico. – O senhor não pode se levantar. Sua pressão subiu muito.

Rafael deixa-se cair de novo na cama. Suzana ajoelha-se ao lado dele:

– Calma, pai, calma. Está tudo bem agora.

– E a tua mãe – murmura Rafael –, como está?

– Está ótima – diz Suzana, tentando sorrir. – Ótima mesmo, pai, acredita. No começo ficou um pouco abalada... Mas agora já se recuperou, assumiu tudo, a casa, os teus negócios, está se virando, até deixou de tomar os tranqüilizantes. Nós duas –

Não se contém, rompe em prantos. E ali está, a menina Suzana, ajoelhada junto à cama do pai que lhe acaricia os cabelos com os dedos trêmulos. E Boris a fitá-los sem dizer nada.

Faz com que Suzana se levante, ajuda-a a sentar-se. Em seguida, aproxima-se de Rafael, fita-o bem nos olhos.

– Rafael, preciso te dizer uma coisa. Uma coisa importante. Estás em condições de me ouvir?

Rafael fecha os olhos, Boris insiste: abre os olhos, me escuta. Meu Deus, pensa Rafael, porque este maldito não me deixa em paz? Por que não some daqui? Boris vai falar, hesita, volta-se para o médico:

– Será que o senhor nos dá licença, doutor?

– Certamente – apressa-se o homem a dizer. Dirige-se para a porta:

– Estou aqui fora. Quando terminarem, me chamem.

Boris inclina-se para Rafael.

– Vamos cair fora daqui, Rafael. Hoje. Daqui a pouco.

Explica rapidamente, o médico vai lhes facilitar a fuga. Precisa de dinheiro: tem a mulher doente, o filho é toxicômano. Ele mesmo propôs a Boris e a Suzana; por dez mil dólares faz a coisa. É simples: Boris fingirá que também se sente mal. Alegando que pode tratar-se de intoxicação, o médico os removerá para a clínica de um amigo. De lá será fácil escapar, mesmo porque o interesse nos dois diminuiu, agora que a Pecúnia está sob intervenção. A imprensa já nem os menciona, Toledo apreciará que desapareçam.

– Então? Que dizes?

– Então, pai? – Suzana, ansiosa.

Rafael olha-a: ali está ela, abraçada ao Boris, como no aeroporto.

– Então? – Boris, de novo.

Rafael não responde, fecha os olhos. Olhos fechados, ouve Suzana e Boris combinar os detalhes da fuga. Irão para o Paraná e de lá para Paraguai, onde Helena se unirá a eles. Boris pede que o médico entre. Acertam tudo para as onze da noite: a esta hora, Boris pedirá ao guarda que chame o doutor. Este, por sua vez, já estará de sobreaviso. Aproxima-se de Rafael:

– Vai correr tudo bem – murmura –, não se preocupe, senhor Rafael.

Rafael fita-o; por um instante o médico baixa os olhos – tem vergonha do que está fazendo, esse homem, esse velho brasileiro; tem vergonha de mentir, de enganar, mesmo que por dez mil dólares, se não precisasse, não o faria. Este embaraço, este penoso embaraço, dura, contudo, pouco. Logo em seguida volta o velho a encará-lo; e agora não há constrangimento em sua expressão: há tristeza, há amargura, há até – como no olhar de Boris há pouco – uma certa dignidade. Puxa uma cadeira, senta-se junto à cama.

– Sei o que o senhor está pensando, senhor Rafael. A rigor pouco deveria me importar o que o senhor pensa, mas quero lhe dizer uma coisa: não é só por causa do dinheiro que estou fazendo isto, sabe? Claro, preciso dos dez mil dólares, preciso muito, é uma coisa urgente, desesperada. Mas tenho outro motivo para lhe ajudar. É que conheci seu pai, senhor Rafael. Meu nome é Castellar, Raul Castellar, talvez o senhor já tenha ouvido falar de mim.

Castellar? Raul? Num primeiro momento tal nome a Rafael não diz nada; mas é porque sente-se embotado, lento no raciocínio – que droga lhe aplicou este charlatão? –, até que se dá conta: ah, sim, o segundo caderno; é o doutor que trabalhava na Seção de Doenças Infecto-Contagiosas; aquele que só queria jogar bilhar.

– Seu pai era gente fina – prossegue o velho. – Aliás, os Mendes sempre foram gente fina, uma família antiga, distinta, mas o Rafael Mendes, meu amigo Rafael Mendes, esse foi um pai para mim. Me conheceu numa das piores fases de minha vida: eu era um vagabundo, então, eu só queria me divertir e jogar sinuca; a bola sete era tudo para mim. Pois bem; Rafael foi paciente comigo, tolerante, nunca me humilhou na frente dos funcionários, como o outro médico que trabalhava lá, o tal de doutor Artêmio, um comunista. Um dia Rafael me chamou para dizer que ia viajar para a Espanha, e me pediu que assumisse a chefia por uns tempos. Fiquei surpreso, sinceramente surpreso, senhor Rafael, e comovido; ninguém tinha confiança em mim, ninguém acreditava em mim, minha mulher acabara de me abandonar depois de me chamar de vagabundo, sem-vergonha e sei lá mais o quê. E o seu pai me confiava a chefia! Era uma honra como eu nunca tinha recebido. Durante os três meses em que fiquei chefe senti renascer em mim o brio de homem; fui um superior enérgico, mas sensível; dinâmico, mas não atabalhoado. Minha gestão deixou saudades, fique certo. Fui substituído por motivos políticos, e nunca mais ocupei cargos de confiança, mas o principal eu conseguira; tinha demonstrado a mim mesmo que não era um inútil, um parasita como minha mulher sustentava; aliás, voltando para mim, ela reconheceu seu erro e me pediu perdão. Me regenerei, senhor Rafael. Com a pequena clientela que consegui formar com meu consultório de bairro – fica aqui perto – vivíamos bem felizes; isto é, até que meu filho mais moço se viciou em drogas. Desde então nossa vida desmoronou, senhor Rafael. Fiz de tudo para arranjar dinheiro. Abortos, tudo.

Tira o lenço do bolso, enxuga os olhos; fica um instante em silêncio, prossegue:

– Durante todos estes anos, não esqueci a última conversa que tive com seu pai – quando ele me contou que estava indo para a Espanha. Achei bonito, aquilo, senhor Rafael. Hoje em dia não existe mais ideal, todo o mundo só vai atrás de seus interesses, é uma corrida de ratos, são os grandes engolindo os pequenos, uma selva, enfim. Mas seu pai era um cavalheiro vivendo numa época de cavalheiros, senhor Rafael, um homem capaz de morrer por uma paixão.

– A propósito – murmura Rafael, uma voz débil –, morreu, o Franco?

– Quem? – o velho pensa não ter ouvido bem.

– O Franco. O general Franco.

– Ah! – O doutor surpreso. – Morreu, sim. Por que o senhor pergunta?

Dá-se conta:

– Por causa de seu pai, claro. Teria sido um bom momento para ele, senhor Rafael. Como será um bom momento para o senhor quando escapar daqui.

O guarda mete a cabeça pela porta:

– Então, doutor? Tudo certo? – Mais que uma pergunta é uma advertência: olhe aí, seu médico, não dê muita trela para esses caras, são presos importantes, mas são presos, tem de se abrir o olho com eles. Acho melhor eu ir andando, diz o médico. Guarda o estetoscópio na velha e maltratada maleta – é uma relíquia que me acompanha desde os tempos da Seção – e levanta-se, não sem antes sussurrar a Rafael: não esqueça, às onze horas. E para Boris: queixe-se de dores, senhor Boris, gema com vontade. Vou com o senhor, diz Suzana, numa voz firme, decidida – ela está nisso, agora, ela decerto quer acertar detalhes com o médico, quer se certificar que tudo correrá bem. Antes de sair, volta-se, lança ao pai um último olhar; um olhar de ternura, naturalmente; um olhar de grata reconciliação. Faz menção de dizer algo, mas neste instante o guarda fecha a porta (sem estrépito: há doença, ali, ele respeita).

Novamente sozinhos.

Boris consulta o relógio: são cinco da tarde, diz. Como que falando a si mesmo. Deita-se, cruza as mãos sob a nuca. Através da porta filtra-se a música do rádio de pilha do guarda. Uma chorosa valsinha; dupla campeira lamenta ter deixado lá longe o pampa querido e a chinoca adorada.

As sombras adensam-se no quarto. Aos poucos o entorpecimento vai se desfazendo, Rafael move um braço, uma perna, sente-se melhor. Senta-se na cama; com o que Boris levanta-se, alarmado.

– Não, Rafael, tu não devias–

– Me deixa.

Levanta-se. Caminhando com dificuldade entra no banheiro. Fecha a porta, acende a luz. A crua claridade da lâmpada revela seu rosto no espelho. Uma fisionomia desfeita, naturalmente; mas, além de desfeita, estranha. Tão estranha que o impressiona; nunca se viu assim, tão esquisito. Não é só a perplexidade; ou melhor é a perplexidade, só que se trata de uma perplexidade diferente. Dolorosa; é o rosto de um supliciado que ele vê ali. De onde vem isto, essa impressionante expressão? De algo que lhe injetou o médico? Da conversa que antes tiveram? De tudo? Não sabe e não lhe importa. O importante agora é reagir, é não se entregar. *Vamos lá, Rafael, faz força, Rafael.*

Dura alguns minutos, esta titânica luta de vontade, este conflito de músculos antagônicos; minutos nos quais Rafael se vê perdido, vencido por um poder superior ao seu; mas, prestes a desistir, faz um derradeiro esforço – e consegue. A face experimenta uma lenta transformação. Elevam-se os cantos da boca, a comissura labial se entreabre. Travessas ruguinhas formam-se sob as pálpebras inferiores – ele está *sorrindo*, sorrindo para sua própria imagem. Que bom, pensa, aliviado, gratificado. Inclina-se, encosta a fronte no espelho; faz-lhe bem o frio da superfície polida na testa úmida; e acha engraçada a imagem que agora tem de si, uma imagem deformada pelo cômico estrabismo. Fecha os olhos então, e fica consigo mesmo, em paz. Por quanto tempo? Por algum tempo; quando sai do banheiro vê que o guarda já esteve ali, já deixou o jantar; a bandeja intocada jaz sobre a mesa. Como é que estás?, pergunta Boris. Rafael não responde, torna a deitar-se. Sente-se bem; agora sente-se bem. A cabeça leve, a testa fresca; bem. E assim cai numa modorra; entre adormecido e acordado parece-lhe que estão todos ali ao redor da cama – Jonas e Habacuc, Maimônides e Rafael Mendes, todos os que se chamaram Rafael Mendes. Olham-no em silêncio. De repente dá-se conta: todos têm a face que há pouco viu no espelho; todos são ele, ele é todos. Agora entende os Cadernos do Cristão-Novo; é o legado que o pai deixou – disso não mais tem dúvida

– a ele. À falta de soluções, fantasias; à falta de respostas, imaginárias possibilidades. A perfeita mensagem de um perplexo, conclui – com o que os vultos vão sumindo, e ele adormece.

Acorda sobressaltado. Boris sacode-o: está na hora, cochicha, vou começar a gemer.

Deita-se, põe-se de fato a gemer. Mas geme tão mal, com tão pouca convicção, que Rafael não se contém; começa a rir, baixinho a princípio, mas logo o riso vai num crescendo e logo ele está rindo às gargalhadas, a bandeiras despregadas, rola na cama rindo, às vezes pára um instante, os olhos cheios de lágrimas, toma fôlego e já está rindo de novo. Boris, assustado, pedindo-lhe que pare de rir, vai estragar tudo, mas Rafael não pode parar, não se controla, ri, ri, e então Boris começa a rir também, que desgraça, Rafael, estamos perdidos, este riso vai acabar conosco, também ele não consegue se controlar, ri, ri, até que por fim ele consegue se conter, fica sério. Levanta-se, aproxima-se da cama de Rafael, que agora parou de rir e se levanta também. Por um instante se encaram, fixo, imóveis ambos. E então Boris diz, em voz baixa, contida mas enérgica:

– Me dá um soco, Rafael. Um soco na barriga.

Mas quem és tu, deveria Rafael indagar, quem és tu para me dar ordens?

– Vamos – repete Boris –, me dá um soco.

Ah, cachorro, geme Rafael. Cerra o punho e manda um soco na barriga de Boris, mas é um soco fraco, o outro mal sente:

– De novo. Mais forte.

Rafael reúne todas as forças e desta vez o murro é tão forte que Boris cambaleia, recua, deixa-se cair na cama, gemendo. E agora sim, geme bem, geme com gosto, retorce-se como um verme – e de súbito pisca o olho para Rafael. O patife, o grande patife; mais uma vez venceu, o espertalhão conseguiu o que queria, está gemendo como manda o figurino e isto graças a Rafael, graças ao punho de Rafael que ali está, sem saber o que dizer, o que fazer.

A porta se abre, é o guarda: que foi, seu Boris, o que lhe aconteceu? Uma dor, geme Boris, o astuto Boris; uma dor insuportável. O senhor também? – o guarda, preocupado. – Onde é que lhe dói? Aqui, choraminga Boris, na boca do estômago. Não foi da comida que eu trouxe, foi? – o guarda, alarmado, não vá o delegado culpá-lo. Não sei, diz Boris chama o médico, por favor, chama o médico.

O guarda sai, poucos minutos depois chega o doutor Raul:

– Espere aí fora – diz ao homem.

Fecha a porta:

– Estão prontos? – pergunta a Boris e a Rafael, a Rafael e a Boris. Boris diz que sim, que está pronto; mas Rafael continua deitado, imóvel.

– Eu não vou – diz.

– Como? – o médico, surpreso.

– Eu não vou – repete Rafael. – Vou ficar aqui.

– Mas o senhor vai estragar tudo! – O velho agora está verdadeiramente estarrecido. – O que é que eu vou dizer a eles?

Boris olha-o; não pode deixar de achar graça da cara aparvalhada do doutor. Pobre homem, não está entendendo nada, tudo o que queria era ganhar uns dólares, e saldar uma dívida com o passado, nesta ordem ou na ordem inversa; mas – nesta ordem ou na ordem inversa – não poderá fazê-lo; a história não será como ele pensou que seria; a história será diferente, já é diferente e ele não está entendendo nada, não sabe o que está acontecendo, não imagina o que poderá acontecer:

– O que é que o senhor vai dizer aos homens? – indaga, confuso e assustado.

Rafael sorri. Merecia a Árvore do Ouro, esse homem, esse velho doutor; mas não, coube-lhe a perplexidade, a perplexidade de gerações, da qual Rafael enfim se livrou:

– O que vou dizer a eles? – Dá de ombros. – Ora, meu caro. Vou dizer que estava dormindo.

– Vamos, doutor – comanda Boris. Amparado pelo médico dirige-se para a porta; antes de sair, volta-se ainda uma vez, olha para Rafael e parece que vai dizer alguma coisa, mas contém-se, não diz nada. Saem, a porta se fecha.

Rafael Mendes deita-se, fecha os olhos. Espera pelo sono que virá; e pelos sonhos... Não os olhos do Profeta, nem as fogueiras da Inquisição, nem a cabeça decepada de Tiradentes, nem o guerreiro medieval, nem a sacerdotisa de Astarté, nem Habacuc, nem Eliezer, nem Naomi, nem nenhum dos essênios, Velhos ou Novos; nem Maimônides, nem Saladino, nem Bandarra, nem Colombo, nem o Inquisidor-Mor, nem Afonso Sanches; nem o cacique, nem

Pombinha, nem os índios; nem Bento Teixeira, nem Vicente Nunes, nem Joseph de Castro; nem Frans Post; nem Felipe Royz; nem Manoel Beckman, nem João Felipe Bettendorf, nem Maria de Freitas, nem Gracia Tapanhuna; nem Álvaro de Mesquita, nem Zambi, nem M'bonga, nem os quilombolas; nem Bartolomeu Lourenço de Gusmão, nem Bárbara Santos, nem Pedro Telles; nem Diogo Henriques, nem Isabel Henriques; nem o bandeirante cego; nem Garibaldi, nem Anita; nem a doutora Débora, nem o Micróbio, nem o doutor Saturnino, nem o jornalista do *Alerta,* nem o Padre João de Buarque, nem Sepé Tiaraju; nem nenhum dos muitos Rafael Mendes que jazem sob a terra, ossos e pó, pó e ossos; nada disto verá; verá, isto sim, um menino em roupinha de marinheiro a espiá-lo, sorridente, por entre os ramos da Árvore da Vida.

IMPRESSÃO:
GRÁFICA EDITORA
Pallotti
IMAGEM DE QUALIDADE
Santa Maria - RS - Fone/Fax: (55) 222.3050
www.pallotti.com.br
Com filmes fornecidos.